2022年度杭州市文艺精品工程扶持项目成果

浙江省作家协会、浙江当代文学研究中心支持出版

主编　王　迅

编委　郭佳音　郭　垚　黄　金　马小敏

　　　钱志富　孙伟民　汪广松　王　平

　　　王　姝　张亦辉

浙江散文现象研究

王 迅 主编

浙江大学出版社

ZHEJIANG UNIVERSITY PRESS

· 杭州

图书在版编目（CIP）数据

浙江散文现象研究 / 王迅主编. —杭州：浙江大学
出版社，2024.1
ISBN 978-7-308-24476-3

Ⅰ. ①浙… Ⅱ. ①王… Ⅲ. ①散文－文学研究－中国
－当代 Ⅳ. ①I207.67

中国国家版本馆 CIP 数据核字（2023）第 227393 号

浙江散文现象研究

王　迅　主编

责任编辑	胡　畔	
责任校对	赵　静	
封面设计	周　灵	
出版发行	浙江大学出版社	
	（杭州市天目山路 148 号　邮政编码 310007）	
	（网址：http://www.zjupress.com）	
排　　版	杭州好友排版工作室	
印　　刷	杭州宏雅印刷有限公司	
开　　本	710mm×1000mm　1/16	
印　　张	16.75	
字　　数	233 千	
版 印 次	2024 年 1 月第 1 版　2024 年 1 月第 1 次印刷	
书　　号	ISBN 978-7-308-24476-3	
定　　价	88.00 元	

序　言

　　我国古代文学历来以"诗文"为正宗，无数散文经典彪炳史册，素有"散文大国"之称。随着梁启超"小说界革命"口号的提出，因"君子弗为"而备受冷落的小说被提到"文学之上乘"的位置，其文体地位在晚清实现了戏剧性翻身。相比之下，被视为文学之正宗的"文章"至五四已失去了昔日的光彩。从文学发展史来看，"散文"虽然不能说就此一蹶不振了，却无疑成为寻求边缘突围的弱势文体。五四时期，鲁迅和周作人分别从魏晋文章和晚明小品中寻找写作资源，在改造探索中使"散文"在"随感"和"言志"两种文体创新中焕然一新。自此，"散文"的文体功能发生根本性变革，并铸就了 20 世纪 30 年代"小品文"①的辉煌。然而，这种回光返照式的繁荣景象，并不意味着散文轻易就摆脱了弱势文体的局面。直到新时期乃至 21 世纪，"小说"的绝对强势地位依然未能动摇，以致如今我们提到"文学"，潜意识里是在言说"小说"。谈起散文，这是我们必须面对的现实。当然，20 世纪 90 年代以来"散文热"极大地推动了散文文体地位的提升，这也是事实。但无论是从市场份额还是从创作实绩来看，散文在文类中的地位和受重视程度都远不及小说和诗歌。有学者称，散文已沦为一种"次要文类"，抑或"残留文类"。② 之所以形成这种局面，原因很多，但不在本文讨论范围。作为序言，本文以浙江散文研究为切入口，结合当前散文理论研究与批评的生态及其问题，阐释理论批评与创

---

　　① 　鲁迅在《小品文的危机》中对现代散文小品给予高度评价，认为"散文小品的成功，几乎在小说、戏曲和诗歌之上"。

　　② 　散文理论家郑明娳认为："现代散文经常处身于一种残留的文类"，"散文本身便永远缺乏自己独立的文类特色，而成为残余的文类。在地位上，现代散文反而成为一直居于包容各种体裁的次要文类"。参见《序》，载《现代散文类型论》，大安出版社 1987 年版。

作实践互动对话的价值与意义,在此基础上探讨散文批评方法论及其可能性。

一

在漫长的文学史上,作为中心文类的"散文"地位显赫,但很长一段时间,其文体界限似乎并不明晰。这种背景下,五四文学革命于散文而言有两大影响值得注意:一是历来被视为中心文体的"文章"走下神坛,意味着其唱独角戏的时代从此终结;二是散文的文体界限从混沌走向清晰,从与"韵文"相对的"文章"中分离出来,杂感、随笔、小品等新品种因此进入文学史谱系。当然,散文与诗歌、小说、戏剧"四分天下"之说,还是始于周作人的理论阐发。散文"抒情"和"叙事"的两大功能定位使它从大一统的"文以载道"的"定义"中独立出来,成为审美的现代性文体。即便如此,五四文坛对散文的审美独立性的认识显得并不那么自信。朱自清在《背影》"序言"中提到,散文"不能算作纯艺术品,与诗、小说、戏剧,有高下之分",散文家的不自信,说到底,恐怕还是缘于缺少现代理论的支持以及文体边界尚未最终划定。

关于"文体"的认定,金人王若虚《滹南遗老集》卷三十七《文辨》中有言:"或问文章有体乎?曰:无。又问无体乎?曰:有。然则果何如?曰:定体则无,大体则有。"①于前者而言,鉴于不同文体之间边界模糊的情况,文体界说确有必要,但又常常使人陷入"误区"。人们常说:某某把小说写得太像小说了,或曰:某某把诗歌写得太像诗歌了。这其实并非褒奖之辞,而是隐含着批评的意思,是说文体意识太强容易把自己的写作限定在固化的"定义域",有时候是作茧自缚,很可能会破坏文类"兼容"的艺术感觉。而"大体则有"所指的是,文体的边际是存在的,必须体认各种文类的大致特征、形态和规范。这是常态意义上的界说。然而无论

---

① (金)王若虚:《王若虚集》(下),中华书局2017年版,第452页。

中外,文学往往是在不断打破常态的过程中向前发展演变的。可以说,王若虚对"文体"的辨析是颇有见地的,蕴含了历史的眼光和辩证的思维。就小说与散文而言,一个重于"虚构",一个偏于"纪实"。这是大致上的区分,也是必要的界定。然而,两者贯通的情况古已有之。金圣叹对《水浒传》的评论指出,小说家在写作中打破文体界限,吸收"史迁之法"和"左氏之文"。而现代作家废名小说《竹林的故事》作为散文化叙事的范例,在文学史谱系中往往被视为文体创新的标本。这种"跨界型"写作常常让史家的文体归类陷入尴尬的境地。鲁迅的《一件小事》《故乡》《社戏》等小说就经常被当作散文来读。史铁生的《我与地坛》甚至被编入"散文"或"小说"两种不同文体的文集里。然而,从审美探索的角度来说,文体互动未尝不可,它不但可以激发创作潜能,也是散文创作趋优发展的重要动力。

基于文体之间互动频繁的基本事实,笔者以为,以历史的眼光和动态的视野去梳理分析"文体"的概念,可能会更切合实际一些。从文学艺术演变的线索来看,小说、诗歌、戏剧与散文之间的文体互动是文学变革的重要动力。之所以这样说,原因有二:一是中国文学传统中"以不文为文""以不诗为诗"的革故鼎新之道;二是中外文学叙事模式的异同造成的"刺激"和"启迪"[①]。比如,当代散文中有杨朔的"诗化散文",当代小说中也有何立伟的"绝句式小说",汪曾祺的"散文化小说"就更不用说了。文体之间的互动与对话成为文学审美嬗变的生长点,是散文研究尤其是本体论研究中不可忽略的重要层面。当然,这种互动与对话也是有限度的。"跨界"写作并不都是有效的审美实践。尽管对于散文的"虚构"成分占比多少合适,我们很难加以量化,但是理论上必然存在一个黄金分割点,越过这个"点",散文写作很可能会陷入被质疑的困境。

循此脉络,着眼于"文体学"观察散文艺术的当代演变,不难找出文体流变背后潜藏的内在规律。20世纪以来散文发展史上出现三次创作

[①]　陈平原:《中国小说叙事模式的转变》,上海人民出版社1988年版,第154页。

高潮:一是 20 世纪二三十年代品种多元的散文创作;二是 60 年代前后的"诗化"小说浪潮;三是新时期尤其是 90 年代以来的散文创作。远的不说,就近 30 年来散文创作而言,"文化散文""学者散文""小女子散文""白领散文""乡土散文""行走散文""新散文""在场主义散文""新媒体散文"等创作现象引人注目。从命名不难看出,散文一直在文体探索中发展,不断向新时代文学高地发起冲击,寻求突围的可能性。在这种探索中,每种创作路向的出场都不是偶然的,而是彰显了自身的审美立足点,显示出某种超越性的诉求。然而,无论是"文化散文"创作潮流,还是后来的"新散文"实验性写作,其局限也都一眼可见。以"新生代"散文集《上升》来看,部分作品回避现实,"游戏典故",醉心于主体隐匿后的"零度抒情",更有甚者,像玩积木那样制造叙述和语言的迷宫。[1] 说实话,这种"新散文"的倡导者在理论主张上过于偏激,如过度追求形式、全盘否定论等,还不惜走向理论的反面。[2] 这似乎违背了"先锋"的本义,它是一种有愧于读者的写作,一种略显悖论化的写作。同时,在"文化散文"概念理解上的偏差在无形中降低了写作的难度。图书市场中所谓"大文化散文"泛滥成灾,出现"知识崇拜"(王兆胜语)倾向。笔者认为,主要问题在于创作主体的生命体验和心理经验被缩减到最低限度,即使有一星半点的个人感想,也往往被淹没在浩如烟海的宏大历史讲述中。"知识性"有余而"艺术性"不足的问题普遍存在。当然,有了这样或那样的探索及不足,散文领域始终保持着一定热度,甚至显示出与五四文学相媲美的氛围、生机与活力。

进入 90 年代,严肃文学被迅速边缘化,文学刊物面临生存危机。在这种背景下,散文思潮多样展开,此起彼伏。散文界呈现出一派热闹的文化景象。陈剑晖将这一时期的散文思潮归为四大类:通俗闲适散文、文化散文、新散文、在场主义散文。每种散文思潮的出现都与某一阶段

<hr>

[1] 陈剑晖:《论 90 年代的中国散文现象》,《文艺评论》1995 年第 2 期。
[2] 颜水生:《新世纪十年散文潮流管窥》,《时代文学》2011 年第 7 期。

的经济社会与文化氛围有关。比如,通俗化闲适散文就是能体现经济转型期社会文化心理需求的创作类型。80 年代先锋文学的形式实验难以适应价值多元时代的精神需求,取而代之的是追求通俗易懂、符合大众期待的闲适散文。当然,精英主义文学的追随者并没有在商业化语境下全面失语,而是提出"文化散文"或"大散文"的口号,与闲适派散文以及稍后的"新散文"构成多元并存的创作格局。总的来说,90 年代以来散文现场依然保持相当的热度,也涌现出不少有一定影响力和能见度的作品。但就文体的变革来说,与诗歌、小说、戏剧相比,散文是这几十年来所有文类中"最无所作为的","散文面临着艺术上的停顿,是一个不容回避的辛酸现实"。① 相对于其他文体,当代散文在艺术"革新"上,确乎乏善可陈。然而,散文创作之所以出现如此情状,笔者以为,散文理论与批评的失语恐怕是其中的重要原因。五四散文所创造的艺术高峰,就是在与散文理论建设互相成就的运转中实现的。这一点无疑值得重提和探讨。

二

　　散文在五四时期从"文章"统称中独立出来,走出长期以来文体暧昧混沌的状态。这一过程是在理论与创作的良性互动中完成的,并形成了散文审美多元竞相发展的格局。进入当代后,散文理论与批评显然落后于创作实践,未能承担起对创作实际的先导功能。理论与创作之间关系的非正常化,与散文文体边际的模糊有很大关系。朱自清对"散文"的界定就曾表示困惑,"因为(散文)实在太复杂,凭你怎么说,总难免顾此失彼,不实不尽"②。与诗歌、小说、戏剧等文类的现代化变革不同,我国散文在自身文学现代化的建构过程中,体现出超越边界的开放性姿态。③

---

① 谢有顺:《散文是在人间的写作——谈新世纪散文》,《文艺争鸣》2008 年第 4 期。
② 朱自清:《什么是散文》,载俞元桂《中国现代散文理论》,广西人民出版社 1984 年版,第 12 页。
③ 姚苏平:《变革与新生——中国现代散文发生期研究》,南京大学出版社 2016 年版,第 22 页。

散文概念划定的困难所带来的是研究边界的模糊,评价标准上莫衷一是。这必然使理论家的界说显得尴尬,一定程度上也挫伤了批评家的学术自信,致使当代散文研究成为所有文类中的"冷门"。尤其是 21 世纪以来,学界对散文的研究可以说是"相当滞后的","不要说研究和理论的先导作用,就是合理的解释也不可能,这不能不说是个巨大的遗憾"。①原创理论的匮乏与"先导"功能的缺失成为当下散文艺术发展中的瓶颈。这不能不说是亟待正视的问题。

事实上,原创散文理论的匮乏,并非中国所独有的。孙绍振指出,"散文理论是世界性贫困",很大程度上,这是因为"散文作为一个文类,其外延和内涵都有一种浮动飘忽"。②散文写作不仅"门槛低",而且文体"太宽泛没有边界",所以很多研究者对其"不屑一顾"。③由于这种文体特征以及学界的态度,散文研究自然很难形成系统化的文类理论。而究其根本,我们发现,文类与理论之间似乎存在一个"悖论":"散文的文类表明,散文的理论即是否定一套严密的文类理论。诗学中没有散文的位置。散文的文体旨在颠覆文类权威,逸出规则管辖,拆除种种模式,保持个人话语的充分自由。"④在这里,南帆指出,散文文体的"自由"本性,表现为一种"反文类"倾向。因此,这种文体的自我颠覆性使它"没有一定的格式",在所有文类中"最不容易处置",⑤而正是因为"模式化"与"去模式化"的交替运行,散文始终处于不断的解构与重构的过程中。出于对散文现状的不满,周伦佑把散文文体的"自由"认定为以"四非"为基本特征的"散文性"。⑥"四非"主张作为"在场主义散文"的理论宣言,显然是对散文常规的颠覆。如果说"在场主义散文"从四个方面提出反叛传统

---

① 王兆胜:《归位·蓄势·创新——论新世纪的中国散文创作》,《文艺争鸣》2010 年第 12 期。
② 孙绍振:《评陈剑晖〈中国现当代散文的诗学建构〉》,《文学评论》2006 年第 5 期。
③ 陈鹭:《新世纪散文范式之建立》,《南方文坛》2013 年第 2 期。
④ 南帆:《文类与散文》,《文学评论》1997 年第 4 期。
⑤ 梁实秋:《论散文》,载周红莉《中国现代散文理论经典》,苏州大学出版社 2008 年版,第 100 页。
⑥ 周伦佑在《散文观念:推倒或重建》中提出"散文性"的四大特征:"非主题性""非完整性""非结构性""非体制性"。见《红岩》2008 年第 3 期。

的路径,彰显了理论主张的先锋色彩,那么,"新散文"运动则主张跨文体写作,致力于形式创新,更显实验文学的风采。无论是"在场主义"还是"新散文",其理论主张往往都是基于对既有散文传统的"反叛",不能不说,这一点十分可疑。如何反叛呢? 追求"个性化"的提法不是老调重弹吗? 五四散文即是标举"个人性"的,被视为"一种以个人为本位而出发的描述一切感触或意见的文章".①郁达夫、张爱玲、朱光潜等作家、理论家也曾指出,散文是面对"个人"言说的艺术。因此,如果说他们是对五四传统的反叛,自然难以令人信服。从文体学来看,追求"个人性"的散文,如何界定"传统",它的内涵与外延究竟是什么,恐怕也是一个有待厘清的问题。从理论上说,散文写作本身就彰显先锋色彩。设想一种理论,把蕴藏驳杂质素与多元审美的散文文体特征说清楚,其实并非易事。

在这里,"个人性"作为现代散文的本质属性,可能成为散文理论话语体系建构中的天然陷阱。一方面,文体的"个人性"为现代散文理论建设留下了很大空间,抑或为批评理论的多元探求预留了美学"缝隙";另一方面,文体的边缘性质、不稳定性以及理论与创作的"自我悖反",又为散文理论话语的"统制"预设了相当的学术难度。从学术生态来看,新中国成立后,学术界对散文创作、思潮、现象、运动的关注远不如诗歌、小说和戏剧,这种状况与五四时期的散文理论探索氛围不可同日而语。更何况,以现代文学发生期散文理论话语所建构的审美标尺来衡量当今异常凌乱的全民写作,又不免显得捉襟见肘。这种理论与创作的错位致使散文成为所有文类中理论建设最薄弱的地带。如此,较之其他文类,散文理论批评"更具有验明理论家、批评家的正身和功底的作用"②。从这个意义上,散文批评是一种极具挑战性的写作。批评家是建构理论实现突围的先头部队,任重道远。在当今,建构具有中国作风、中国气派的散文理论话语尤为急迫。因此有学者疾呼,散文研究与批评需要有"一套完

---

① 林慧文:《现代散文的道路》,《中国文艺》第 3 卷第 4 期,1940 年 12 月。
② 李林荣:《"丰富"何以成为我们的"痛苦"——新世纪散文创作与理论态势的一种谱系学分析》,《文艺评论》2008 年第 4 期。

备而又独特的理论话语"①,尽力避免"随性""感性"的批评话语,以此提升散文批评的权威性和影响力。

从文学主体来看,理论与创作的"一体化",或者说,理论与创作兼顾的双栖型创作,是五四散文发生发展的重要特征,也是其与当代散文之差异的重要方面。浙籍新文学作家在这方面应该树为楷模。鲁迅在散文领域所开创的"闲话风"和"独语体"及其在散文理论上的贡献自不必言,周作人以"美文"概念的厘定为突破口,在提出现代小品理论主张的同时,做出了高起点的创作示范,开创了"闲适派"一途,也为五四散文理论建设做出了巨大贡献。"正是由于浙江新文学作家的散文理论与实践,极大地丰富了我国现代散文的艺术表现,促使了现代散文审美品格的多样化。"②然而,当代尤其是新时期以来,散文理论建设的任务主要落到了学者或批评家身上,③而实际从事创作实践的散文家要么无心于理论研究,要么提出了美学主张而未能形成系统性的理论。就学术界来看,新时期以来散文研究的热度无疑有所上升,成果不可谓不丰硕,尤其是 21 世纪散文研究,在散文理论建设方面成绩显著。具有代表性的论著如林非的《中国现代散文史稿》、俞元桂主编的《中国现代散文史》、王尧的《乡关何处——20 世纪中国散文的文化精神》、姚春树与袁勇麟合著的《20 世纪中国杂文史》、郑明娳的《现代散文类型论》、梁向阳的《当代散文流变研究》、蔡江珍的《中国散文理论的现代性想象》、颜水生的《中国散文理论的现代转型》、欧明俊的《现代小品理论研究》、范培松的《中国散文批评史》。上述成果从类型、特征、主体和史学等视角切入五四以来中国散文发展脉络,探索散文艺术流变与创作规律,一定程度上推动了现代散文理论建设。

---

① 王兆胜:《20 世纪中国散文研究》,《徐州师范大学学报》2001 年第 1 期。

② 贵志浩:《现代散文意识的群体自觉与个性表达——论浙江新文学作家的散文建树》,《浙江社会科学》2009 年第 7 期。

③ 丁晓原指出:"从事散文理论批评的学者,主要是'学院派'的研究者,尽管他们勉力于散文文体性的寻找与散文创作价值的发现,但是其事功并不令人满意。"参见丁晓原《论林贤治的散文观及其批评实践》,《文艺评论》2008 年第 2 期。

应当说,散文理论的规律性探索,其根本价值在于指导创作实践。然而,由于散文文体"自由"的先天本性,相对于诗歌、小说、戏剧来说,散文理论的系统性建构存在更大的难度系数。粗略地看,当前散文理论研究现状与问题呈现以下特征。首先,散文理论研究与批评滞后于创作实践,未能有效对接生动、鲜活的文学现场。在全民写作的时代,散文研究与批评存在相当难度。面对无以数计的作品,批评家充满了前所未有的无力感。但正是如此,散文理论研究与批评的价值愈加突显。其次,"理论优先"的倾向依然存在。当前散文理论研究给人的印象更多是为理论而理论,对当下散文创作的描述、分析和概括,既不深入也不全面,往往是建立在遗漏大量异质文本基础之上的。本质、光明、主流的被纳入话语体系,而非本质、黑暗、支流的往往受到遮蔽。第三,散文批评中"假话""大话""空话"居多①,且往往忽略事关作品本身的审美之维。散文批评"没有回到散文的审美创造上来","没有回到散文审美批评自身",②说到底是一种"不及物"的批评。这恐怕是散文美学理论建设所面临的根源性问题。第四,理论与批评对创作实践的方法论意义不够突出。对此,俄罗斯文学史上"车别杜"为批评家做出了很好的示范。文学理论研究与批评既要有气魄与锋芒,又要引领创作风尚。脱离文学现场的"纯理论"研究,难以对当下散文创作发挥"先导"作用。散文理论建设若没有文学批评的有效加持,没有与文学现场的"亲密"接触,恐怕很难有新的突破。

三

考察散文研究历史与现状,可以发现,除了原创散文理论的匮乏,研

---

① 散文理论家李林荣指出:"对于流行成习的那些似新而实旧的假冒伪劣和开历史倒车的散文写作行为,散文批评界却给予了文过饰非式的光鲜簇新的包装和热烈得近乎滥情的高调喝彩。"参见李林荣《"丰富"何以成为我们的"痛苦"——新世纪散文创作与理论态势的一种谱系学分析》,《文艺评论》2008 年第 4 期。

② 吴周文、徐家昌:《美文与审美——关于新世纪散文批评理念重建的思考》,《天津师范大学学报》2009 年第 2 期。

究视角、路径与方法也是值得关切的问题。对文学批评来说,批评主体依赖于批评界达成相当共识的理论背景,依赖于一套具有普遍意义而适于散文文体研究的方法论。就此两项而言,当前的散文理论批评生态是相当窘迫的。这使得"散文研究始终局限在对散文自身的清理、梳理和个案分析当中,无法上升到一定的理论高度,从而对整个文化生产乃至社会文化生活产生广泛影响"①。这表明,散文批评的视野、路径与方法有待调整,而调整的方向则基于当下散文创作的特征。从创作主体来讲,类似五四同人性质的流派社团在新中国成立后逐步消失。到了新时期,以期刊为阵地、以社团为依托并以组织性创作为特征而形成散文流派的现象也不多见。虽然 90 年代出现了"新散文""在场主义"流派,并打出了特色鲜明的理论旗号,形成了一定规模的作家群体,但从整体生态来看,"文化散文""学者散文"也好,"新文体散文""在场主义写作"也罢,90 年代以来散文创作现象,并不像现代文学时期的"现代评论派""语丝派"以至"开明派"等散文流派那样引人注目,流派与流派之间更是没有构成互动与对话的论争氛围。当下散文创作热闹非凡,但具有审美辨识度的组织性、群体性创作已被个人化的创作所替代。如何把握纷繁复杂的散文创作现象,并加以整合、分析和判断,给出个性鲜明又颇富学理的评价,提升散文批评的权威性和影响力,始终是一个难题。在这样的背景下,散文批评的重要性就突显出来了。理论与创作之间如何形成有效的互动与对话机制,在推动散文多元审美格局形成的过程中,如何激发散文创作的美学生长点,是需要着力探讨的方法论命题。

第一,从研究视野和话语空间来看,当下散文研究中理论抽象能力有待提升。从整体与局部的关系来说,散文研究需要全局视野和宏观把握,但中国散文创作最鲜活、生动的细部,往往是地方性因素。近些年研究者热衷于对地方散文群落的考察,形成了散文研究的地方化浪潮。中国知网上可以搜索到的大量梳理和归纳各省份散文创作的文章,就属此

---

① 单正平:《散文批评的理论问题》,《海南师范大学学报(社会科学版)》2003 年第 6 期。

类。这些研究切入当下散文创作实际,在鼓舞士气、繁荣区域散文创作方面立下了大功。这类成果注意到散文研究中那些被遮蔽的作家作品,某种意义上是对宏观化、理论化学术视角的必要补充。然而,区域性散文创作的研究往往疏于理论观照,而沉迷于主题阐释和修辞分析。陈剑晖认为:"研究散文的理论家们似乎已经习惯了散文的边缘位置。他们对于散文这种文体的变革创新总显得心不在焉,甚至还有一点麻木不仁。"①当前散文批评往往局限于具体作家作品,而未能触及"文体的变革创新"的层面。批评视野止于"文本"自身和作家"个体",较少意识到"文本"阐释的延伸空间,使之上升到史学定位的理论高度。每个写作者都属于文学史链条中的"个体",在写作中接受文化传承的影响。批评家的使命就是把握这种"文本间性",实现从"个"到"类"的规律性探索。在实际研究中,如何跳出拘囿于"个体"的文本解读,把作家作品纳入一个"系统",上升到一种"现象"来考察其得失,揭示散文艺术流变与走势,归纳出贴近实操的规律性"知识",应该是当下散文研究中亟待解决的方法论问题。

　　第二,从批评视角与路径来看,散文批评中动态多元思维有待强化。上文提到散文的"自我颠覆性",往往会导致"散文"概念界定的不确定性。如此,建构相对合理的散文理论与批评体系,恐怕要从文体特征上去寻找解决问题的突破口。在学界对"散文"尚未给出精确界定的情况下,理论界提出"文体净化说"与"大散文说"两种方案②,试图消除散文理论建构中出现自我解构的尴尬,而其结果却往往是将散文带向要么"窄化"要么"泛化"的困局。有学者警觉于两种极端学说之弊端,认为"散文研究的目光应该投向散文家族中各亚文学样式,深入探讨这些亚文学样

---

①　陈剑晖:《中国散文理论存在的问题及其跨越》,《中国社会科学》2005年第1期。

②　"文体净化说"主张排除散文内部抒情、叙事之外的亚文学样式,以解决散文理论的规范问题。参见刘锡庆《当代散文创作发展的几个问题》,《北京师范大学学报》2001年第1期。"大散文说"忽略了散文内部各亚文学样式的自足性,容易导致散文创作无规律可循的局面。参见贾平凹主编《散文研究》,河北大学出版社2001年版。

式自身的内在范式,它们之间的关系,它们之间嬗变的规律"①。这对散文研究的细化与深化提出了更高的要求。一方面,批评主体应该以连续性眼光去看待作家或作家群的创作。如果没有史学视野的观照和理论规律的归纳,散文理论建设的诉求是很容易落空的;另一方面,鉴于当前学界关于文类界定的焦虑,不妨尝试把散文细分为若干"亚文学样式",着力于"文本间性"的动态比较研究。其实,两个方面都基于散文研究相对于诗歌、小说、戏剧研究范式的独特性。忽略文体的异质性,文学批评恐怕因难以承担指导创作实践的责任而失去应有的文体价值和现实意义。就后者而言,正如现代散文可细分为随感、小品、杂文等若干"亚文学样式",新时期以来散文亦可细化为"白领散文""乡土散文""文化散文""小女子散文""行走散文"等门类。同样是"乡土散文",周华诚、赖赛飞、干亚群、王寒等作家进入风土描写的视角各不相同。而"文化散文"方面,苏沧桑、赵柏田、郑骁锋、徐海蛟等作家的创作路数和审美面向也不尽相同。因此,着眼于散文内部"亚文学样式"的文本动态研究,有助于建构支系繁多却范式严谨的散文理论体系。

第三,从批评对象与主体建构来看,对批评文本及批评家本身的关注,是散文批评获得自省以及由此改良批评生态的必要途径。散文批评要发挥"引领"效应,指导创作实践,推动散文变革,必先加强批评自身的建设。开风气之先的批评家深谙此道。李健吾是五四以来少数几个对批评本体有自觉意识的批评家之一。他曾提出,批评本身也可以是美的。不难发现,这一命题并不指向批评对象,而是关乎批评写作本身。这是他对批评话语提出的要求。李健吾的批评文字本身就是"美"的,可以当作散文来读。但李健吾及其批评经常被解读为西方"印象式"批评,不能不说存在误读的情况。就批评话语来讲,李健吾的批评实际上更接近我国诗学传统和批评精神,与西方以科学理性为特征的批评话语实有

---

① 王景科:《谈散文理论研究之弱势现象》,《齐鲁学刊》2004 年第 5 期。

不小的差距。^① 从文学批评史来看,如果说李健吾是从批评话语入手,对批评写作提出本体论思考,那么,当代批评家孙绍振则从批评观念上着眼,去回应散文批评中所存在的问题。其论文《建构当代散文理论体系的观念和方法问题》就一针见血地指出散文批评中的"错位逻辑"。这种批评之批评不乏理论洞见,更有言人所未言的气魄和胆识。在《"真情实感"论在理论上的十大漏洞》一文中,孙绍振对散文批评的研究并非从理论到理论,以空洞的理论术语来展开逻辑演绎,而是以散文创作现状为基点,结合对"审智散文"和"审丑散文"的分析,敏锐击中散文理论研究与批评中的问题。无论是批评主体的语言自觉,还是批评思想、批评精神乃至批评态度,笔者认为,这些关涉批评本体的重要命题的讨论,也是当下散文理论建设的重要维度。

第四,从研究方法与范式来看,跨学科研究视角的引入,或许对散文研究新路径的开辟有所裨益。媒介学、心理学、出版学、经济学、哲学、史学等跨学科视角的引入,为散文理论研究与批评提供了无限的可能,是打破单一视角、实现学科融合的重要途径。例如,从媒介角度来探讨"文体"变革的动力因素以及"文本"演变规律,有助于我们对散文艺术演变规律有更深的把握和理解。五四时期,借报纸杂志等媒介功能改造古文,开启了文体边界的探索历程与散文变革的无限可能性。20 世纪 20年代末,梁遇春强调"小品文同定期出版物几乎可说是相依为命的"^②,应当说,这种说法几乎没有夸张的成分,无论是 20 年代的《新青年》《每周评论》《语丝》,还是 30 年代的《论语》《人间世》等,文学刊物不但为新文学作家"随感""小品"等文体的创作提供了重要依托,而且在现代散文艺术演变中发挥着规约性和改造性的力量。用陈平原的话说,现代报刊的出现"培养了新一代读者的语体感,对五四文学革命影响甚大"^③。从 20世纪百年文学发展来看,中国文学生产往往遵循这样的惯例,作家先把

① 王迅:《美的批评》,《艺术广角》2013 年第 3 期。
② 梁遇春:《〈小品文选〉序》,载《小品文选》,北新书局 1930 年版。
③ 陈平原:《中国散文小史》,北京大学出版社 2019 年版,第 255 页。

书稿投到报纸杂志上发表,然后考虑在出版社出单行本。从发生学来看,报刊媒介在文学发展演变中有着潜在的美学规约功能,很大程度上塑造了现当代散文审美形态。从媒介角度出发,探寻当代散文发展脉络以及散文文体变革中的"媒介"因素,不失为一种值得尝试的学术范式。

四

散文批评对方法论的重视,自五四始。鲁迅、周作人、李健吾、胡风的批评写作以个性独具的批评话语彰显了各自的风采。方法论是其批评个性的基本元素。方法论可以激活批评话语空间。以 90 年代"改版潮"为例,随着经济社会转型,商业主义文化孕育了全国范围的报刊改版风潮。如果从"改版潮"角度考察"闲适散文热""文化散文热",不难看出散文艺术变革的潜在动因,为散文文体的优化提供正反两面的参数。单从篇幅来看,随着"大散文"概念的提出,散文进入了以"长篇为王"的书写时代。这可以说是当下散文与五四散文的显著差异。当然,无论什么文体,我们都不能以长短论英雄。五四小品文以短小精悍取胜,容量有限,却韵味绵长。而 21 世纪长篇散文创作蔚然成风,成为各大文学刊物的新宠,这必然带来散文体制和散文美学的变化。其实,当下散文越写越长的风气与办刊理念有很大关系。据笔者所知,很多文学刊物非长文不登,短则七八千字,长则几万字,甚至十万字以上。这种不见文字的隐形规定,影响了作者的投稿心态,规约了散文的审美形态,同时也带来负面效应,助长了长篇散文的泛滥。办刊方针与编辑理念对散文生态的潜在影响,应当是五四以来散文研究中不可忽视的重要因素。跨学科视角的引入往往能让我们看到文体变革的深层原因,成为打开研究视野、拓宽批评路径的重要途径,为散文创作与理论批评的互动对话提供广阔的空间。

值得注意的是,跨学科研究确实为散文批评提供了新的视野和方法论,但它也只是"方法",是我们考察文本的切口。方法论带动散文批评,不能止于对相关学科理论观点的移植和挪用,更不能据此将批评视线偏离散文艺术本身。正如陈亚丽所言,五四散文批评留给当代的最大财富就是对文学自身规律的尊重与仰仗。① 诚哉斯言。应当说,对文学本体的"尊重与仰仗"是批评的常道,是批评家与散文家对话的根基,对散文批评来说尤其如此。散文批评与小说批评、诗歌批评的区分度,在于散文文体本身的复杂性。因此,无论以何种方法论进入文本的阐释,散文批评恐怕还是要回到散文艺术的审美自律性。这是对五四批评传统的回应,也是开拓符合散文文体特点的批评空间的基本要求。就具体路径来说,散文批评大致应该以"文本"为核心、以方法论作为支点,构筑批评主体与创作主体对话的审美通道,以此实现理论批评与创作实践的良性互动。

浙江散文作家队伍整齐,年龄梯队前后相继,其创作实力和影响力在全国来说都是响当当的。近些年来,随着浙江散文学会的成立,在陆春祥会长的关心和扶持下,大批青年散文作家涌现出来,精品佳作层出不穷。作为杭州市文艺精品重点扶持项目成果,本书选取了浙江当代10位散文家作为研究对象,他们是陆春祥、苏沧桑、赵柏田、马叙、赖赛飞、干亚群、王寒、草白、周华诚、徐海蛟。其实,浙江优秀的散文作家还有很多,不能一并列入本书,甚是遗憾。就列入本书的作家来看,他们的散文作品在全国大刊名刊频频亮相,这种高产态势已经持续多年,充分显示了浙江当代散文创作的实绩和实力。尽管在题材上不乏"同类项",但他们在创作上各有所长,风格各异,实现了散文创作审美形态的多元化,形成了一种自由开放的创作态势。

面对欣欣向荣的浙江散文创作新局面,批评何为?我认为,首先,在浙江做散文批评是幸运的。批评写作中,我时常问自己,我的写作与我所生活的这块土地有什么关系?什么样的文学批评才是有效的?这些

---

① 陈亚丽:《论当代散文批评主体的回归》,《中国现代文学研究丛刊》2015年第9期。

拷问会让我颇感不安。我越来越意识到批评家关注本土文学生态的重要性。批评家要有所作为,固然少不了宽阔的学术视野与具有艺术创新价值的文本,但更重要的是要立足本土,离不开我们厕身其中的浙江大地以及生活在这片土地上的作家。事实上,浙江有一支特别有活力、有生气、有实力的散文创作队伍。批评家与散文家共处同一文化空间,可以近距离与本土作家互动对话,形成创作与批评和谐共生的散文浙军发展格局。其次,从现代审美传统来看,现代散文存在两大散文观念体系——"以个人为主体的审美散文观念体系和以社会为主体的功利散文观念体系"①,而这两个观念体系的形成得益于浙籍作家周作人、鲁迅的理论倡导和创作实践。散文浙军的创作与这个传统不乏精神联系,值得探讨的空间很大。关于这种精神传承关系的探究不仅有助于打通现代与当代,开辟新的学术空间,而且可以激活散文批评,提升散文浙军的品牌影响力。再次,浙江散文创作优势在于地域化创作的向度和文体创新的探索精神。从艺术探索上看,浙江散文创作是走在全国前列的,如陆春祥、赵柏田、徐海蛟、郑骁锋散文中"文史哲"融合的趋向及其对散文本体的探索,苏沧桑以"行走"中的现场体验为审美基础的传统文化题材非虚构创作,马叙和草白对日常市井里"平庸"的敏锐发现和存在主义解读,帕蒂古丽、干亚群、赖赛飞、王寒、周华诚等作家扎根乡土书写乡愁的多种向度,都代表了当前我国散文界的一种创作趋势。散文浙军创作的前沿性与探索性,为批评家提供了文化蕴含丰厚的系列"文本"。当然,浙江散文创作不只是面向当代社会和本土实际,同时也根植于"两浙"优秀传统文化,积极融入全国散文美学发展态势,因此浙江散文文化底蕴深厚,创作主体视野开阔,可阐释空间也很大,这有利于文学批评的多向拓展及其自身的理论话语体系建设。

本课题组成员是来自浙江省多所高校的教师。我们从散文界"浙江现象"的视角进入作家作品的考察与分析,在文体革新与流变的维度上

---

① 喻大翔:《中华 20 世纪学者散文综论》,《社会科学战线》2000 年第 2 期。

致力于浙江散文家整体形象的塑造,以此扩大散文浙军的知名度和影响力。我们试图在散文研究与批评的方法论上有所推进,在个案解读中探索地方散文研究的可能性。研究者从文本出发,把浙江散文置于全国视野中进行多角度考察,基于作为"浙江现象"的学术思维对创作特征和审美经验进行梳理和归纳,透过对浙江散文家审美实践的研究,揭示我国散文发展规律及未来趋势。本书大部分论文发表于学术期刊《新文学评论》《长江文艺批评》(考虑到版面安排,发表时略有删减)等。这些杂志编辑同仁不惜版面,开辟"浙江散文现象观察"专栏,以专辑形式推介浙江散文作家,在学术界产生了积极影响。对这些刊物无私的支持,我深怀感激!浙江省作家协会、杭州市文联、钱塘区文联的领导非常关心本课题的进展,浙江省作家协会和浙江财经大学给予出版经费的资助,我代表课题组向他们表示诚挚的谢意。浙江散文学会会长陆春祥、浙江当代文学研究中心主任周保欣在研究对象的选择及相关问题上给予指导,在此表示深切的谢意!为了提升本书的文献学价值,我特意收集整理了本书所论及作家的创作年表,特别感谢各位散文家的大力支持。责任编辑胡畔老师对全书体例提出建设性意见,进行规范化处理,费心颇多,感谢她的敬业与付出!浙江财经大学中文系研究生郎雨蔚、刘阳妹做了作家创作年表的校订工作,在此一并致谢。

王　迅

2023 年 9 月 16 日于杭州

目　　录

陆春祥：用笔挖掘思想与光芒

张亦辉

浙江工商大学人文与传播学院

1

当然，我们首先应该谈论的，是陆春祥散文创作面相的驳杂、繁多与次第嬗变。

当我们称呼一个人为散文家的时候，好像只是在指出一个事实，他不写小说，也不写诗。

我们知道他是写散文的。可问题在于，散文到底是怎么回事？究竟是干什么的呢？散文是一种形散神不散的文体？或者，散文就是散落在小说与诗歌之外的文字？小说有叙事学，诗歌有诗艺与诗学，散文有自己的理论吗？相比之下，小说与诗歌都有较为严谨的自律性，有自己的边界与疆域，有自己的内部规定与内部规律，而散文则似乎让人有些摸不着头脑了。

评论家李敬泽曾经在一次访谈中谈他对散文的看法，他认为中国古代就没有散文，只有文章。文章笼盖四野，无所不包，囊括各种文类，尤其到了"文起八代之衰"的韩愈这样的大家手里，文以载道，而道乌乎不在？天地万物，心之所向，尽可纵笔驰骋。但是在现代转型之际，一以贯之的道统早已崩溃，我们需要在白话文语境里重新进行现代散文的建构工作，需要重新划定它的文学疆界，而载道早已变成言志，变成了个人之私事，结果把庙堂江湖一股脑都划出去了，过去诏书、奏折与墓志都是文章,现在这些都不算了:把史书划出去,把传记划出去,各种实用的交际性书写也划出去,不断划出去,最后才剩下一个叫散文的东西。

以现代散文的代表人物之一周作人为例,我们可以来看看散文到底是干什么的:它往上主要承袭了晚明小品,而往外找的是兰姆等人的散文,基本上就是个人经验与日常情感的散漫书写所形成的这个新的散文传统,其视野收缩,疆界狭窄,文体固化,几乎只适于描画余裕、修心养性了。

情况差不多就是这样,只有把现代散文的构建过程与文学视野作为参照背景,我们才会充分察觉与发现,陆春祥散文写作之繁杂斑驳与多元多变,自有其重要的不可忽视的意义。

关于当代散文写作,李敬泽先生提出了一个特别有趣而意味深长的说法,即"子部的复活"。他认为,现代散文的主要构建者周作人等人,在传统的经史子集中,独取集部,而且是集部中的晚明,只有鲁迅走的是子部,而且后无来者。所以他呼吁,我们的散文写作应该恢复"子"的"杂"的气象。

窃以为,陆春祥那杂花生树般的散文写作,他那川剧变脸般的散文写作,与鲍尔吉·原野、周晓枫、蒋蓝、黑陶、汗漫等各树一帜的超越性散文创作一样,都是在努力探索并复活这样的气象。

2

陆春祥起先写的是杂文。21世纪初,他将自己的杂文称为"实验杂文"。他在实验什么?看几个标题:《〈本草纲目〉新方五帖》《〈官场辞典〉征稿启事》《两只名鸟的身世调查》《会做思想工作的短信》《我的拒泡经历》《关于举办"庆祝嫦娥奔月两万零一年"的通知》《悼子虚》《包装协会章程》《李三亩年谱》《将会议博彩一下》《八个新经济增长点》。这样的标题一直可以列举成一本书,比如《新子不语》,他试图打破一些杂文原有的陈规，他想学鲁迅真正的精神，他认为，杂文是散文之一种，首先是文学，不能板着面孔给人当爹。

2006年，陆春祥推出一本杂文集，封面上直接标明"笔记杂文"，从识鉴、规箴、术解、任诞、排调、轻诋、夹杂、转品、抑扬九个分类中，我们可以闻到刘义庆《世说新语》里浓郁的笔记气息，嬉笑谐侃，绵里藏针，这需要深刻的机智。

陆春祥还有一本极为特别的《焰段》，微杂文集，全书两百多个段子，似乎都是边角料。陆春祥说，这仍然是在实验，写作时间前后长达十余年，它不是长杂文缩减了字，它有简练而生动的叙事，有完整精短的结构，自然也有思想深邃的张力。

《用肚皮思考》《鱼找自行车》《41度胡话》《新世说》《焰段》，陆春祥说，他写的是"新杂文"，创新才能让文学焕发出新的生命，我这样推测，这是一位极想突破杂文边界的作家。他在积聚力量。

3

毫无疑问，让陆春祥声名鹊起并在"散文界"众所周知的，是那部让他获得鲁迅文学奖的杂文集《病了的字母》。

也就是说，从一开始，陆春祥的写作跟随的就是鲁迅的步伐，而不是周作人的轨迹。

然而，杂文在鲁迅手里早已经炉火纯青并且登峰造极，后来者最多只能借其样式针砭时弊，在文体与艺术性上很难再有什么创新与建树了。

以杂文集而获得鲁迅文学奖，不说绝后，至少不多，我知道有朱铁志、鄢烈山，还有以前何满子、邵燕祥等几位老作家。我认为，陆春祥数十年的杂文探索得到了应有的报偿。

那么《病了的字母》这本杂文集，究竟是凭什么打动了评委们呢？

葛剑雄先生在序言中强调了陆春祥的社会责任感,强调了心平气和、谐中带庄和绵里藏针;也有论者强调的是陆春祥的胸怀之宽厚与笔下的热情,以区别于鲁迅那种讽刺与犀利。对自己的杂文创作,陆春祥在访谈中也曾坦言:"新时期的杂文不一定非要匕首和投枪,杂文也可以表现得很温柔,我们需要的是心态沉静而澄明,在讥讽和鞭挞不良社会现象的同时,心怀善意。"这些当然都是这本杂文集的亮点与优点。

但我觉得,让《病了的字母》在众多杂文写作中脱颖而出的东西,它最具特色的地方,它的独创与新颖之处,它的神来之笔,应该是书中每篇文章与一种中草药的微妙呼应与隐秘联系。葛剑雄先生把这些草药说成是内容的补白,我更愿意把它看作形式的构建,是对杂文文体的创新,是散文写作的可能性探索(我记起来了,陆春祥的故乡桐庐就是因中药鼻祖桐君而命名,他喜欢中药,应该不是偶然)。这一百多种中草药相对于文章,既是补充是引申是拓扑,也是互文是升华是点化,两者之间,形成了一种独特而玄妙的关系。

借助中草药的巧妙嵌入与精美的印章呈现,陆春祥创造出了一种没有先例的"有意味的形式",从而有机地提升了杂文的文学品质,有效地提升了杂文集的艺术含金量。

我想,这才是这本杂文集之所以取得成功并征服了评委们的撒手锏。

4

获奖其实是双刃剑,它既是对一个作家的肯定,也是对他提出了更新更高的要求,是对他那持续的创作生命力的考验。

《病了的字母》取得了突破性成就之后,陆春祥并没有固守在驾轻就熟的杂文领域,而是很快就把创作重心与文学视野,投向了浩瀚的古代笔记,也就是李敬泽所说的子部。陆续推出了《字字锦》《笔记中的动物》

《笔记的笔记》《太平里的广记》《袖中锦》等集束炸弹般的"笔记新说"系列著作,从而为自己的散文创作开拓出了一片崭新的场域与广阔的疆土。

笔记新说的关键当然在一个"新"字,"通"与"趣",乃"新"之具体呈现。

首先当然是内容的新。无数笔记典籍已经存在了几百年甚至上千年,凭什么你能看出新意?陆春祥自己特别强调一种澄明的心态:虚心专一,放空内心,宁静才能致远,沉潜方可创新。这些年,陆春祥一直在历代笔记与典籍中穿行,从汉魏六朝,到唐宋元明清,锲而不舍,坚毅专注,涉猎的笔记卷数应该不下于三千卷,因渊博而深刻,从爬梳到透视,有会意有顿悟,咀华撷英,屡有创获。陆春祥潜入并优游于笔记典籍的字里行间,不仅用自己的智慧去碰触古人的智慧,用自己的思想去探究古人的思想,而且能用自己的心灵去感知古人的心灵搏动。因此,陆春祥的笔记新说,不仅有独到的哲思,而且有浓烈的情愫,还有盎然的趣味。

陆春祥在梳理与荟萃古代的知识与智慧的时候,并不停留于爱好与把玩,也不止于穿越与会通,而是总能够以今察古,有鉴有别,用现代之光照亮古籍,呈现新意,给人启发。面对浩如烟海的笔记典籍,面对无数有待缉获有待发现的古代思想与智慧,陆春祥一方面耕耘搜罗如数家珍,另一方面又始终保持一种问题意识与质疑精神。比如《袖中锦》里有一篇《笔记中的医学》,整理汇集了从甲骨文开始的古代典籍中的大量医学记载,从《淮南子》到《搜神记》,从《博物志》到《酉阳杂俎》,包容并举,博闻强记,既丰富又有趣。然而,在脉络般蜿蜒的行文中,在集腋成裘的过程中,陆春祥却能够入乎其中出乎其外,用今天的眼光与科学的精神,去鉴别去发现古籍中的讹误,从而体现了一种尽信书不如无书的难能可贵的清醒。南宋的宋慈写过一部《洗冤录》,陆春祥认为宋慈是中国乃至世界范围内的著名法医,《洗冤录》则堪称专业的法医笔记,但在列举书中诸多关于"溺死"的论述时,对"若生前溺水尸首,男仆卧,女仰卧"这一条,陆春祥站在今天的科学实证的角度,提出了自己的纠正,认为尸体是仆是仰,取决于重心,而不是性别,他还用一个现实的案例佐证自己的观点:两名姑娘,一起投水自尽,尸体同时浮起,却一仆一仰。陆春祥由此断言,古代笔记中,也常常将个案当普遍现象,甚至难免有道听途说的奇谈怪论……

然后,再来看看这些著作在形式上的种种探索与创新。比如《字字锦》是围绕 12 部经典笔记展开的;《笔记中的动物》则专门着眼于动物、人、自然与社会的关联;《笔记的笔记》《太平里的广记》采用了精华条目的形式;《袖中锦》侧重话题间的打通;《夷坚志新说》从断代角度解读;《云中锦》则注重于笔记作家的人生经历、重点笔记剖析等等。一部著作差不多就构成一种形式,琳琅满目,蔚为大观。

正是内容与形式的双重创新,使得这批笔记新说著作甫一上市,就吸引了众多读者的眼光,产生了很好的阅读效应与社会影响。

我记得《云中锦》的自序,陆春祥颇具创意地运用了戏剧性的方式,演绎了一幕玄幻的时空穿越剧,让自己与段成式、沈括、叶梦得、洪迈、袁枚等古代笔记作家一齐参加一场高峰论坛,交流辩论,气氛融洽,不亦乐乎?这样的想象与虚构,这样的跨时空书写,无疑显现了陆春祥那越来越从容大气的创作自信与渐入佳境的创作状态。

5

接下来,我们去往的是陆春祥文学创作版图中的人物传记板块。2021 年,他推出了那部 30 万字的长篇力作《天地放翁——陆游传》。对他的散文创作而言,这无疑又是一次全新的尝试与探索。

这部传记,不仅资料翔实,文献丰富,准确、细致而又具象地勾勒了陆游那逶迤漫长命运多舛的传奇人生;也不仅是把陆游的无数诗文还原到了生活现场,从而在陆游的生涯与创作之间建立起了内在的必然的联系，以便让我们对其诗其文产生亲近的感受与别样的解读。我觉得，这部传记的最大特色与魅力在于，陆春祥发挥了太史公记事传人的功夫，施展出小说家一般的想象能力与叙事能力，把一个遥远时空中的历史人物，塑造成了有血有肉如在眼前的鲜活生命，我们不仅能感受其音容笑貌，我们还能听到他的呼吸与心跳。读完传记，陆游仿佛不再是那个传说中的著名文人，而成了一个比现实生活中的朋友还要熟悉亲近的人。

这部传记，凝聚着陆春祥对人物的厚爱与情感，也凝结着陆春祥的心血与创意，无论在写法上还是在结构上，都独具只眼，与众不同。

比如，传记的序言居然是一封作者写给陆游的书信《致务观书》。抬头便是"务观兄好"，瞬间就建立起一种超越时空见字如面的现场感与亲切感，读着读着，我们就像游泳时从岸上跃入水中那样，恍然间已置身于南宋的山河岁月。这封充满想象与创意的书信，让我想起电影《甜蜜蜜》对人物视角的创新：用写信代替旁白，容易出戏的间离感于是被置换成了没有距离的代入感。

比如，这部传记的卷目，采用的全是"家世记""离乱记""从师记""初官记""乡居记""严州记""修史记"这样的笔记写作方式。手记乎？日记乎？传记乎？有的标题直接就是对陆游著作文章的引用和化用，比如"入蜀记"和"老学庵记"。无形之中，这部传记好像被赋予了一些自传似的色彩，就好像陆游本人也认同并参与这部传记一样，你中有我，我中有你，顺应无间，融会化合。仿佛通过这样的方式，作家与传主得以跨越时间与空间，相互靠近，相互呼应，相互欣赏，默契如携手。

再比如在叙事时间上，这部传记放弃了常见的线性时间，运用了现代小说的时空穿插与颠倒跳跃，晚年的陆游与少年的陆游似乎可以在叙述中相遇，而频繁的倒叙、插叙和预叙恰好映射出陆游那颠沛流离的坎坷人生与跌宕命运。在第二卷"从师记"里，陆春祥叙述陆游少年从师学诗，既向生活中的老师学，也向书里的古人学，像陶渊明，像王维，像岑参。陆春祥引用了那首《剑南诗稿》卷二十中的《老病追感壮岁读书之乐作短歌》，在陆春祥的预述里，写这首诗的陆游，已然置身于六十四岁的

晚年,但在紧接着的倒叙里,他让晚年的陆游回忆并见到了少年的陆游:

> 这是淳熙十五年(1188)秋,陆游刚从严州知州上卸任回乡时所作的诗,六十四岁的他,此时身体不太好,但想起少年的苦读情景,依然清晰如昨:

> 十四五岁,读书的好年纪,长长的暗夜,对喜欢读书的少年来说,正是无人打扰的好时光,虫声唧唧,风吹庭树,城楼响鼓,无论春夏秋冬,堆满经典的书房中,捧着书的少年,或默声诵读,或取过纸奋笔疾书,肚子饿了,咬一口饼,那味道,不亚于山珍海味。天渐渐露白,窗外已现晨光,待晨光穿过窗棂,少年起身,用力地举手伸伸腰,再将如豆油灯吹灭,呵,又一个新的日子来临了。①

6

除了杂文、思想性随笔、笔记新说系列和人物传记,陆春祥还创作了大量现在时态的游记式散文,他自己称为"笔记散文",已结集的有《连山》《九万里风》等。

九万里者,显现了陆春祥这些年的游历之频之广之远,他从东游到中,从东游到西,从东游到南,从东游到北,所以,这本书分为"东西南北中"五辑。在这本书里,我们看到读万卷书的陆春祥,已然蜕变成了行万里路的陆春祥;手里有光的陆春祥,变成了足下生辉的陆春祥。

风者,既是风雅颂的风,又是春风十里的风,还是风俗人文的风。这些风最终都被陆春祥收拢涵纳于纸页里,凝结成一篇篇华彩文章,从而显现了其游历的深度。

关于这本书,陆春祥作过这样的夫子自道:

---

① 陆春祥:《天地放翁——陆游传》,作家出版社 2021 年版,第 98 页。

对我而言，《九万里风》的写作是一种尝试和转型。我希望，富足起来的人们，今后跑到各地游玩，除了吃喝玩，做更多的打探，探天探地探历史，或许，那个地方的历史人文，就和你有关，刚刚搭上你肩膀的那张银杏叶，那棵老树，就是你的十八代祖宗，不，三十六代祖宗栽下的，这种打探出来的惊喜感，要远远好于让味蕾一时满足的简单行游。①

这段话的亮点，我以为是那片落在肩膀上的银杏叶，读完这些篇章你会发现，陆春祥就是那个敏锐多思一叶而知秋的人。这样的人，才能成为一个好的散文家。

7

陆春祥的文学地理与散文版图，其实远比上面的介绍更加疆域宽广，也更加色彩斑斓。

比如，他对故乡人物的系统挖掘与重点书写，其中既有历史的名人，也有时代的骄子，已结集为《水边的修辞》。这部长篇非虚构散文，既是人的记传，又是江的描画，深入挖掘了两千多年来大江丰厚的历史人文，全方位新角度抒写了富春山水。

再比如，最近他又完成了一本十八万字的《论语的种子》，内容与形式都与以前的写作完全不同……

纵观陆春祥的写作历程，其形式之多变，内容之驳杂，跨界之频繁，在当代散文领域几乎无出其右者。作为一个散文创作的多面手，他一直左冲右突，不仅有十八般武艺，而且有七十二变化。

凭借多姿多彩的探索实践，凭借容纳百川的自觉经营，凭借辗转腾挪的身手功夫，凭着思的敏捷与情的丰沛，他的散文创作拥有了优质高

---

① 陆春祥：《九万里风》，广西师范大学出版社2020年版，第5页。

产的"杂的优势",真正呈现出一股多元化多维度的"子的气象"。

我想,正是陆春祥这样的散文家们的不懈努力,让当代的散文写作返回到了那个丰饶广阔的文章传统。

8

那么,在陆春祥色彩斑斓繁杂多样的散文创作中,有没有一以贯之始终保持的东西?有没有万变不离其宗的东西?

陆春祥自己在访谈中曾经提出六个字:"有文,有思,有趣"。

自然是很好的浓缩与总结,却也是一种抽象的分解。我想试着化合并还原为一种具象。

我以为,脉络般维系并贯穿于陆春祥全部散文创作的精髓或特色,乃是通过创造性的文学努力,把思想与情怀演绎为光芒。

巴尔扎克在《人间喜剧》的前言中曾断言:"光与思想是两种几乎相同的东西。"我的理解是,优秀的文学作品是有光的,它能穿越灰暗的生活与精神的雾障,照亮我们的生命,照亮我们的心灵,让心灵重新变得水晶般澄澈与透明。

与实证的科学、抽象的哲学不同,文学作品里不仅有思想,还有想象有灵感有情趣有温度有色彩有喜悦有美与爱,所有这些东西融会在一起,就成了那种光芒。

"语言是世界之光",这句箴言也许道出了文学创作的秘密,即,就像唯有爱才能触发爱,如果你想把思想演绎成光芒,你的语言本身也需要发出光彩。

我觉得陆春祥的散文创作,正是在努力实践并证明这一点。

9

因此之故,在笔记新说著作《相看》的扉页,陆春祥所写的这句话便绝非偶然，简直是夫子自道：

　　嗬，要有光，必须添光。

在某种意义上，陆春祥的写作，就是用一支如锹如镐之笔挖掘社会历史深处或山河大地之中的光芒。

比如，在《病了的字母》里，在文章与草药之间，在理性与感性之间，在讽刺与幽默之间，隐隐透露出来的是一种善意之光。

比如，在笔记新说系列里，用陆春祥自己的话来说，"是想发现个中饱含着千年思想的灵光"。

再比如，在《天地放翁——陆游传》里，陆春祥用自己的挚爱与心血，穿越时光，摹写出陆游书生剑客忧国忧民的全息人生的同时，捕捉的是陆游那永不湮灭的灵魂之光。

2020年出版的《九万里风》，也许是一部最接近散文概念的作品集了，我接下来想以这部作品为个案，借助文本细读，管中窥豹，尝鼎一脔，具体赏析陆春祥的语言艺术，去探究和阐发内敛于其笔端的思想与文采，并试着去缉获字里行间那些像出土的青瓷片一样在太阳底下散发出来的光芒。

10

在那篇叫《上虞之光》的散文里，陆春祥书写了上虞历史中的文化之光。第一节写的是"重华"，在结尾处，陆春祥驾轻就熟地自觉地把舜的"孝感动天"精神，酝酿并隐喻成了一种魅人的晶光：

　　离开上虞宾馆的那天早晨，阳光晴好，再一次经过舜井，大樟树掩映下，舜井水漾着异常明丽的晶光。①

《上虞之光》的第四节写"越瓷"。

---

① 陆春祥：《九万里风》，广西师范大学出版社2020年版，第13页。

开头先写那些重新出土的青瓷碎片：

> 一场热带风暴过后，禁山南麓，有村民在小溪边突然发现了大量的青瓷碎片，这显然是暴雨的功劳，大暴雨将松软的土刷了一层又一层，仍然"刨根问底"，但幸运的是，数千年前的青瓷碎片，终于有了和阳光对视的机会。①

好一个"刨根问底"，除了准确，当然还富有谐趣。一个思考历史书写文化的人，就应该用暴雨的精神武装自己。唯其如此，那终于"与阳光对视"的青瓷碎片，才会散发出它的迷人光芒：

> 从窑址上发掘出来的各色青瓷，有整器，有碎片，青中带黄的颜色，拙而古，显然，它刚拂去上千年的尘埃，跨越时空远道而来，虽风尘仆仆，却依旧泛着鲜亮的光。②

接着，陆春祥进一步描摹陶瓷世家传人的内心愿望与青瓷之光：

> 越窑青瓷，博大精深，我只想重现它的光彩。
>
> 破译越窑青瓷的密码，为的就是找回历史记忆，恢复它的辉煌。③

而文章的最后，陆春祥恰到好处地把青瓷的光芒完美地收拢在了一句不可替代的诗句里：

> 夺得千峰翠色。④

11

在《诸暨三贤》这篇散文中，陆春祥先是穿越时空，让自己置身于幻

---

① 陆春祥：《九万里风》，广西师范大学出版社 2020 年版，第 17 页。
② 陆春祥：《九万里风》，广西师范大学出版社 2020 年版，第 18 页。
③ 陆春祥：《九万里风》，广西师范大学出版社 2020 年版，第 18 页。
④ 陆春祥：《九万里风》，广西师范大学出版社 2020 年版，第 19 页。

想中的元明，目睹了"梅翁王冕"人梅合一的生命之光：

> 看着石碑，望着王冕故居的郝山，那片梅林、桃杏林上空的白云忽然飘浮升腾起来，梅花屋主，或者梅翁，或者梅叟，正扛着锄头，悠闲地行走在花树间，手一下一下地撩着撞他面的白云，他每天都去看望那些梅伙伴，细细地锄草培土，和它们倾心交流。①

紧接着，又在艺术学养与识见的合力作用下，捕获并定格了王冕的艺术之光：

> 王冕笔下的梅，枝梢遒劲，千花万蕊，骨格清健，神韵俊逸。整个元明的艺术天空，顿时明亮起来。②

在同一篇文章中，陆春祥运用拟人化的鲜活文字，状写了"文章巨公"杨维桢的书法艺术，生动地描摹了那种"乱头粗服"的心灵个性与时代特色，透过张狂的艺术弧线，陆春祥抓住的分明是乱世奇才杨维桢的真挚性情与生命光芒：

> 通篇皆为醉墨狂舞，线条忽浓忽淡，字形忽大忽小，随势构字，任由心出，八面用锋，夸张率性，犹如一酒醉汉子，或似不衫不履的游僧，手里握着个葫芦，踉踉跄跄，时而低吟，时而狂吼，旁若无人，这种神态，是他笔、墨、线和心灵的无奈、痛苦、悲愤紧紧相连的结晶，也就是说，杨维桢书法的巨变开合，有着鲜明的时代节奏。③

但陆春祥的笔致并没有停留在这儿，在这一节的最后，他把杨维桢的草书艺术与心灵样貌，用比兴的手法，诗意地寄寓在了一种从古开到今的黄色小花之中。在艺术家的故乡铁崖山下，随处可见这种叫景天的

---

① 陆春祥：《九万里风》，广西师范大学出版社 2020 年版，第 35 页。
② 陆春祥：《九万里风》，广西师范大学出版社 2020 年版，第 35 页。
③ 陆春祥：《九万里风》，广西师范大学出版社 2020 年版，第 37 页。

黄色小花：

> 回望铁崖山，山脚岩石下开着簇簇黄色五角小花，鲜亮透明，那是景天，是味经典中药，味苦、酸、性寒。景天还有数十种别称，如戒火、护花草、八宝草、土三七、观音扇、美人草，专治烦热惊狂、蛇虫咬伤等。
>
> 嗯，这种草，说不定少年杨苦读时就生长在那些岩石上了，草的先辈、先辈的先辈，一定见证了少年杨的苦读时光。
>
> 景天的五色小黄花，看似杂乱无序，细看，却也如杨氏草书，秩序井然，变化多姿。①

却原来这种黄色小花就是美人草，却原来景天有这么多别名这么多功效！这段比拟与寄兴文字，除了打通了人格与自然，打通了古代与今天，还再一次显现了陆春祥的博物与学识。这个例子其实告诉我们，好的散文语言，除了要有文学性与诗意，还要有扎实的学识与广博的修养。

如果说这里只是通过一段文字，说明学养对散文写作的重要性，那么《在日照，问候灰陶尊》则用一篇文章显现了学识与知识积淀对散文写作的支撑作用。没有对古代典籍与太阳崇拜传统的熟悉与了解，没有对相关的考古知识尤其是制陶历史的掌握，就不可能写出这样一篇内容充盈富有营养的文章。

我想，丰厚渊博的学养，也许是陆春祥的文章蕴含并散发光芒的秘诀之一。

12

《诸暨三贤》的最后一贤，写的是陈洪绶，号老莲。

陆春祥利用谐音开门见山：

---

① 陆春祥：《九万里风》，广西师范大学出版社 2020 年版，第 39 页。

这老莲，确实老练，小时候就如此，还不是一般的老练，思想、才情，都老练。①

接下来，陆春祥通过谐谑好玩的名人逸事具体展现了老莲的老练。

读这一节的体会和启示是，散文语言还应该幽默，还应该有趣。唯其如此，才能吸引读者的目光，从而把文与思酿成光芒传达给别人。

《诸暨三贤》这篇文章最后绾结在一个妙喻上，借助这个生动的比喻，陆春祥把分开讲述的三个诸暨贤达巧妙地叠合贯通在了一起，形成了一个整体，从而体现了陆春祥熟稔老练的文章章法：

梅翁王冕，铁笛道人杨维桢，陈洪绶老莲，七百多年过去了，他们的名字，依然如深涧传笛般响亮而悠扬。②

13

"范规众随"，是陆春祥生造的一个词，他用它作了书写范成大处州故事的题目。中学生作文最忌生造词语，而一个成熟自信的作家却不妨偶尔为之，既可以展现浓缩性与概括性，又可以收到文学写作中的创造性与陌生化效果。

在这篇文章里，陆春祥没有面面俱到地书写范成大作为处州知府的政绩与生活，而是追着一块碑，勾连纵横，上下古今，抒写出范成大修建通济堰并亲拟管理规则的感人事迹。

通济堰是浙江省最古老的水利工程，全国文物保护单位，也是灌溉工程世界遗产。然而，在冬日降温天气里，在陆春祥的生花妙笔下，它变成了一道美丽的虹：

戊戌冬日，丽水莲都区的堰头村，寒风逼人，一道弧形的白

---

① 陆春祥：《九万里风》，广西师范大学出版社 2020 年版，第 39 页。
② 陆春祥：《九万里风》，广西师范大学出版社 2020 年版，第 41 页。

色大虹,横躺在瓯江与松阴溪的交汇处,虹的上空,雾气弥漫,一直缭绕至青山的怀抱,薄纱遮盖着差不多半个湖面。①

不过,更让我们喜爱的,也许是下面这段描述毛渠的叙述:

> 毛渠,我很喜欢这个词语,细小,小到几十厘米,但它是粮田旱涝保收的重要命脉;入微,瓯江水流到这里,已没有"哗哗"的喧闹,只是静静地"汩汩"流淌,旱季里的清流,按时足额注入农田,犹如三伏天人们喝到的甘露。毛渠极似人的毛细血管,是粮田的生命通道。②

这段关于毛渠的文字,既有专业性功能性的介绍与说明,又有文学性的描绘与形容;既有视觉的把握(细小、几十厘米),又有听觉差异上的准确表达(从"哗哗"到"汩汩")。而通过破格地把"细小入微"这个词语拆分运用,则巧妙地形成了这段叙述的条理、逻辑与节奏。

这样的文字,彰显的是写作者指事类情的扎实功夫。

14

散文《梅花之城》的结尾又一次体现了陆春祥写作经验的丰富与老道。

这篇文章既叙写了梅城严州的历史,又记述了诸多与梅城有关的文化名人与诗人,从梅城下游富春山隐居的严光,到贬为睦州刺史的宋璟,还有曾游历过梅城的诗人谢灵运、沈约、王维、李白、孟浩然、杜牧等。后面又重点展开讲述了范仲淹与陆游两人在梅城的事迹,以及严州出版业兴盛繁荣的历史。

但到了文章的最后,陆春祥特地让自己登上南峰塔,从而让目光与

---

① 陆春祥:《九万里风》,广西师范大学出版社 2020 年版,第 25 页。
② 陆春祥:《九万里风》,广西师范大学出版社 2020 年版,第 26 页。

叙述落脚在了这篇文章的中心意象梅花与梅城的灵魂上：

> 我们登上南峰塔望远，乌龙山逶迤连绵而远接天际，富春江衔新安江、兰江阔波向前，塔下有硕大梅苑，白梅、红梅、青梅、花梅、蜡梅，五十几个品种，数千株梅花，将南峰层层点染。
>
> 梅花盛开的季节，这座江南古城的千年文脉和城脉似乎一下子被激发了，梅城的灵魂顿时鲜活无比。[①]

陆春祥老马识途一样让文章的结尾落在了梅花上，娴熟的落地动作就像一个武功高手，山的"远接天际"，江的"阔波向前"，斩截的语调与顿挫的节奏，让这个落地动作显得格外平稳有力，漂亮潇洒。

15

> 世上所有的女子，都应该有娘家。[②]

这是散文《娘家小院》开头的话。这句话，体现的是真挚情感对散文写作的灵魂地位与功用。

乍一看，这只是一句家常话，一句平常语，质朴无华，貌不惊人。

细品则堪称金玉良言，语气轻缓，却内涵深长，字里语间，分明蕴含着一片温馨，透出一股慈祥，有脉脉的善意与娟娟的愿景荡漾其间并弥散开来，让人觉得温暖与感动。

不妨把这样的句子称为佛家话、菩萨语，它超越了任何文采与技巧，非历经沧桑者不能书，非宅心仁厚者不能写。这样的文字襟怀宽柔，自带光芒。

有了这一句，一篇普通的记游文字便升华为美文佳构，故可称之为文眼。

---

① 陆春祥：《九万里风》，广西师范大学出版社2020年版，第53页。
② 陆春祥：《九万里风》，广西师范大学出版社2020年版，第55页。

16

最后,祝愿陆春祥在杂文与散文之间,在灵动与执着之间,在记与笔之间,在虚与实之间,在诗与思之间,继续冶炼,继续淬火,继续糅合,让光芒照亮思想,让思想沐浴光芒,最终抵达炉火纯青之境,抵达思想与光芒融合无间之境,写出传世的美文,铸就自己的经典。

附:陆春祥创作年表

2001 年

《官场词典征稿启事》,《中华文学选刊》2001 年第 5 期。

《〈本草纲目〉新方五帖》,《杂文选刊》2001 年第 2 期。

《一份经典导游词》,《杂文月刊》2001 年第 5 期。

《树上还有几只鸟?》,《周末》2001-9-14。

《签名》,《杂文选刊》2001 年第 9 期。

《取名公司文案示例》,《杂文选刊》2001 年第 12 期。

《用肚皮思考》,作家出版社 2001 年版。

2003 年

《谁能猜出船长的年纪?》《鱼要找自行车》《关于两只名鸟的身世调查》,载《2002 中国年度最佳杂文》,漓江出版社 2003 年版。

《关于两只名鸟的身世调查》,载《2002 年中国杂文精选》,长江文艺出版社 2003 年版。

《W 县长日记》《关于两只名鸟的身世调查》,载《2002 中国最佳杂文》,辽宁人民出版社 2003 年版。

《关于两只名鸟的身世调查》,载《〈杂文选刊〉创刊 15 周年精华本》,长春出版社 2003 年版。

2004 年

《陆春祥新作小辑四篇》,《杂文选刊》2004 年第 2 期。

《差点成了被告》,《杂文月刊》2004 年第 6 期。

《会做思想工作的短信》,载《2003 年中国杂文精选》,长江文艺出版社 2004 年版。

《会做思想工作的短信》,载《2003 中国杂文年选》,花城出版社 2004 年版。

《墓碑上取款》,载《2003 中国最佳杂文》,辽宁人民出版社 2004 年版。

《讨厌厚报时代》,《杂文月刊》2004 年第 2 期。

《不小心》(外二则),《杂文选刊》2004 年第 4 期。

2005 年

《鱼找自行车》,大众文艺出版社 2005 年版。

《名著是这样译成的》,载《2004 中国杂文年选》,花城出版社 2005 年版。

《无形的复杂》,《杂文选刊》2005 年第 8 期。

2006 年

《贺丹凤县建平凹文艺苑》,载《2005 中国杂文年选》,花城出版社 2006 年版。

《曲径沾光》《贾平凹是个"绩优股"》,载《2005 中国最佳杂文》,辽宁人民出版社 2006 年版。

《我发现了一个找钱网站》,载《2005 中国年度杂文》,漓江出版社 2006 年版。

《我发现了一个找钱网站》,载《2005 中国杂文精选》,长江文艺出版社 2006 年版。

《新世说》,浙江大学出版社 2006 年版。

2007 年

《小说五章》,载《2006 年中国杂文精选》,长江文艺出版社 2007

年版。

2008 年

《一只拍马屁的老虎》,《杂文选刊》2008 年第 4 期。

2009 年

《"科学院"和"如意馆"》,载《2008 中国杂文年选》,花城出版社 2009 年版。

《陆春祥新作小辑三篇》,《杂文选刊》2009 年第 10 期。

《病了的字母》,上海文艺出版社 2009 年版。

2010 年

《谁制造了流行?》,载《2009 中国杂文年选》,花城出版社 2010 年版。

《陆春祥散文杂文特辑八篇》,《散文选刊》2010 年第 12 期。

2011 年

《我的拒泡经历》,载《2010 中国杂文年选》,花城出版社 2011 年版。

《知识就像内衣》,载《2010 中国最佳杂文》,辽宁人民出版社 2011 年版。

《新子不语》,上海文艺出版社 2011 年版。

2012 年

《古阿斯指环》,载《2011 中国杂文年选》,花城出版社 2012 年版。

《将会议博彩一下》,载《2011 中国最佳杂文》,辽宁人民出版社 2012 年版。

《蜂之语》,载《〈散文选刊〉2011 年度佳作》,漓江出版社 2012 年版。

2013 年

《关于"剩经"和〈非诚勿扰〉》,载《2012 年中国杂文精选》,长江文艺出版社 2013 年版。

《"显贵"转了四个弯》,载《2012 中国杂文年选》,花城出版社 2013 年版。

陆春祥杂文精选小辑,《四川文学》2013 年第 3 期。

《焰段》,上海锦绣文章出版社 2013 年版。

《字字锦》，广西师范大学出版社2013年版。

2014 年

《假如公务员没有薪酬》《状元是个什么东西呢?》，载《2013 中国年度杂文》，漓江出版社2014年版。

《取暖秘方》(外三篇)，载《2013 中国年度精短散文》，漓江出版社2014年版。

《信天缘和漫画的普通人生》，载《2013 中国最佳杂文》，辽宁人民出版社2014年版。

2015 年

《笔记中的动物》，广西师范大学出版社2015年版。

《乐腔——陆春祥杂文自选集》，金城出版社2015年版。

《响箭》，红旗出版社2015年版。

2016 年

《有精神日富》，《人民日报》(大地)2016-1-25。

《追思的树》，《人民日报》(大地)2016-4-4。

《笔记中的小概率事件》，《四川文学》2016年第4期。

《深山纸王朝》，《光明日报》2016-5-13。

《数码综合征》，《文汇报》(笔会)2016-6-23。

《一平方英寸的寂静》，《解放日报》(朝花)2016-6-23。

《明朝的那些琐言剩语》，《散文选刊》2016年第8期。

《驴的悲剧及其他》，《解放日报》(朝花)2016-8-5。

《杂草的故事》，《文汇报》(笔会)2016-10-6。

《天地一方岩》，《大公报》(大公园)2016-11-18。

《诗意的雪隐》，《文汇报》(笔会)2016-12-10。

2017 年

《关于家+》，载《2016 中国报告·中短篇报告文学集》，作家出版社2017年版。

《笔记的笔记》，载《2016 中国精短美文精选》，漓江出版社2017

年版。

《明朝的那些琐言剩语》，载《2016 中国年度精短散文》，漓江出版社2017 年版。

《霓裳的种子》，《人民文学》2017 年第 3 期。

《段成式书房的虫虫》，《南方文学》2017 年第 3 期。

《笔记中的苏轼》，《四川文学》2017 年第 3 期。

《关于天地，关于生死》，《黄河文学》2017 年第 4 期。

《学萨笔记》，《作家》2017 年第 7 期。

《花官和药谱》，《长江文艺》2017 年第 7 期。

《笔记中的医学》，《芳草》2017 年第 5 期。

《天地间愁种》，《解放日报》(朝花)2017-1-4。

《关于秦桧，怜悯一下都不行》，《读者》2017 年第 11 期。

《沈宰相的一封家书》，《读者》2017 年第 12 期。

《李赤之死》，《解放日报》(朝花)2017-6-11。

《刘道原的人生检讨书》，《文汇报》(笔会)2017-6-28。

《云台广陵散》，《大公报》(文学)2017-7-30。

《新巴尔虎湖山歌》，《大公报》(文学)2017-10-8、2017-10-15。

《和冼妮娜聊冼星海》，《解放日报》(朝花)2017-11-2。

《春水行舟，如坐天上》，《解放日报》(朝花)2017-12-22。

《连山》，文汇出版社 2017 年版。

《笔记的笔记》，广西师范大学出版社 2017 年版。

《太平里的广记》，中国民主法制出版社 2017 年版。

《2016 浙江散文精选》(主编)，浙江文艺出版社 2017 年版。

2018 年

《过江阳》，《大公报》(文学)2018-1-14。

《岭外八记》，《大公报》(文学)2018-3-4。

《散文四题》，《文学自由谈》2018 年第 2 期。

《在西沙》，《中国作家》2018 年第 4 期。

《横峰葛事》,《人民日报》(大地)2018-4-14。

《上虞之光》,《大公报》(文学)2018-5-13。

《诸暨三贤》,《新民晚报》(夜光杯)2018-6-10。

《九寨之外》,《大公报》(文学)2018-7-1。

《潮之州》,《大公报》(文学)2018-8-19。

《梅花之城》,《杭州日报》(西湖)2018-9-7。

《泥土去哪儿了?》,《散文》2018年第10期。

《曲惊天地间》,《清明》2018年第6期。

《我的私人词典》,《散文选刊》2018年第11期。

《与天地相往来》,《中国青年报》2018-11-30。

《贺兰山下》,《中国作家》2018年第12期。

《相看》,浙江科技出版社2018年版。

《而已》,上海文艺出版社2018年版。

《春意思》,中国社会科学出版社2018年版。

《2017浙江散文精选》(主编),文汇出版社2018年版。

《霓裳的种子》,载《2017中国思想随笔排行榜》,百花洲文艺出版社2018年版。

《霓裳的种子》,载《2017中国年度作品:散文》,现代出版社2018年版。

2019年

《"形色"之形色》,载《2018中国杂文年选》,花城出版社2019年版。

《和冼妮娜聊冼星海》,载《2018中国散文精选》,长江文艺出版社2019年版。

《范规众随》,《大公报》(文学)2019-1-27、2019-2-11。

《惊蛰》,《北京文学》2019年第2期。

《为伊折枝》,《文学报》2019-1-21。

《苜蓿记》,《解放日报》(朝花)2019-3-7。

《另一种药谱》,《文汇报》(笔会)2019-3-28。

《圆通路 5 号》,《广西文学》2019 年第 4 期。

《江南水事》,《雨花》2019 年第 4 期。

《认真审视一棵树》,《美文》2019 年第 5 期。

《美国人亨特广州行》,《广州文艺》2019 年第 5 期。

《富春江的灵魂深处》,《光明日报》2019-5-10。

《石上岩下》,《大公报》(文学)2019-5-19、2019-5-26。

《药》,《解放日报》(朝花)2019-7-18。

《印加帝国陨落的隐喻》,《天涯》2019 年第 5 期。

《永远的修辞》,《作品》2019 年第 10 期。

《笔记中的明人明事》,《青年作家》2019 年第 11 期。

《千秋则》,《新民晚报》(夜光杯)2019-10-13。

《行过钱塘到瓯江》,《光明日报》2019-10-11。

《仙岩宫商羽》,《人民日报海外版》2019-11-18。

《霓裳的种子》,载《中华人民共和国成立 70 周年优秀文学作品精选》,十月文艺出版社 2019 年版。

《袖中锦》,广西师范大学出版社 2019 年版。

《2018 浙江散文精选》(主编),江苏凤凰文艺出版社 2019 年版。

《红山传奇》(主编),经济日报出版社 2019 年版。

2020 年

《印加帝国陨落的隐喻》,载《2019 中国年度散文》,漓江出版社 2020 年版。

《苜蓿记》,载《2019 中国年度精短散文》,漓江出版社 2020 年版。

《惊蛰》,载《2019 中国年度作品(散文)》,现代出版社 2020 年版。

《惊蛰》,载《2019 中国散文精选》,长江文艺出版社 2020 年版。

《石上岩下》,载《2019 中国最佳散文》,辽宁人民出版社 2020 年版。

《认真审视一棵树》,载《2019 中国随笔精选》,长江文艺出版社 2020 年版。

《闲情如何偶寄》,《解放日报》(朝花)2020-2-15。

《六榕》，《光明日报》（文萃）2020-4-10。

《第一流人物范仲淹》，《光明日报》（文萃）2020-5-1。

《通草画的呼喊》，《解放日报》（朝花）2020-6-4。

《楼塔三叠》，《人民日报海外版》2020-6-2。

《南村的树叶》，《文汇报》（笔会）2020-6-13。

《家园》，《人民日报海外版》2020-7-25。

《文学之门》，《解放军报》（长征）2020-11-20。

《安如磐石古茶场》，《光明日报》（大观）2020-11-20。

《天中之上》，《北京晚报》2020-12-16。

《南田余风》，《新民晚报》（夜光杯）2020-12-20。

《黄昏过钓台》，《作品》2020 年第 1 期。

《从岐山出发》，《四川文学》2020 年第 1 期。

《书生的故事》，《长城》2020 年第 1 期。

《垄上慢》，《湖南文学》2020 年第 2 期。

《世间花费最少的旅行》，《芙蓉》2020 年第 2 期。

《隔离记》，《山西文学》2020 年第 4 期。

《长安水边》，《中国作家》2020 年第 5 期。

《天留下了敦煌》，《天涯》2020 年第 3 期。

《传奇背后的传奇三篇》，《作品》2020 年第 6 期。

《李白的天姥》，《湘江文艺》2020 年第 3 期。

《花城四纪》《庚子食单》，《广州文艺》2020 年第 7 期。

《如鹤》，《美文》2020 年第 8 期。

《斯文·赫定的亚洲地理》，《青年文学》2020 年第 8 期。

《坐标》，《中国作家》2020 年第 8 期。

《实力散文家陆春祥特辑》，《散文选刊》2020 年第 8 期。

《癸辛街旧事》，《北京文学》2020 年第 10 期。

《公望富春》，《人民文学》2020 年第 12 期。

《2019 浙江散文精选》（主编），江苏凤凰文艺出版社 2020 年版。

《九万里风》，广西师范大学出版社 2020 年版。

《字字锦》《笔记中的动物》《笔记的笔记》《太平里的广记》《袖中锦》（陆春祥笔记新说系列），广西师范大学出版社 2020 年版。

2021 年

《杂草的故事》，载《2020 中国年度精短散文》，漓江出版社 2021 年版。

《春山》，载《2020 中国年度散文》，漓江出版社 2021 年版。

《如鹤（节选）》，载《2020 年中国散文精选》，长江文艺出版社 2021 年版。

《天留下了敦煌》，载《纸上花开：〈散文海外版〉2020 年精品集》，百花文艺出版社 2021 年版。

《仙岩宫商羽》，载《2020 中国精短美文精选》，漓江出版社 2021 年版。

"风起江南"散文系列（21 册，主编），文汇出版社 2012 年版。

《居延在斯》，《草原》2021 年第 1 期。《散文海外版》第 2 期、《散文选刊》第 3 期转载。

《南村的树叶》，《大家》2021 年第 1 期。

《洪篇》，《美文》2021 年第 3 期。

《舞台》，《天涯》2021 年第 3 期。

《水边的修辞》，《中国作家》2021 年第 5 期。

《山中》，《钟山》2021 上半年长篇非虚构专刊。

《霓裳的种子》，漓江出版社 2021 年版。

《2020 浙江散文精选》（主编），文汇出版社 2021 年版。

《鄱阳的鄱》，《人民日报海外版》"行天下"2021-1-11。

《乔司时光》，《浙江日报》（钱塘江）2021-2-28。

《沙漠中的雕像》，《中国社会报》2021-2-28。

《千万和春住》，《文学报》2021-3-11。

《阿拉善，一种现场》，《新民晚报》（夜光杯）2021-3-16。

《旗帜》,《人民日报海外版》2021-4-17。

《东风与姑恶》,《文汇报》(笔会)2021-6-16。

《聪明潮州象》,《南方周末》2021-6-24。

《格式化是一种灾难》,《新民晚报》2021-7-9。

《山中这片海》,《新华每日电讯》2021-7-9。

《桐树下的茅屋》,《光明日报》2021-9-6。

《况钟的笔》,《新民晚报》(夜光杯)2021-10-17。

《桂花令》,《新民晚报》(夜光杯)2021-11-2。

《孔子的情怀》,《新民晚报》(夜光杯)2021-11-26。

《富春山居云水间》,《人民日报海外版》2021-12-6。

《最后的乡居》,《湖南文学》2021年第7期。《散文海外版》2021年第9期转载。

《夷坚志医学举隅》,《雨花》2021年第8期。

《学而》,《北京文学》2021年第11期。

《锦书》,《芙蓉》2021年第6期。

《老学庵记》,《长城》2021年第6期。

《桐下结庐》,《散文》2021年第11期。

《夷坚志新说》,广东人民出版社2021年版。

《天地放翁——陆游传》,作家出版社2021年版。

2022年

《百江三章》,《解放日报》(朝花专栏)2022-1-14。

《谢灵运的胡子》,《新民晚报》(夜光杯)2022-1-17.

《北京的哥》,《中国社会报》(孺子牛)2022-2-13。

《去夔州》,《解放日报》(朝花专栏)2022-3-10。

《在拱宸桥上》,《光明日报》2022-4-15。

《百江樱语》,《人民政协报》(文化)2022-4-25。

《羽飞》,《长江日报》2022-5-19。

《咏而归》,《解放日报》(朝花专栏)2022-6-30。

27

《云中锦书这样来》，《文学报》2022-6-30。

《养蚕记》，《新民晚报》（夜光杯）2022-7-2。

《龙游之谜》，《人民日报海外版》2022-7-30。

《长渠长》，《解放日报》（朝花专栏）2022-8-11。

《密接与次密接》，《新民晚报》（夜光杯）2022-8-6.

《寒水谣》，《南方都市报》（大家）2022-8-28。

《你好，子久先生》，《新民晚报》（夜光杯）2022-9-9。

《等待》，《新民晚报》（夜光杯）2022-9-29。

《行者桑洛》，《湖南日报》（湘江）2022-10-21。

《秋水长天》，《解放日报》（朝花专栏）2022-10-20。

《雾溪飞歌》，《人民日报海外版》2022-10-27。

《朱学士遗风》，《光明日报》2022-12-2。

《我们去"翰邦"》，《浙江日报》（钱塘江）2022-12-4。

《烂漫长醉》，《解放日报》（朝花专栏）2022-12-15。

《寻"陆"记》，《大家》2022年第1期。

《在美院的日子》，《湘江文艺》2022年第1期。

《〈论语〉的种子》（专栏）之一至十二，《湖南文学》2022年第1—12期。

《严州记》，《当代人》2022年第2期。

《养小录》，《上海文学》2022年第3期。

《入蜀记》，《天涯》2022年第2期。

《乃粒》，《中国作家》（纪实版）2022年第4期。

《这年好大雪》，《雨花》2022年第5期。

《百江辞典》，《美文》2022年第5期。

《我在庄里》，《芒种》2022年第7期。

《武夷山中》，《芳草》2022年第4期。

《拟岘台的雪》，《星火》2022年第6期。

《诗家陆游的史家生涯》，《国家人文历史》2022年第19期。

《最后的乡居》，载《扇上桃花：〈散文海外版〉2021年精品集》，百花文艺出版社2022年版。

《南田余风》，载《2021中国年度精短散文》，漓江出版社2022年版。

《学而》，载《2021中国散文精选》，辽宁人民出版社2022年版。

《天中之上》，载《当一朵茉莉花渡过沧海：2021中国散文年选》，花城出版社2021年版。

《咏而归》，载《中国当代文学选本（第10辑）》，中国言实出版社2022年版。

《云中锦》，广西师范大学出版社2022年版。

《2021年浙江散文精选》（主编），百花文艺出版社2022年版。

"风起江南"散文系列第二季共23种（主编），文汇出版社、中国书籍出版社2022年版。

2023年

《浔水之阳》，载《文艺报》2023-1-4。

《牛奶酸》，《新民晚报》（夜光杯）2023-1-21。

《天找不到了》，《新民晚报》（夜光杯）2023-2-19。

《绿树长到了窗前》，《新民晚报》（夜光杯）2023-3-19。

《春水潺湲》，《解放日报》（朝花）2023-3-25。

《你去过明朝吗》，《新民晚报》（夜光杯）2023-4-16。

《不舍昼夜》，《解放日报》（朝花）2023-5-7。

《水边散曲》，《杭州日报》（西湖）2023-5-12。

《二嫚姐姐》，《新民晚报》（夜光杯）2023-5-14。

《自然亭记》，《新民晚报》（夜光杯）2023-7-5。

《读书堆及其他》，《解放日报》（朝花）2023-7-27。

《周柏》，《中国青年报》2023-8-8。

《热烈的涠洲岛》，《文汇报》（笔会）2023-8-25。

《岭外玉岩》，《广州文艺》2023年第1期。

《主角》，《大家》2023年第1期。

《群星灿烂耀桐江》,《散文百家》2023 年第 7 期。

《则诚的琵琶》,《人民文学》2023 年第 8 期。

《青春正红》,《中国作家》(纪实版)2023 年第 9 期。

《松古几何(外一篇)》,《芙蓉》2023 年第 5 期。

《咏而归》,载《文字的无限游戏:2022 中国随笔精选》,黄德海主编,辽宁人民出版社 2023 年版。

《老学庵记》,载《2022 中国年度精短散文》,葛一敏主编,漓江出版社 2023 年版。

《况钟的笔》,载《海以及星光:2022 中国散文年选》,韩小蕙主编,花城出版社 2023 年版。

《寒江谣》,载《2022 中国精短美文选》,王剑冰主编,长江文艺出版社 2023 年版。

《在美院的日子》,载《春花崇礼:2022〈散文海外版〉精品集》,百花文艺出版社 2023 年版。

《柏拉图的斧子》,民主与建设出版社、湖南人民出版社 2023 年版。

《〈论语〉的种子》,百花文艺出版社 2023 年版。

《水边的修辞》,浙江文艺出版社 2023 年版。

《连山》(修订本),花山文艺出版社 2023 年版。

苏沧桑:以"具体当下的在场"对历史和日常进行超越与再出发

王 平

浙江财经大学人文与传播学院

作为新文学运动家与作家群星荟萃之地,浙江以这些先驱的散文理论建设与具体的创作活动,见证了中国现代散文的崛起。特别是在鲁迅与周作人兄弟"启蒙""立人"的根本旨归中,杂文肩负着历史使命与责任,小品美文致力于在日常中构建有着健全理智的个人主体是无法回避的题中应有之义。

被誉为"休提纤手不胜兵"①、"有强烈责任意识和使命感"②的当代浙籍散文作家苏沧桑,一方面,挖掘并承袭着优秀的传统文化精髓;另一方面,更是以鲜明的"具体当下的在场"特质来作为自己共情、认知、思考并表现当代的独特方式,建构起属于自己的当代性;同时,以"在场"体现了强烈的责任感、使命感。"具体当下的在场"经由对"历史"和"日常"的超越与再出发,是对由鲁迅、周作人等开启的新文学散文创作与理论的继承与发扬,体现了当代散文创作的一种趋向。

苏沧桑手持纸笔站定在最切近的现场,感受最当下的气息,发出最时代的声浪。"具体当下的在场",作为散文作家的介入就是她的"在场";"具体当下"的情境语境,是她"深度挖掘一个个鲜活的人生横断

---

① 孟繁华:《休提纤手不胜兵,执笔便下风华日——评苏沧桑散文集〈所有的安如磐石〉》,《新闻晚报》2013-5-14。

② 张抗抗:《所有的安如磐石序:沧桑的梦与痛》,载苏沧桑《所有的安如磐石》,浙江文艺出版社2012年版,第3页。

面","进行活化石式的解构"①。"具体当下的在场",不仅是她本人所在,人物事的所在,呈现给读者的所在,不仅是上述所在存现的时空维度,还包括了建构与思考的维度。同时囊括了与过去、当下、未来的回文复调,并将浙江现象和世界图景予以结构性并置。

"具体当下的在场",是对历史和日常的超越、再度抵达与再次出发——"时代与时代相连,历史与历史轮回,仿佛是个圆,你看似走得很慢,其实,也许,你正走在最前面"②。"具体当下的在场",自浙江放射到神州大地,以精准的定位对"正在经历时代巨变的人心"进行洞察;对充满现时生命力的"山水之美、风物之美、劳动之美、人民之美"予以发现;呈现出浙江散文放射到当代散文创作的一种路向;体现了以建构理想的、具有健全心智与审美个人主体为目标的历史的进步性:"是南方的,也是中国的;是中国的,也是世界的;是历史的,也是正在发生着的。"③

上篇:历史与日常

新文学启蒙立人的旨归,指向具体切近的语境存在。"新"在断裂与开启的意味中,和"历史""日常"的关系与姿态值得细细考辨。无论是在抽象的历史中,还是琐屑虚无的日常文本里;有血有肉的中国人,都无法获得反抗绝望的精神动力,砥炼出独立现代的灵魂。经由"具体当下的在场",苏沧桑基于具体日常情境对历史进行评判,用当下的价值眼光来共情历史中的人事,借历史激发当代人的爱恨,将历史和日常错综交融,体现了历史的进步性。而这种"在场"也吻合周作人构建有着健全理智的现代个人主体的初衷。

① 孟繁华:《休提纤手不胜兵,执笔便下风华日——评苏沧桑散文集〈所有的安如磐石〉》,《新闻晚报》2013-5-14。
② 张抗抗:《所有的安如磐石序:沧桑的梦与痛》,载苏沧桑《所有的安如磐石》,浙江文艺出版社2012年版,第3页。
③ 苏沧桑:《自序:春天的秒针》,载《纸上》,北京十月文艺出版社2021年版,第1—3页。

参看苏沧桑《跟着戏班去流浪》的原发刊物《十月》的"卷首语",可以感受到她以"具体当下的在场"对"历史与日常"的映照:"呈现了民间戏班不为人知的生存状态和思想情感,百年越剧的辛酸苦乐浓缩成此刻的种种瞬间,平常的日夜交织着'家'与'流浪'、'梦'与'生活'的难以言尽的人生况味。其真切、细微,非在书斋中所能完成。那些我们身边被忽略的现实人生,在挣脱了概念化的存在后,变得如此鲜活且意味深长。"①

一、超越:抽象历史/琐屑虚无日常

某种散文书写传统,喜好从空乏情境的抽象历史概念中"获取力量";或者迷恋于对"古往"进行分析读解,寻找"英雄人物"在历史变动之中"一言震天下""一举定乾坤"的作用,心有戚戚、悠然神往。然而,这种抽空了具体情境的宏大叙事历史,粗暴地遮蔽了具体现实的复杂和多样,掩盖了具体个体的特定遭遇与心绪。这种沉溺于对救世英雄的凸显缅怀,对于某个所谓关键"转折"时刻的大费笔墨,往往本质上是对宏大叙事的念念不忘,无视并掩盖了被抽象化的英雄和历史人物的不可简化的真实生存状态。

耐人寻味的是,鲁迅在《故事新编》里为超越历史和英雄的神话人物,增添了很多属于"人"的具体日常场景,补齐了属于个体的不可或缺的"历史偶然性"。以《补天》一篇为例,女娲对人类之功,莫过于造人,然而女娲在造人之初的动机,无非梦醒之后的虚空和无聊。人的出现,都是这样的"没有意义"和"偶然",那遑论所谓人类历史的意义。鲁迅笔下这一揶揄刻意且直白,在整本《故事新编》中讽喻性都无比明显。造人之神看不懂人类中的重要历史人物的举动,也听不懂他们的话,诸如"颛顼不道,抗我后,我后躬行天讨,战于郊,天不祐德,我师反走……"那些她创造的小东西自以为是地"变这么花样不同的脸",也问不出"可懂的答

① 苏沧桑:《后记:鸟鸣》,载《纸上》,北京十月文艺出版社 2021 年版,第365—366页。

话来",女娲也无法理解他们闹出来的那些自以为充满意义的事情。①

鲁迅讽喻的这种"历史"的表述,实质上空蹈无物,抽空了具体的在场,连真实感都无从谈起,毋论令人信服以及产生共情。如果历史欠缺人以生动、鲜活的真实状态的参与,而只剩下被刻意营造的关键的"决定性",那这个"决定性"至多只是一个抽象的符号。而苏沧桑散文中"具体当下的在场",有别于该种历史文化散文模式中的大开大合,不沉湎于遥想当年金戈铁马、提兵百万一锤定音的简单化描述。她散文中的发散,自有千丝万缕的根源,可感可信,定格到的当下,是具体的一刻。

《纸上》讲述了一个坚持古法造纸的手工艺人的故事。在篇首部分,主人公朱中华要求摸一下《四库全书》原来的纸页,意图把《四库全书》的修复纸给做出来。读到这里,读者势必会有疑问:只是通过摸一下,能做出来吗?这疑问不只是我们有,就连被请求者,也是稍做了迟疑和沉默,才做出了允许的授意。而对于这个疑问的打消,作者苏沧桑是以非常具体的场景来报以肯定的回答:"轻轻触及纸页的一刹那……指尖上传来丝绸般的凉滑,轻轻摩挲,则如婴儿的脸颊,细腻里又有一点点毛茸茸的凝滞。""的确是清代最名贵的御用开化纸,洁白坚韧,光滑细密……"事实上,在人的感官感受之中,触觉是很难被还原和传达的。而在这个具体的场景中,苏沧桑非但用触觉来打消疑问,甚至还用了同样很难被还原和传达的嗅觉:"鼻尖传来一缕熟悉的气息,是他闻了四十八年的气息,空谷、阳光、雾气、溪流、毛竹的气息,一张竹纸的深呼吸。"②这种对于生命的具体源头部分的追溯确定,是肯定与信念的来源。

原发《人民文学》的《纸上》"卷首语"写道:"《纸上》是有来源、现场、去向的,是有声音、色彩、味道、纹理的,是密布质感和充满活力的。"③这无比具体的现场,还原了散文的主人公与两百余年前的《四库全书》的原初开化纸接触的情境,如此细腻传神,使我们不禁相信主人公的承诺,他

---

① 鲁迅:《补天》,载《鲁迅全集》第2卷,人民文学出版社2005年版,第357—369页。
② 苏沧桑:《纸上》,北京十月文艺出版社2021年版,第33—68页。
③ 苏沧桑:《后记:鸟鸣》,载《纸上》,北京十月文艺出版社2021年版,第365—366页。

凭感官觉得"这张消失在历史深处的纸离他无比的近"，"是一个饱经沧桑的老人"，也"是一个婴儿"，因为"它离我不远"，所以"我会把书的纸做的像它一样好"。①

初始的具体情境，在之后文中不断地伴随着主人公的生命历程复现着。比如嗅觉感受到的气息，属于纸的气息，属于初始源头的那种生命的源起、生长的气息。纸，并不是纯自然的物品，而是在自然中汇入了人工。在苏沧桑复现的具体情境之下，在既具体又无比抽象的细节中，被赋予了自然与人工相汇聚的灵魂。这种双重的精神内核，通过诉诸感官感受的表现，被呈现了出来。

最开始这一段凸显的具体视觉情境，值得反复咀嚼："阳光从天窗倾泻而下，像一场金色的雨"，落在古籍部的主人公身上。"隔着一层玻璃，他看到另一些金色的雨"，这是一个不同于决定历史关键时刻的英雄人物的普通人，却做着一些将历史传统传承下去的事情。我们透过散文作者笔下摄像头的特殊"滤镜"，看到了"金色"。② 传承传统，并让它以当下的方式，更好地展现出时代面貌的普通人；被最具体的场景，最生动、丰富的细节去描摹还原属于它的颜色。书写的纸和它所承载的文字所传达的意义相比较，在传统的意义上似乎更"不重要"，更缺乏决定意义的"英雄性"。然而纸不可或缺，它的承载和包容才能托起文字。那些承载和不被记载，同样延续了历史。普通人自带光亮，因他寻求自身意义价值的姿态，因他用灵魂的融入，所以他的创造物也自带光亮。

有两种散文中的日常也需要审视。第一种便是被鲁迅诟病为"小摆设"的日常。如果只是将日常的所谓不变定格美化，根本上是滤去了日常本身的生命力。故而，必然不能将其凝固成为感受不到自身生命力和气息的，只是供人把玩的小摆设。"因为这原是萌芽于'文学革命'以至'思想革命'的"，需要感知其生命力，感知其内里的锋芒，"是匕首，是投

<hr/>

① 苏沧桑：《纸上》，北京十月文艺出版社 2021 年版，第 33—68 页。
② 苏沧桑：《纸上》，北京十月文艺出版社 2021 年版，第 33—68 页。

枪,能和读者一同杀出一条生存的血路的东西"。斯时的境地,放不稳"小摆设","已经被世界的险恶的潮流冲得七颠八倒,像狂涛中的小船似的了"。①

第二种日常,便是习惯于琐屑、耽于虚无的日常。但是否就认同于虚无,还是需要辨析的。比如,阮籍说一切"都是虚无……觉得世上的道理不必争,神仙也不足信",鲁迅说阮籍沉湎于酒"不独由于他的思想",大半倒在于随时会惹来杀身之祸的环境里做一层保护色。"纵酒,是也能做文章的。"②而鲁迅自身,"……于浩歌狂热之际中寒;于天上看见深渊。于一切眼中看见无所有;于无所希望中得救……"③冷静于激越之后不选择喝酒,而是反抗绝望,抵御虚无的动作描述得相当"日常":"只得走。我还是走好罢……"④再次在日常之中,感受到那些需要不能就此"安稳"下去的东西,大声疾呼,让日常能够作为前进着的"中间物"日常下去。这看似悖论,实则却需要对生命的热爱与勇气。因为经此之后的路,将会是"更分明的挣扎和战斗"⑤。

日常看似平淡,却不寻常。能成为日常,并不是理所应当的必然,是因着生命的生生不息在延续,需要不断地反躬自省而推进。苏沧桑始终关注着日常背后,关注生命时时刻刻在为自身生存做出的努力,尤其关注年轻的生命。《脉动》探讨了当代青少年自杀这一话题。属于青春生命脉动的昂扬律动,不该成为死亡和终结的动力。血色应该代表激情与热切,而非结束自己生命之后所留存在世界上的最后的一摊印记。这种不该成为"日常"的暴力背后的,"拉"或者"推"的隐形的力量,在成年人手上。这种关于生命的自省和推进,需要成年人永远不停地考量。《找回时间的表》中,苏沧桑为汶川地震中失去手表的少年小敏新买了一只

---

① 鲁迅:《小品文的危机》,载《鲁迅全集》第4卷,人民文学出版社2005年版,第590—591页。

② 鲁迅:《魏晋风度及文章与药及酒之关系》,载《鲁迅全集》第3卷,人民文学出版社2005年版,第533—537、526页。

③ 鲁迅:《墓碣文》,载《鲁迅全集》第2卷,人民文学出版社2005年版,第207页。

④ 鲁迅:《过客》,载《鲁迅全集》第2卷,人民文学出版社2005年版,第199页。

⑤ 鲁迅:《小品文的危机》,载《鲁迅全集》第4卷,人民文学出版社2005年版,第592—593页。

手表。压在石块下面的小敏，"不知道痛，不知道渴，只有黑，比黑夜还黑"①。那段时间和手表一起丢失了。丢失了的，还有本应日常的童年——不被黑暗的噩梦、不被留存在脑海中的鲜血惊扰的日常。这只新买的手表，带着苏沧桑希望停滞的日常重新开始的心愿。

《风中承诺》一篇，讲述了和自己结对的少年犯小军交往的故事。小军欺骗了苏沧桑，被识破之后不知所终。几天后，苏沧桑收到他的信："在这个社会里，在我的顽固不化面前，你的善良与真诚显得那样的软弱无力。"收信之后，苏沧桑自我反省，没有认识到小军在日常下的自我挣扎："如今想来，安乐窝里的我，如何真正的了解他的难，他的痛。""我所有的劝导，于在生活中摸爬滚打苦苦挣扎的他，是多么地'站着说话不腰疼'，可他一直承受着，并且珍惜着，他能把和苏沧桑相识的时间、细节、信中的话和苏说过的几乎每句话都记得一清二楚。""虽然他最需要的并不是这些。"②苏沧桑这样留存下来的记录和思考，如同鲁迅《一件小事》中记录的日常："这事到了现在，还是时时记起。我因此也时时熬了苦痛，努力的要想到我自己"，"教我惭愧，催我自新"。③

二、再出发：基于当下对历史的评判/个性鲜活的日常

首先，鲁迅在谈论历史之物、事、人的所言所行之时，会放在当时的具体情境之下进行评判。比如论及曹子建的"文章小道，不足论"，鲁迅指出这"大概是违心之论"。论及原因："第一……一个人大概总是不满意自己所做而羡慕他人所为的，他的文章已经做得好，于是他便敢说文章是小道；第二，子建活动的目标在于政治方面……遂说文章是无用了。"④

---

① 苏沧桑：《所有的安如磐石》，第129、135页。
② 苏沧桑：《所有的安如磐石》，第129、135页。
③ 鲁迅：《一件小事》，载《鲁迅全集》第1卷，人民文学出版社2005年版，第482—483页。
④ 鲁迅：《魏晋风度及文章与药及酒之关系》，载《鲁迅全集》第3卷，人民文学出版社2005年版，第533—537、526页。

更为重要的具体在场的判断,就是站在当下的立场上评判,比如《论雷峰塔的倒掉》和《再论雷峰塔的倒掉》。《论雷峰塔的倒掉》中说的是对于这象征压制的塔的倒掉的高兴,小时候听闻白蛇传故事,对于雷峰塔的想法便是:"我唯一的希望,就在这雷峰塔的倒掉。"我之心态与"吴越的山间海滨"的"田夫野老,蚕妇村氓"皆相通。故而雷峰塔倒掉后,"普天之下的人民,其欣喜为何如"。①《再论雷峰塔的倒掉》中则是听闻一个旅客再三叹息:"西湖十景这可缺了呵!"②因游客守旧喜稳、永不变动的文化心理受到冲击,在启蒙变革的立场上谈及"十景病"。茅盾称:"鲁迅先生这手法……我们勉强能学到的……只有他的用现代眼光去解释古事这一面,而他的更深一层的用心,——借古事的躯壳来激发现代人之所应憎恨与应爱,乃至将古代与现代错综交融,则我们虽能理会,能吟味,却未能学而几及。"③

在苏沧桑的散文《跟着戏班去流浪》中,历史和具体当下之间有着更生动的联结。在舞台上,越剧里演绎着各种历史或传说里的爱恨情仇,扮演戏里人物的演员们在苏沧桑笔下讲着自己的故事,过着不能更日常的生活。比如午后,跟随着苏沧桑的步伐和镜头,看着正洗着衣服的戏班的演员边拧衣服边说来不及了,"将衣服往绳子上一搭一拍……在戏台下坐满老人的第一排前穿过去……穿过乐队,冲到后台,拎起戏袍和相公帽,三下五下穿戴整齐……没怎么停留……""潇洒的一个抬脚,高靴将戏袍轻轻一踢,便走出了侧幕,走向了灯光耀眼的戏台。一个风流倜傥的小生,走进了老人们模糊的视线;而一个女子走进了古代,走进了另一种人生。"④跟着戏班"流浪"的苏沧桑在侧幕惊住,她笔下的历史和当下的衔接则展开:越剧在百年前始于"流浪",徽班进京后,南方大地上一群乡下人放下锄头,开始流浪,开启了越剧的百年之梦。

① 鲁迅:《论雷峰塔的倒掉》,载《鲁迅全集》第1卷,人民文学出版社2005年版,第179—180页。
② 鲁迅:《再论雷峰塔的倒掉》,载《鲁迅全集》第1卷,人民文学出版社2005年版,第201—204页。
③ 茅盾:《玄武门之变·序》,载吴福辉编《二十世纪中国小说理论资料》第3卷,北京大学出版社1997年版,第472页。
④ 苏沧桑:《跟着戏班去流浪》,载《纸上》,北京十月文艺出版社2021年版,第71—142页。

随着和戏班流浪的在场生活进一步地具体深入,苏沧桑意识到,台下和台上的表现差异,或许只是最浅表的对比。戏班子、戏班子的经营者、主要演员、普通演员以及和这些人相关的人们的当下具体现实人生的细微真实,与戏台上或者书斋中的浓缩的概念是何等的参差两异。而更耐人寻味的是:传统戏班在个体经济发达的浙江,并没有被"现代化的叙事所淹没",客观原因如交通闭塞之外,本土朴素的、体系化的精神和信仰反倒有了喘息的机会,"古老的文化基因仍然存留于民众的集体无意识中,成为孔子所说的'礼失求于野'的一个精彩的现代版本"①。也应和着前述鲁迅的"我唯一的希望,就在这雷峰塔的倒掉",应和着与"吴越的山间海滨"的"田夫野老,蚕妇村氓"相同的心态。

"礼失求于野"的精彩记录中,更生动的一笔,是关于越剧名伶杨培芳先生的记录:1957年因过度劳累被诬为假装,"目的是搞垮剧团",后被开除出剧团,艺术生涯"如昙花般戛然落幕"。"她不听,也不看越剧了",但"每当她想起曾视如生命的越剧便有一种深深的无力感"。但当苏沧桑跟她讲跟着"流浪"的事,讲到"玉环越剧传承中心里学戏的孩子们",她没有评判好不好,却"常常停住筷子问,真当的呀?""清亮的眼神里满是惊喜"。②

在《牧蜂图》中的当代养蜂人的名字,苏沧桑化用的是金庸武侠小说《射雕英雄传》《神雕侠侣》中的人物郭靖、周伯通。这样的一种历史虚构人物的借用,别有一番穿越历史、传说、当下的意味和意境。本质上,是如同茅盾所说,"借古事的躯壳"来"激发现代人之所应憎恨与应爱"。郭靖这个人物有一段放牧生活,但那是因为出生时颠沛流离,并非自愿。然而年轻的当代养蜂人后代郭靖却说,他的一家人盼望着他读书出来,不要再做养蜂养牛这么辛苦的事情。虽然他在政府机关里面上班,但他又热爱着蜜蜂。他学的就是动物科学,还和爷爷约定在城里待满三年之

---

① 苏沧桑:《跟着戏班去流浪》,载《纸上》,北京十月文艺出版社 2021 年版,第 71—142 页。
② 苏沧桑:《跟着戏班去流浪》,载《纸上》,北京十月文艺出版社 2021 年版,第 71—142 页。

后,想回来的话,就回来。而周伯通之特异,在于他自创的一套武功——可以分心二用的左右互搏之术。这套武功的特别之处在于——习得领会的关键需要练武之人的心灵纯净。心思过于复杂、思虑太多的人是与左右互搏之术无缘的。浙江人周小通,化用此名正因如此。他离开故乡,选择在新疆漂泊 30 年。"置身故乡的热闹,他会陷入另一种难以言说的孤独……和大地河流在一起,和'甜蜜的事业'在一起,他从不孤单。"到了当下,养蜂人的生活方式有了非常大的改变,有车有房有网了。"但是也没有太大的变化,依然风餐露宿,依然担惊受怕,依然隐居在人们视线不及的地方。"正因为如此,他的选择,"才构成某种意义"。①

考察周作人对于"日常"主题的悉心浇灌,"根本就是一种锻造主体的技术,在把生活艺术化的过程中,想象并建构一种理想的、有着健全理智的现代个人主体。在此意义上,似不能简单地指斥周作人是一个消极隐退的趣味主义者,而须看到其思想取向中所包含的激进意图……通过审美活动来构建现代个人主体性"②。周作人将俞平伯的散文创作实践作为他理念的具体创作说明。论及俞平伯散文创作的成就,则不能不说全是杭州的景物与人事的《燕知草》。周作人将俞平伯视为第三派新散文的代表,觉得他气质如晚明文学,"公安竟陵两派文学融合起来,产生了清初张岱(宗子)诸人的作品"③。而名士张岱,对杭州与西湖,和俞平伯同样的一往情深。他作得一本《西湖梦寻》,在自序中称西湖"无日不入梦","未尝一日别"。这种对于杭州、西湖的情愫,苏沧桑亦不让分毫,她称"与西湖一定有某种宿命的姻缘","西湖于我是永恒"。④ 有趣的是,俞平伯和苏沧桑非但都愿以杭人自称,对于同样对杭州、西湖一往情深的张岱,也都心有戚戚。

最为重要的是,正因为这个人主体的不同,关于杭州和西湖的书写,

---

① 苏沧桑:《牧蜂图》,载《纸上》,北京十月文艺出版社 2021 年版,第 193—240 页。
② 倪伟:《小品文与周作人的启蒙"胜业"》,《文艺争鸣》2017 年第 9 期。
③ 周作人:《中国新文学的源流》,北京出版社 2020 年版,第 33 页。
④ 苏沧桑:《自序:三生石》,载《风月无边》,浙江摄影出版社 2003 年版,第 2 页。

张岱、俞平伯也罢，苏沧桑也好，则是完全不一样的。朱自清指出："平伯并不曾着意去模仿那些人……没有真情的流露，那倒又不像明朝人了。"[①]晚明小品本是以意趣率性为先，不拘不滞，若刻意取道着了痕迹，反有画虎类犬之虞。漫说《燕知草》里的锻词造句是其率性为之，其情亦盎然真挚。"少年心性在杭州皆是蕴着童真的趣致：城头巷里打橘子；跑到城站卖信纸，一个铜板一张的信纸，因有人还价便说三个铜板两张竟做成了生意！看侦探小说的时候，内弟以福尔摩斯自居，俞平伯则乐为华生相从……作《重过西关园码头》，残稿里还有调侃辨毒探案的桥段。"[②]

苏沧桑的一本《风月无边》，如她在序言中所言，"是一遍一遍重走西湖山水"，如同专门给西湖给杭州的情诗。除却这，她的散文中俯仰可得和杭州的因缘。与张岱和俞平伯同中有异的，只属于她的具体当下的杭州。试以一篇《与茶》为例。茶为国饮，杭为茶都。西湖龙井，采摘与炒制的步骤向来与春天、与时令、与天气休戚相关。苏沧桑笔下，明前、谷雨、芒种，这三个传统节气，贯穿龙井采摘上市的重要时间节点，以时间刻度精确到分秒来呈现——争分夺秒，章节的标题如："一　午时，长埭村 21 号 11：00—12：59""二　未时，她在茶山喊痛 13：00—14：59"……一种当代的节奏与速度，有更多精确的量度介入，精准不容有误差：

> 1 克绿茶＝112 颗芽头；
>
> 1 斤绿茶＝500 克×112＝56000 颗芽头；
>
> 1 斤茶需要一双手采摘 56000 次；
>
> 1 泡茶 3 克，需要一双手在枝头上采摘 336 次。

然而，卷入精准的各种量度，还有某种不可量度的，或者说影响精准度的因素，比如人。"茶农并没有执意送我茶叶，但也绝不多收钱。在他

---

① 朱自清：《燕知草·序》，载《燕知草》，开明书店 1930 年版，第 3 页。
② 张直心、王平：《湖山有灵，诗文有心——俞平伯与杭州》，《杭州师范大学学报》2009 年第 4 期。

心里,每一叶他手里出去的茶,于他都是孩子般金贵,即便别人不这么认为。"要做中国茶博士的"90后"美国小伙热爱"醉茶"感受:喝下几十杯,"第一天会睡不着,第二天睡两个小时,第三天会睡很久……"是因为这所有精确和不精确的裹挟的一切,忙完这20多天,才会"觉得很开心"。①

这渗透着主体化、个体化的具体当下在场的日常,反倒能够连接起历史。让历史不再成为那种远离生命个体的抽象存在。是美的有血有肉的,情感渗透在细节里,带着生命个体体验的日常串起的历史。同时也让日常摆脱了那些凝固定型化了的千篇一律枯燥无变化的定格,无论是所谓标准的美或者琐屑的虚无。从中提炼出一种鲜活的意义感,提炼出一种独特的审美化的日常。

下篇:具体当下在场的身位

苏沧桑的散文集《所有的安如磐石》中,分别以"我、它、他们、眼前、远方"作为辑名,为文章分类。以此为参照,在这个部分中,我将"我""它和他们""眼前和远方"的分类,作为"具体当下在场"呈现的不同身位,分别侧重于站定的姿态、转译的方法、连接与面向的维度,呈现如下。

一、站定的姿态:我

郁达夫说:"现代散文之最大特征,是每一个作家的每一篇散文里所表现的个性,比以前的任何散文都来得强。古人说,小说都带些自叙传的色彩的,因为小说的作风里人物里可以见到作者自己的写照。但现代散文,却更是带有自叙传的色彩了,我们只消把现代作家的散文集一翻,则这作家的世系、性格、嗜好、思想、信仰以及生活习惯等等,无不活泼地

---

① 苏沧桑:《与茶》,载《纸上》,北京十月文艺出版社2021年版,第145—190页。

显现在我们眼前。"①我是一个亲历者,是一个观察者,是一个感受者,是一个表述者,我无时无处不在。哪怕是看似客观的陈述,看什么、怎么看、说什么、怎么说,无不渗透了我并不隐秘的存在。在苏沧桑的散文之中,这点毋庸置疑是表现得很充分的。而除却个性的呈现,那种更为鲜明的个人主体性,是通过作者的在场感来实现的。

比如《船娘》一篇,是船娘自述与西溪、西湖相萦绕的人生轨迹,也是苏沧桑本人在说话。文章开篇就直接道破这层,苏沧桑与船娘虹美相约,乘着她的船喝酒:"酒酣的两个同龄女子坠入了时空深处,水天一色,人舟一体,'我'是沧桑,'我'亦是船娘,抑或是千百年来湮没在湖光山色里的她,他,还有它。西溪静默,'我'开口说话。"

"我"说的话,有着和船娘虹美一起的同声,比如虹美称来自己船上的人,都曾是"西湖的一缕月光,一朵云,一滴雨,一枝清香,一叶柳,一句诗",这与苏沧桑《风月无边》序中别无二致。又必然是复调的。船娘说完了,苏沧桑审视、思考、感受、评判,然后再说。虹美是杭州解放后至20世纪80年代末西湖船队里的第一个也是唯一的一个船娘,喜欢穿裙子。有次排班来不及换,就穿着连衣裙划船。同事们都起哄似的拍照,虹美不羞不恼。写和一个客人有"缘分",和他第二次相遇时,虹美心想"真有缘分啊,居然在这里碰到"。原来是问了很多人,一路找过来,才终于找到了。"缘分",必然是有着人刻意相求的部分。有游客说沈从文描写的"优美,健康,自然,而又不悖于人性的人生形式",就是虹美这个样子的。"你真幸福。"虹美回答:"我也觉得很幸福。咱俩换换,你愿意吗?"游客有点愕然,想了想,说:"呵呵呵。"虹美说:"我也不愿意。"留出篇幅来写这段对话,与写"缘分"一样,是苏沧桑的刻意。②

"在场"除了审视、思考、感受、评判,尤为重要的是苏沧桑的实践与介入,特别是她近年沉潜的非虚构写作部分的用心。她将这样的在场记

---

① 郁达夫:《〈中国新文学大系·散文二集〉导言》,载赵家璧主编《中国新文学大系·散文二集》,上海文艺出版社2003年版,第5页。

② 苏沧桑:《船娘》,载《纸上》,北京十月文艺出版社2021年版,第321—363页。

录视为自己写作生涯的历练和自我完善。"在场"最切近地贴近人和内心,"之前悬在半空的我一直俯看着他们,我文字的力量根本难以抵达他们",而最终"变成一支与他们平行的箭,飞向他们的靶心"。① "作为一个有强烈责任意识和使命感的作家,沧桑看到了人世间深处的痛与梦,触到了当下人们心灵的柔软之处。"② 也许正是这种责任意识和使命感,作为她实践与介入的动力:"我一直认为,文学作品剖析鞭挞人性恶是深刻,而记录传播人性美,亦是深刻……人是一种接受暗示的动物,人性之美,放大给谁看,谁就会接受暗示,他会变得更好,这个世界也会变得更好。只要我的文字,能照见人世间某些个蝴蝶翅膀般细微的角落,将某个人的内心照得光亮一点点,那我的写作就是有意义的。"③ 一种意识,化为行动,希望推动感知;责任感和命运感与历史感,在具体的层面上完成了整合。"我"的在场,成为一种自觉的对个体的启蒙意识,"尊个性而张精神"④ 在这里得到彰显。

二、转译的方法:他和它

无论物体的它或者他人的他(她),都是具有特质的个体。无论是呈现它和他的特质也好,去理解它和他的特质也好,去对读者转达并帮助理解这种特质也好,苏沧桑都通过"具体当下的在场"这种方式,实现了某种"转译",即作者本人以具体当下的在场,理解并共情了它和他;然后进行一种具体当下在场的表述,使得读者理解并共情。苏沧桑讲起采访创作的感受:"我像穿过了一个海底溶洞。抵达了他们心灵更深的海底,感同身受着海水般纠缠他们的一切。因此更清晰的看到他们如同星光与蝴蝶般美好的人格。"⑤

---

① 苏沧桑:《后记:休道纤手不胜兵》,载《守梦人》,浙江人民出版社 2015 年版,第 234—235 页。
② 张抗抗:《所有的安如磐石序:沧桑的梦与痛》,载苏沧桑《所有的安如磐石》,浙江文艺出版社 2012 年版,第 3 页。
③ 苏沧桑:《后记:细雪·如归》,载《等一碗乡愁》,中国言实出版社 2017 年版,第 339—343 页。
④ 鲁迅:《文化偏至论》,载《鲁迅全集》第 1 卷,人民文学出版社 2005 年版,第 54 页。
⑤ 苏沧桑:《后记:休道纤手不胜兵》,载《守梦人》,浙江人民出版社 2015 年版,第 234—235 页。

她自己在具体当下中在场感受并印证了他和它的生动鲜活，在理解与共情之后，将其传达出来，传达出来的不只是那种特殊性，还有那种能被理解和共情的普适性。

《守梦人》中，"他和它"部分的前三篇分别讲述了三个不同职业的人的故事。在这里"他"指的是人，"它"则是和他们的职业相关的。三篇各有意趣，让我们来分别检视。第一篇《入殓师老康：手》。在这里，手不是简单作为其所有人老康的一部分，又或者说单纯是一个对象物来展开的。它是以一个自在的存在形式，以第一人称展开的叙述。它在拥有自我感受和思考的同时，也感受着他的主人的感受。而苏沧桑之所以选择以手为"它"，是缘于老康的职业的特殊性，或者说"它"的特殊性——触及生死。因着要被描绘的生死如此抽象，故而读者也不会介意手的自我意识如何奇怪。当然生死是抽象的，可以触及的对象则更为有形、更为具体。比如带有生命的气息的、日常的气息的、生活的气息的各种人和物体。手的主人的妻子、孩子、各种器物……或者抽象的不具有具体形态的气味气息，洗衣粉的、沐浴露的……死亡则是来自一些意外，一些中断日常的事件。……中断、破坏、结束日常的一些意外。这些意外往往让人的身体变得不像日常那样完整，而手的主人——老康，能对照着照片，用这双手迅速恢复死者的原有容貌，并能快速处理任何情况的遗体防腐。让逝者的身体回到最接近于他们日常的状态。所以在这里，无论是对象物"手"的选择，还是对"生""日常"气息的选择和处理，都是苏沧桑经由具体当下在场的感受理解之后的精心转译。

第二篇是《针灸师薛瑶：银针》。这里描写的对象物"它"，不再是主人的身体的延伸部分了，但同样是一种延伸，甚至能够停留贯穿另一个对象的身体，一种具体的工具——针灸用的银针。在她——针灸师、针灸师的工具"它"以及病患之间，形成了一个隐秘的世界，极为抽象玄奥，这三者形成的一个神秘回路进行贯通修复的过程，我们称为治疗。所以在这里，"它"的特殊性是面对人的病痛，所起到的作用是治疗。这篇里，银针作为"它"的确立，除了一种较为显而易见的工具性作用之外，还有苏沧桑所特意使用的数个"悖论"。比如使用针灸治疗必然需要使用手臂操作,但针灸治疗师自己的手臂却出现了病痛。而一个被治愈的病患,反过来以她的温情治愈了针灸师。病患转手给治疗师一个拥抱表示感激,但此时她忘了自己手上还扎着银针。这里,苏沧桑点题:针本身是一种会造成刺痛的、尖锐的物体,然而却被针灸师拿来作为治疗病痛的工具。同时,能完成治疗,能治愈病患,表面上看是快、狠、稳地"冷酷"扎针,而内心则同样是怀有温情、温度才能够完成治疗。

第三篇《机场打鸟队队员路平:麻雀》,这里的"它"是一个生命体——一只麻雀。我们的人物"他"的工作任务比诸前两位,就显得非常实际和现实,一听就非常直白、明晰。为了一个非常客观的任务——保证机场飞机起降的安全,必须要排除空域之中可能造成危险状况的任何意外,也包括生命体的闯入。这个工作以及它要完成的任务,是客观需要的。但从表面上来看,与之前的两篇相比较而言的话,又显得缺了那么点"抽象"。在这里,苏沧桑所做的在场的"转译",就是让要被执行"极刑"的对象"它"所观察到那个"他"表现得不那么"典型"的故事。路平也会尽职地驱散安全隐患,但是不刻意去杀,当"他"的队友吃鸟的时候,"他"则一个人离得很远。"他"还会在夕阳下摆出画架画鸟,脚边散落的画纸上,画的都是鸟。苏沧桑在这里笔锋一转,似乎显露出了与题名相悖的温情的一面。但题名又如最早的昭示,告诉读者这注定无法成为一个诗情画意的故事。生活是日常的,路平的特殊在于和他的职业格格不入,所以离开。人和鸟之间互相不能理解是正常的,就算是在人类之间,路平和他的同事之间也未必能够互相理解。在幼年时被路平救下的麻雀,也就是我们故事中的"它"后来死了。所以那笔锋一转,不仅仅是我们的一厢情愿,也是苏沧桑的刻意。在具体当下的日常,这样的结局的发生可能无可奈何,但我们又和作者一样,寄望于那一抹诗情画意的温情:想要和平相处。

三、面向的维度：眼前与远方

"具体当下的在场"是"眼前"。从"眼前"，缀接起"远方"的无限时空，则是生活在当下的人们的一种反馈模式。一种经由当今时代的生存体验①感受所做出的反馈。这由此及彼的连缀模式，不仅是观察、感受与思考的维度，体现了当代人上天入地的视野与格局。看到更细微、具体的联系，连接起更多元、复杂维度的时空。如苏沧桑所说，能以"更接近天空或大地的声音，看到始终萦绕在人类文明之河上古老而丰盈的元气"②。

在科技发展和全球化的推动之下，时空的分隔和重组在当代人的具体生活格局中已经司空见惯，信息和人类本身在全球甚至整个宇宙中都加速流动。人类以及他们所创造的和正在创造的文明产物以前所未有的速度呼应着、密切作用着。同时，具体的个体存在，通过诸如视觉媒体的展现、数字媒体的体系更为有效、灵活地传播开去，改变着传统中预设的结构，形成更为复杂、离散的联系和对话，如同苏沧桑笔下"眼前与远方"的关系。

首先，是以精确的具体时空定格来阐释抽象的、玄妙的瞬间，比如"春天到来的时刻"："每年三月的第一天"，塔那诺河小镇的人们会"在冰冻三尺的大河中立一个木头三脚架，将一根绳子与瞭望塔上的钟摆相连。当冰雪融化、冰层断裂，三脚架终于倒下的一瞬间，钟摆会停下，钟摆停在几时几分几秒，就是春天到来的时刻"③。而这异常准确的定格描

---

① 这里的体验，是指一种特殊的实在与心理相混合的状态，即是个体对自身现实生存状态的深层体察或反思，是个体对自身在世界上的生存境遇或生存价值的具体的深层体会。这种体验是人的一种实在的生存处境即本体状态，把人的心理或精神状态包含在其中。生存处境包括个人和家庭的日常生活，集团、阶层、阶级及民族的生活，乃至国家与国家的生活等，涉及日常饮食、男女、生活用具、生产工具、精神生活、社会交往等方方面面。王一川：《中国现代性体验的发生》，北京师范大学出版社2001年版，第27—29页。

② 苏沧桑：《自序：春天的秒针》，载《纸上》，北京十月文艺出版社2021年版，第1—3页。

③ 苏沧桑：《自序：春天的秒针》，载《纸上》，北京十月文艺出版社2021年版，第1—3页。

写,是为了传达写作者的理念,要以"精准而诗性"的特质,如同"冰河上定格春信的秒针"一般,把与"无数这样奇妙的时辰"相关的动人的故事,其背后"深邃的思考",其负载的"磅礴的想象"记录下来,传达出去。

接下来我们具体看《春蚕记》中一段呈现当代时空重组体验的表述。桑蚕作为浙江传统的产业,是与传统江南文化和诗意文学深深交织在一起的,但在这篇散文之中,因其信息量密集爆炸式的承载和时空切换的方式和频率,或许只有当代人能够无障碍地感受并理解。开头便是一种独属于视觉时代的切入——"以一束光的形式":"放大镜下,一百条蚁蚕匍匐在桑叶上,像一百头无知无畏的小兽穿行于森林",细节的特写——"发丝般柔细,灰白色的头部,墨绿色的身体,毛茸茸的足……"接下来,时空发生跳跃,追溯源起:"起初,它是桑树的害虫……一位先人发现了它吐丝的秘密,从此,它被人类驯养,涅槃为丝……"作者眼前的这一百条蚕则是"通过一个快递包裹来到了蜂巢柜"。古代江南人可能会被视觉时代的放大特写吓到,也不知道蜂巢快递柜,但能理解这个包裹穿越过的"2019 年暮春的一场雨",以及作者脑海里跳出的几行诗:"农桑将有事,时节过禁烟。轻风归燕日,小雨浴蚕天。"因为这样的江南是和古代人共享的诗意的烟雨江南,也是当代的现时的江南。夜晚,沐浴在同样传统诗意的月光中的有小蚕、康熙《御制耕织图》,和作者脑海中的数码游戏"口袋妖怪"中的月精灵——月亮伊布。虽然伊布生活在数码空间中,但在它自己逻辑自洽的世界的设定中,它是能在月光中吸取精华的生物。蚕和伊布所代表的生命和成长,对于当代的人类来说,仍旧充满了不可思议的力量,"沿海东部蚕桑衰退,时空切换向了正迅速兴起的西部……""时光选中丝绸,成为东方古国的皮肤,神秘,绚丽","时光选中丝绸之路……"时光之河滚滚向前,其切换与衔接的偶然与必然如苏沧桑笔下时空的切换与衔接,昭示着眼前所代表的具体当下的在场和远方的应和。[①]

---

① 苏沧桑:《春蚕记》,载《纸上》,北京十月文艺出版社 2021 年版,第 3—30 页。

　　整个宏观世界和微观世界,无不在苏沧桑的笔下。放眼历史长河,亦可来回穿越。但穷尽无限的远方,文学的终极是什么?《冬酿》中称:"中国独有的黄酒,与啤酒、葡萄酒并称世界三大古酒。"但文中的眼前与远方,却穿梭连接于人心之间。"自三千多年前的商周时代起,中国尤其是南方大地"早已"弥漫着蒸腾的饭香和酒香"①。但那个年代私自酿酒不被允许,而那一口冬酿,还是从母亲那里,温润了一岁的苏沧桑。接下来是眼前的"沧桑的时间",在"沧桑的时间"线的延展里,连接着"姨公的时间""祖父的时间""父亲的时间""母亲的时间"……还给"沧桑的时间",是作者的成长历程,同样是一个家族的百年时空蹁跹,伴着酒的故事,少年沧桑和伙伴们读着鲁迅的《魏晋风度及文章与药及酒之关系》。

结　语

　　读者对苏沧桑说"你的文章更接地气了",评论家说她的作品"从一条河抵达大海"。② 具体当下的在场,是以沉潜来达成的无所不至。进入"现实土壤深处",在那里,将"熠熠发光"的一些人一些事物折射出来。③ 文学中想要连接眼下和远方的目标维度是什么?苏沧桑的答案可能是:"我是时空之间的摆渡人,我愿我的船,和那些庙宇一样,是渡心之船。"④

附:苏沧桑创作年表

2010 年

《淡竹》,《散文选刊》2010 年第 3 期。

2011 年

《所有的安如磐石》,《美文》2011 年第 6 期。

---

① 苏沧桑:《冬酿》,载《纸上》,北京十月文艺出版社 2021 年版,第 243—318 页。
② 苏沧桑:《后记:细雪·如归》,载《等一碗乡愁》,中国言实出版社 2017 年版,第 339—343 页。
③ 苏沧桑:《自序:春天的秒针》,载《纸上》,北京十月文艺出版社 2021 年版,第 1—3 页。
④ 苏沧桑:《船娘》,载《纸上》,北京十月文艺出版社 2021 年版,第 321—363 页。

《水知道》,《散文选刊》2011 年第 6 期。

2013 年

《遇见树》,《人民日报》2013-8-10。

《等一碗乡愁》,《人民日报》2013-11-18。

2014 年

"实力散文家苏沧桑散文特辑",《散文选刊》2014 年第 5 期。

2015 年

《阿仁的王国》,《人民日报》2015-6-6。

2016 年

《混堂巷记》,《上海文学》2016 年第 1 期。

《执灯人》,《美文》2016 年第 4 期。

2017 年

《纸上》,《人民文学》2017 年第 5 期。

2018 年

《跟着戏班去流浪》,《十月》2018 年第 1 期。

《明月来相照》,《中国作家》2018 年第 1 期。

《水边》,《文学报》2018-9-6。同年 12 月转载于《新华文摘》第 23 期。

《与茶》,《人民文学》2018 年第 11 期。

2019 年

《日出泽雅》,《十月》2019 年第 5 期。

《苍穹驿站》,《散文》2019 年第 5 期。

2020 年

《春蚕记》,《十月》2020 年第 4 期。

《牧蜂图》,《人民文学》2020 年第 9 期。

2021 年

《月空来信》,《解放日报》2021-1-3。

《船娘》,《十月》2021 年第 2 期。

《李庄意象》,《十月》2021 年第 5 期。

《云起时》,《文学报》2021-9-2。同年 12 月转载于《新华文摘》第 23 期。

赵柏田:散文书写的文体优势和思想审美

钱志富

浙江越秀外国语学院外语学院

赵柏田散文是 21 世纪中国散文的一道坚实的、亮丽的风景线,在中国尤其是浙江形成了一种骄人的赵柏田现象。赵柏田散文书写始于 20 世纪 90 年代中叶,1999 年他结集出版了《我们居住的年代》,引起反响。如今,他结集出版的散文著作具有较大影响的有《历史碎影》《岩中花树》《帝国的迷津》《明朝四季》《时光无涯》《远游书》《双重火焰》等十余部。其中光中华书局就出版了他的三本散文著作,分别是《历史碎影》《岩中花树》《帝国的迷津》。2015 年上半年,著作《南华录》入选"中国好书榜""新浪好书榜"等国内各大榜单,2016 年该书荣获第 14 届华语文学传媒大奖。授奖词中这样表彰赵柏田的这部著作:"他对古代中国的回望,声音低回,内心虔敬,在体认一种逝去的生活态度与价值信念的同时,也对文化异端情有独钟。"又说:"他出版于二〇一五年度的散文集《南华录:晚明南方士人生活史》,将南方文人的群像,隐于各种艺文与风物之中,以文观物,以史证心。这种寄寓在物质里的精神,优雅、坚韧、繁华、奢靡,有一种近乎绝望的美。赵柏田写出了这种美的兴衰,并通过江南文化气韵的重现完成了自我救赎。"[①]

赵柏田散文书写颠覆了先前的和现有的散文书写模式,使得散文书写在所有的文学体裁中突然有了一种涵盖一切的力量。赵柏田散文凸显出一种优势,一种裹挟一切题材内容的优势。一些批评家读了赵柏田

[①] 《第 14 届华语文学传媒大奖揭晓 我市作家赵柏田荣膺"年度散文家"》,宁波网[引用日期 2016-04-18]。

的散文著作十分兴奋和激动,同济大学人文学院教授张念这样说:"看了赵柏田的书,我有一种冲动,今后要向朋友们奔走相告,大家都扔了余秋雨来读赵柏田。……我想我要对赵柏田致敬,为他的趣味的纯真,为他的耐力和坚韧。"①余秋雨曾经因为于 20 世纪 90 年代写作《文化苦旅》和《山居笔记》等获得大名,他的文化散文曾经风靡一时,一时洛阳纸贵。随着时间的推移,余氏文化散文书写模式逐渐暴露出他的弊端,在评论界也受到不少诟病。赵柏田的散文可谓异军突起,以一种全新的书写模式异军突起,大有横扫文化散文之势。当然,不能因为有赵柏田的横空出世,就去否定余秋雨,将余氏文化散文说得一无是处。上海交通大学教授张生说得好:"秋雨老师有开拓之功,在上个世纪九十年代以他的文化散文撒下了启蒙的种子,赵柏田则另辟蹊径,用他智性与诗意交织的文字造了一个花园。"②赵柏田的散文如今已经不再是一个小小的花园,而是一片海,一片汪洋恣肆的海。

诗歌、散文、小说和戏剧是文学艺术最基本的四种形式,本来这四种文体在文学史上是各有其功能的,诗歌抒情言志,散文叙事说理,小说编故事,戏剧演出故事。从体量和字数上说,诗歌和散文总是短小精悍的,因为这两种文体主要用于抒发主观的情绪和表达主观的思想,诗歌重情,散文重思,而小说和戏剧总是长的,因为他们言说的是客观的事体,具有宏伟的结构。中国古典小说中的杰作差不多都是鸿篇巨制,《三国演义》《水浒传》《西游记》和《红楼梦》都是上百万字的作品。外国小说中最重要的作品也是长篇小说,像英国、法国和俄罗斯以及美国的那些大家都是写长篇小说的。小说和戏剧跟诗歌和散文最大的区别就是,体量短小的都具有主观性,而体量大的都具有客观性。

中国古典散文中,先秦诸子以及唐宋八大家还有明清小品文等等都是有话则长无话则短,《古文观止》中的那些作品都是短小精悍的,差不

---

①　参见《历史中的叙事——赵柏田作品研讨会纪要》,《文学港》2007 年第 5 期。
②　参见《历史中的叙事——赵柏田作品研讨会纪要》,《文学港》2007 年第 5 期。

多没有长篇。西方有所谓 essay 这样的文体,其实就是散文,也是短篇,主要表达主观的思想。日本文论家厨川白村这样说:"在 essay,比什么都紧要的要件,就是作者将自己的个人底人格的色彩,浓厚地表现出来。"①其实作家也是普通人,他可能比普通人有更加强烈的思想和情感,经历的事情比普通人多,可是个人的、主观的,毕竟在体量上是不如集体的和客观的事情的。所以散文书写都必然是短的、小的。

可是阅读赵柏田的散文作品,笔者发现,赵柏田完全打破了这种必然,他彻底颠覆先前的和现有的散文的文体界限,他的散文自然也有他自己的人格色彩,他的主观性也是强烈的,可是某种客观性的,也就是叙述的,描写的因素整合了进来,这种因素就是被业界赞赏的小说笔法,此外,赵柏田还在他的散文书写中发挥了诗歌书写的优势,当然他的散文书写还有一种强烈的思想审美,一种思想表达的透彻和畅快。

一　赵柏田散文书写的小说笔法

敬文东先生在给赵柏田的《历史碎影:日常视野中的现代知识分子》一书写的序言中赞扬了赵柏田的小历史叙述方式,也就是用发掘出来的细枝末节来凸显人物的历史背景(真实)的写法,特地提出赵柏田散文书写的小说笔法。敬文东肯定了他的两点做法:一是"偶尔不惜虚构的叙述";一是"过往的、孤苦无告的事件的细节"的搜集。"赵柏田没有机会放过任何一个人物身上的任何一个有用的生活细节",在敬文东看来,赵柏田正是通过这样的小说笔法颠覆了历史书写的"宏大叙事",让"过往的人、物、事重新活过来"。② 赵柏田在接受包丹虹访谈的时候也坦承:"我写《历史碎影》《岩中花树》,除了多年史学训练,当然也离不开小说家

---

① 　[日]厨川白村:《出了象牙之塔》,载鲁迅译《苦闷的象征 出了象牙之塔》,人民文学出版社 1988 年版,第 113 页。

② 　敬文东序,载赵柏田《历史碎影:日常视野中的现代知识分子》,中华书局 2006 年版,第 1—3 页。

生涯的影响。对细节的关注,对世道人心的体察,对人性的勘探,本来就是一个小说家的职责所在。"①说得明白一点,就是赵柏田要借用小说中的一切从生活出发、一切从生活的细枝末节出发的美学原则来结构散文、结构散文的美。赵柏田排斥大历史、粗线条,排斥宏伟叙事,他从鲁迅的一段论述中获取能量。鲁迅说:"历史上写着中国的灵魂,指示着将来的命运,只因为涂饰太厚,废话太多,所以很不容易察出底细来,正如透过密叶投射在莓苔上面的月光,只看见点点的碎影。"②赵柏田的所有努力就是从历史的深处去挖掘和扩大这些碎影,他要还原历史、重构历史,面对历史事件和历史人物,他竭力将他们搬回到鲜活的历史现场,所谓现场就是他找得很准的"日常视野"。"只有努力回到历史的现场,才有可能获得真实。""我对历史叙事和书写有了一种融会贯通之感,所以我如是戏言,我打通了历史的任督二脉。"③赵柏田如是说。所谓"历史的任督二脉",指的是什么呢? 其实就是纪实和虚构,纪实就是要将历史上的人和事以及历史的场域真实地重现在读者面前,所谓虚构就是在重构历史的时候依靠合理的想象和假设适当地设计出一切情节和细节,这样做的目的也是追求一种真实,一种属于艺术的真实。前者是历史本有的真实,后者是艺术的真实,两种真实融会贯通,就是对历史的任督二脉的打通。

《岩中花树》是赵柏田打通了历史的任督二脉之后写成的散文著作,依靠恰到好处的虚构和细节为读者营造了一个多姿多彩的江南文人世界。羽戈这样评论《岩中花树》,说:"在那个世界,他们将求真与细节之美结合起来,干巴巴的历史教条因细节的丰富多姿而趋向真实。如赵柏田写王阳明、张苍水、黄宗羲、全祖望、章学诚、汪辉祖,写他们的日常生活,王阳明的情感历程,张苍水对死亡仪式的渴望,黄宗羲为书籍的一生,全祖望在北京与扬州这两座城池之间的精神徘徊,章学诚的漫游和

---

① 包丹虹、赵柏田:《史笔诗心——赵柏田访谈》,《文学与人生》2011年第3期。
② 鲁迅:《华盖集·忽然想到(四)》,载《华盖集》北新书局1926年版,第23页。
③ 赵柏田、姜广平:《从"历史场"回到"文学场"》,《西湖》2011年第12期。

失败,汪辉祖的师爷生涯,走县过府白了头,现实主义的功名,多像一条狗,你追它也跑……每一个贫瘠的背影,经过他的笔,都变得饱满。我们还隐约瞥见其后大时代的点点墨痕,被侮辱与被损害的芸芸众生在一张揉皱了的宣纸边缘苦命挣扎。"①当然不仅《岩中花树》是赵柏田打通了历史的任督二脉之后写成的散文著作,《历史碎影》《帝国的迷津》《明朝四季》《南华录》《极致审美》等都是这样的打通了历史的任督二脉之后写成的散文著作。

《历史碎影》中的第一篇写的是民国时期北京大学四大校长之一蒋梦麟和他生活的时代,文章一开始就依靠适当的虚构和细节将读者拉回到历史现场,即少年蒋梦麟同他父亲乘船离开余姚老家,然后在宁波三江口乘轮船奔赴上海的现场情形:

> 这天下午三四点钟光景,船把他们送进了宁波城。这一程从乡下到宁波的水路,算来竟走了三天两夜。到上海的船要晚上八点才开,余下的四五个钟头里,父亲带了他去逛了城隍庙,到江厦街买了晚上坐船吃的点心和准备送给上海亲友的咸干货,还带着他去了离码头不远的江北外滩,看了外国人造的教堂。教堂肃穆的外表给年幼的他留下了深刻的印象。姚江逶迤西来,至此已到入海处,江风浩荡,混浊的江水拍打着堤岸,不远处的三江口,海水与淡水的交汇处折叠出一条长长的水线,海鸥像一只只明亮的梭子在水面上剪翅低飞。

"日常视野",细枝末节,舒缓的叙事节奏以及江南语调,给读者一种熨帖的阅读快感。那个少年就是后来留学美国学成归来成了北大校长的现代中国知识分子蒋梦麟。他的勤劳的、善良的、富有开创精神的父亲就这样带他到宁波三江口坐轮船离开家乡。读者可以细心体会这些描述中透射出来的回归历史现场的亲切感和美感。

---

① 羽戈:《江南的知识与气质——评赵柏田〈岩中花树〉》,《文化交流》2020年第7期。

傍晚,吹着咸壳壳的海风,他们来到了江北外滩边的轮船码头。从这里他们将乘坐招商局的轮船,一夜水路旅行后于次日清晨抵达上海十六铺码头。过道和甲板上乘客挤得像沙丁鱼,一伸脚就可能踩到别人。小贩成群结队上船叫卖,家常杂物,应有尽有,多半还是舶来品。父亲在二等舱找好位置,放好行李,就带着他满船跑开了。

下面是对少年蒋梦麟的父亲上了西洋轮船的细节描写,其中当然也有虚构,少年蒋梦麟的富有探索精神的父亲的形象跃然纸上。

父亲像个好奇的孩子,在船上这里摸摸,那里碰碰,一边不住地往纸上画着什么。这位绅士老爷还拉着少年走进了驾驶舱,一个穿着制服的船长模样的人客气地把他们请了出来,说船马上就要开了,请他们在自己的位子上坐好。他们来到锅炉房,司炉正在铲煤,炉膛里腾射而出的火光映着少年和父亲的脸,他们的眼里有了一种梦幻般的色彩。父亲有一搭没一搭地跟司炉套话,司炉告诉他这船是德国造的,在这条水路上已经跑了快三年了。他们来到甲板上,船正在启动,昏冥中,两岸的景物和建筑一点点地退远了,父亲说,我回去也要造一艘轮船。少年以为父亲在跟他说笑话呢。

少年蒋梦麟的父亲后来果然自己设计,自己用木材打造了一艘这样的轮船,目的是要缩短老家余姚到宁波的航程,三天两夜的行程太久了,结果失败了。以上是赵柏田散文书写注重还原历史现场和细节描写的一个小小的例证,通过这个例证,我们可以清晰地感觉到在赵柏田笔下历史被现场化和日常生活化之后给读者带来的亲近感和亲切感。评论家毛尖指出:"写作可贵的是呈现出了多元的格局……确实在他的笔下,历史与当下常有天涯比邻之感。……他是以一种新的意识形态,这种意识形态把日常化、民间性提上来,以此与大历史构成对话。"①赵柏田的散文书写是神奇的,具有一种吸引读者入情入境的强力,读者一旦开始阅读,就停不下来,而且读了这个作品,马上想读别的作品,只要带有赵柏田印记的,都有一种神奇的魅力。

20世纪90年代赵柏田写过一篇小说叫《明朝故事》,是写徐文长传奇一生的,发表以后被《小说选刊》转载。后来赵柏田写了好几个鸿篇小说,其中《赫德的情人》《买办的女儿》都是史诗性质的鸿篇巨制。赵柏田常常把散文当小说写,恰到好处的虚构和丰富的细节不仅增强了赵柏田散文书写的神奇魔力,而且使得散文获得一种迅速扩容的优势,赵柏田的散文书写常常有一种恣肆生长的力量,刚开始常常只是一个观念,一个小小的念头,一次与友人的谈话,或者一个画面,没想到可以自然生长成一个鸿篇巨制。把散文当小说写,因而形成了赵柏田散文书写特有的文体优势,这是笔者的发现。

赵柏田的《双重火焰》一书很特别,是一部文学评论集,可是作者即便写文学评论也忘不了采用小说笔法。"那些时刻,我多像一个恋爱中的男子:喜欢迂回闪烁的细节,喜欢抓住感性的物象来抵达意义的另一端。"赵柏田如是说。赵柏田完全颠覆了流行的文学评论的写作套路,学院式的沉重铠甲以及职业书评人的冗赘虚浮的客套被彻底抛弃了。他让身心敞开,深入他所批评的文本的内部,深切地把握其肌理,然后用充满丰富细节的感性的语言表达出来。《去波兰读米沃什》写得很特别。"原定六点三刻去华沙的航班推迟了近两个小时,八点过后才起飞。此时太阳还悬在地平线上,照着机翼下的河流和大片的针叶林。飞机爬升不久,就一头扎进了云层,但云层并不厚,一会儿就穿越了过去。飞机先是向西,然后折向南行。阳光再度落进机舱,它如此炫目,坐在边上的芬兰老太太发出低低的一声惊叹。当太阳整个地陷身于云层里,那光还是顽强地穿透出来。"现场,日常视野,细节,舒缓的节奏,这些元素在慢慢

---

① 参见《历史中的叙事——赵柏田作品研讨会纪要》,《文学港》2007年第5期。

呈现。"早晨六时，太阳把我们下榻的 Novote 对面的斯大林宫（文化科学宫）染得金黄。这座庞大笨重的建筑矗立在华沙市中心，如同一个古堡，象征着二战后斯大林在波兰的威权。早餐后匆忙赶至火车站，坐九点钟的火车前往波兰南部城市格拉科夫。因是一等车厢，乘客不多，车内很是整洁、安静。火车刚驶出华沙，天气还很好，不一会大块的云团飘来，下起了雨。雨水在车窗玻璃上冲下了一道道污渍，看出去，树林、平原、草坡，全都变了形。"迂回闪烁的细节，感性的物象，赵柏田以恋爱的方式展开他的评论。"临睡前，我打开带了一路的《拆散的笔记簿》。我看的是《世界》，这首诗还有个副标题，'一首天真的诗'。米沃什以一种平静的、历尽沧桑的语调叙述了家乡维尔诺的小路、屋顶、篱笆、门廊、楼梯、林中的一次远足、父亲的教诲，这是他在暮年回忆他怎样认识世界，世界又怎样进入他心中。"读了这样的文学评论，真的要大呼过瘾，真是一篇美文！

《时光无涯》有点像作者的自叙传，但其写法却有点混搭，最主要的还是借用了小说笔法，其中写作者的母亲在地里劳作的时候发生的一次事故：农用三轮车翻车将母亲给压在沟里了，看看作者苦痛中略显精彩的描写和刻画。"1999 年初夏，一天下午，母亲去地里收菜回来，她蹬着的农用三轮车翻落路边的水沟。侧翻的车压住了她。满地奔跑、叫喊着的土豆、莴苣、茄子和青瓜压住了她。她费了好大劲才从车身下爬出来。揉着手臂，她听到了里面骨头碎裂的声音。碎裂的骨头隔了一层皮肤在她的指头下滑动，像是要支棱到外面来。她奇怪的是怎么没有了痛。就好像她在揉着的是一节枯枝，或者一截锄柄。母亲坐在翻转的农用三轮车旁边，要把她的痛找回来。然而，痛，突然地，不期而至地到来时，她连站起来迈出一脚的力气也没有了。她坐着。坐着。不知坐了多久。下午就要过去了。一个被巨大的痛包围着的妇人，坐在暗下来的田野中央。坐在痛的中央。这些痛，是成片被晚风压倒的青草的忧伤。这些痛。哦这些痛。我们在夜色中找回她，她的半边脸还是歪的。一张痛歪的脸。"有的评论家指出赵柏田散文写作的先锋气质，比如张闳就说："赵柏田的写作最重要的价值,也是他与余秋雨非常重大的区别,在于他找到了一种有效的叙事方式,一种从先锋主义那里继承下来的话语方式,这种叙事方式同时也本源自新史学,在史实与想象、历史与现实经验之间架起了一道奇妙的桥梁,经由一个个隐秘的通道,把现代性和人类性的经验在历史场景中还原。""与当下流行的所谓'文化散文'不同,赵柏田的非虚构性作品把一种带有强烈'现代主义'色彩,灌注进对历史的人与事的追忆与想象中,以个人的生命体验打开历史的'黑匣子',让消失了的人与事,向当代经验敞开和发声。"①母亲送医这一段描写就很好地体现了某种先锋主义的话语方式。"连夜送到第一医院。急诊。拍片。送检。从一楼跑到四楼。又从四楼跑到一楼。长久的等待。排队。张望。才芽表哥(他在这家医院做骨伤科医生)拿着 X 光底片说:三嬷,全碎了。父亲看着穿着白大褂的外甥,目光里闪动着畏怯。全碎了?是的,全碎了。哪儿碎了?是肘关节第三根小骨与第四根小骨的连接处,就是我们平常说的饭撬骨。才芽表哥绾袖,屈肘,在自己手臂上演示着他所说的部位。哦,是饭撬骨碎了。母亲说。哦,是饭撬骨碎了。父亲说着好像还舒了一口气。"作者后面还写母亲在同一家医院做切除子宫肌瘤手术后的感觉,也是先锋的表达。"出院那天,我们扶她躺在父亲拉来的平板车上,平板车的下面垫着新鲜的干草。她说,痛。她还说,小腹下面空空荡荡的。这巨大的虚空。这空空荡荡的痛。我知道是身体的,更是内心的。一个女人的痛。将要和她一起走过余生,就像她的影子。"母亲牙痛的表达也具有强烈的"现代主义"色彩:"接下来是牙痛。不不,这痛,寄生的时间更早。只是它一直潜藏着,像黑暗中的兽,猛一下拧紧你面部的某根神经。母亲张开她的嘴说,啊啊啊。她说,啊啊啊。她发出这样的音节是向她的儿子展示她黑暗的口腔。里面的牙,没一颗好的了。她说完,就会丝丝地吸气。风穿过她空空的牙缝,那声音是多么的冷。冷入骨髓。病牙让她的梦境也透着吹过瓦楞般的细风。嘶—嘶

---

① 参见《历史中的叙事——赵柏田作品研讨会纪要》,《文学港》2007 年第 5 期。

嘶—嘶嘶,嘶嘶嘶嘶,嘶嘶嘶嘶嘶嘶嘶嘶,嘶—嘶—嘶嘶,嘶嘶嘶嘶,嘶嘶嘶嘶嘶嘶嘶嘶,嘶嘶嘶嘶嘶嘶嘶嘶。她睡不着了就会起来,坐在灶膛前烧水。有时凌晨,有时半夜,起来就烧水。直到把所有的热水瓶、水壶、水罐、水坛里都装上开水。她生火,添柴,倒水,再倒水。她注视着火焰舔着铁锅。她拨拉着柴火的余烬。以期把痛移走。"

以上是我们讨论的赵柏田散文书写中的小说笔法。

二 赵柏田散文书写中的诗歌夹带

三天前的一个清早,少年和他的父亲从杭州湾畔的蒋村动身时,星光还没有完全隐落,秋晨的露水把布鞋和裤管都打湿了。在余姚县府衙门前的小码头下船,江面的雾气正在散去,那些像走钢丝一样站在船舷上的农妇已经快要把一船船的白菜搬空了。初升的太阳把江面染得如一匹红练,农妇的脸,不知是出了汗还是江水映的,也都酡红着。船是带雨篷的木帆船,篷上的青箬是新摘的,还有着春天雨水的气息。在浙东乡村,纵横的河汊里到处都可以看到这种作短途运输的木船。潮水时涨时退,退潮时,船逐流而下,走得很快,两岸的树、村庄,还有河里的云的影子,在少年的眼里一闪就过去了。但当逆水行驶时,前进就会变得非常困难,虽说雇了两个背纤的,半天也赶不了十几里地。连着三天,看厌了河水和堤岸两边单调的树木庄稼,船上又没什么好解闷的,少年觉得时间实在是太无边无际了,简直像这浑黄的河水一样没个尽头。

以上这一段舒缓的、抒情的、写景的连带叙事的文字就是一些论者所说的"江南语调"。散文的、诗的、小说的手段都用上了,令人读起来非常舒服。评论家敬文东十分赞赏赵柏田散文书写中的江南语调:"文字技艺十分高超的赵柏田在领会了小历史就是个人生活史这一精湛含义后,和小说笔法相搭配的,是他特有的江南语调——这或许是因为他是个宁波人。"又说:"在《历史的碎影》中,江南语调显然是非社论化的、非道德化的、非板正和非中庸的。"敬文东用了四个"非"对"江南语调"进行了排除法的界定,才正面来肯定"江南语调"的特性。"和江南的地貌、气候相一致,江南语调轻柔、温婉、在颓废中现出温情、滋长出对笔下人物的充分理解,并为光晕的最后成型提供了方便。""因为江南语调和小说笔法的搭配,使赵柏田没有机会放过任何一个人物身上的任何一个有用的生活细节,更没有机会让全息图中应该包纳的任何一条信息遗漏出去。江南语调和小说笔法按照一定比例的混合,最终使得一个时代的地图充满了阴霾之气,充满了悲剧、颓废与忧伤相杂呈的调子。"① 评论家敬文东论述赵柏田散文书写的江南语调,十分到位,可是他不肯说出"诗"这个字眼。值得注意的是,长期进行诗歌评论的柯平先生也不肯说出赵柏田散文书写中夹带进来的诗歌书写,他甚至说,赵柏田突出的小说笔法颠覆了人们先前的对散文书写的诗意期待:"这里,作者原先的小说家身份应该说起了相当关键的作用。在书里,我们阅读经验中的熟悉的、期待的诗情和高蹈,突然变得有点不大管用了。"② 诚恳地说,赵柏田的散文书写的确颠覆了流行的文化散文中的所谓诗意书写,但是如果就此否定赵柏田散文书写中的诗意,就大错特错了。

赵柏田生于 1969 年,20 世纪 80 年代经历过中国改革开放引发的诗歌的黄金时代,他曾经强烈地感受过那个时代释放出来的诗歌之光,他也曾经梦想成为一个诗人。《时光无涯》一书中浓墨重彩地当然不无夸张地写他曾经对一位马姓诗人的崇拜。"马诗人那时是农机局下面的一个仓库保管员,这家仓库与我的学校在同一条街上。当我刚一知道这消息时几乎感到了一阵幸福的晕眩。诗人就和我住在同一条街上,而我竟然一点也不知道。""在工人文化宫二楼的一间小会议室里,我迷上了马

---

① 敬文东序,载赵柏田《历史碎影:日常视野中的现代知识分子》,中华书局 2006 年版,第 2—3 页。
② 柯平序,载赵柏田《历史碎影:日常视野中的现代知识分子》,中华书局 2006 年版,第 5 页。

诗人夹着一支烟吞吐自如的模样。""他是那么的瘦,我很快想到了一个比喻——瘦得像一支钢笔,这么瘦的人简直就是为了写诗才来到这个世上的。我为自己超过八十公斤的体重惭愧起来,这粗俗的身体,缪斯女神昏了头才会找上门来!"在马诗人面前,青年赵柏田竟然自惭形秽起来。他小心翼翼地将自己的诗歌作品呈送到他崇敬的马诗人那里,希望得到他的夸奖,结果马诗人的一番话给他很大的打击。"这次会面是令人沮丧的。我多么希望能从马诗人那里得到几句夸奖以作前进的动力,可是没有。""马诗人像数人民币一样翻看了我带去的一叠诗稿后,并没有如意料中一般高声赞美我的天分。"然而马诗人后面的一席话对青年赵柏田的冲击还是很大的。"他问我看什么书。我说我在看艾青。他叫了起来,现在谁还看这个啊!然后他的嘴里飞快地跳出了一大堆稀奇古怪的名字,看过艾略特吗?看过狄兰·托马斯吗?看过博尔赫斯吗?看过阿莱卡桑德莱吗?"这次谈话虽然令青年赵柏田很伤心,可是对他在诗歌道路的成长却起到了很大作用。"我不无伤心地感到,要走进我们时代最精英的人群——诗人的队伍——我还得翻过好几重的大山,而我像水浒传里的矮脚虎王英一般肥墩墩的身子,是横亘在诗歌道路上的第一个障碍。有谁见过胖诗人的,李白胖吗杜甫胖吗普希金胖吗?我学着马诗人拼命抽烟。我开始学会熬夜。我还从新华书店多年的库存中找出来一大摞各式各样的诗集,从《唐诗鉴赏大全》《李商隐全集》到最新的《朦胧诗集》《五人诗选》。我还带着两本硬面的笔记本,每天晚上去图书馆阅览室抄诗。那些日子,碰到的人都会说我的脸色黄得像咸菜缸里的石头。两个月过去了,我称了一下体重,整整瘦下去了十多斤!我不无欣喜地认为,自己在伟大的中国诗歌的道路上迈出了重要的一步。"可惜的是,作为诗人的赵柏田让位于小说家和散文作家赵柏田,只是小说家和散文作家赵柏田时不时在自己的散文和小说创作中夹带着诗歌创作,而且散文和小说创作中偶尔为之的诗歌创作似乎比专门的诗歌创作更加卓越。

《时光无涯》作为附录收录了赵柏田创作的诗歌作品,从1991年到

2000 年 10 年时间内的分行作品。1991 年 11 月赵柏田写了一首《写给未出世的女儿》，其中有这样的诗句："你的歌是我遍体的伤/女儿，你一笑我就痛"，"女儿，是你拯救了你父亲/你的歌唱是伤口开出的花"，应该说，这样的诗质量上还是说得过去的呢。当然，作为诗人的赵柏田的才华似乎不在这些分行的文字里。他的诗歌才华在散文书写中有时会突然爆发，读之令人欣喜不已。

> 雪落下。雪自北向南落下。雪自西向东落下。2004 年的第一场雪落下。亲爱的，雪在落下。雪落在公园。路上的化了，草尖和矮树上积了薄薄一层。路是黑的。草、树是白的。修剪成各种弧度的草坪。各种弧度的白。亲爱的，雪在落下。落下。落下。雪落在街上。雪落进河里。雪落在竹福园。雪落在天一家园。雪落在万安社区。雪落在文化家园。雪落在柳西新村。雪落在柳东新村。雪落在外潜龙。雪落在黄鹂新村。白鹤新村。朱雀新村。雪落在盐仓小区。雪落在中山西路。落在长春路。苍松路。翠柏路。公园路。槐树路。环城西路。环城北路。镇明路。落在白杨街。马衙街。天一街。药行街。三支街。大梁街。大闸街。白沙街。樱花街。

以上是《时光无涯》一书上卷第十章"幽暗国度"中《落下》里面的灵感大爆发。强烈的"落下"感，强烈的形式感，强烈的诗的质感。当然，因为只是散文书写中的夹带，所以其排列形式还是散文的，如果是分行排列，一定会有更加强烈的形式感。

> 你躺在秋天的草地上。你看见一朵浮云，静静地泊着，在天空，在时间的静深处。有谁听到过白云的呼吸？轻，轻轻，像一条飘动的缎带。你看见风窸窸窣窣穿过纤弱的青草过来。看见更远的风潜入草坪。你还看见从你脚下荡开去的秋草，一纹一纹，高过了远山和太阳。你闭上眼，阳光在你的眼睛上踩出一个个金黄的圆点，你会感到这圆点在鼓胀，鼓胀，迫使你向

更深处寻求理解。

转瞬间,云已过了你的头顶。

一双手在天穹深处撕裂它们,驱赶它们。你听见这双手在云层背后的冷笑。一切如同流沙,或者不可确定的记忆,改变了现时状态的真实和残酷。那真是一个伟大的牧神,高举长鞭,驱赶着这群传说中的白羊。因此你看见了时间漠然的脸,像一口钟,倒悬在这个季节的天空。

以上是《时光无涯》一书下卷第六章"某事某地"中《白云深处》的几段柔美的诗章,是不是写得有点仙气飘飘呢?

《时光无涯》一书下卷第九章"年月日"中写读茨威格的小说的日子也是柔美的诗意横飞的日子。

那本暗蓝封面的小说,就像一个旧日的城堡,我一离开就再也找不着回去的路。和它们一起消失的,还有伏身在上面的无数个黄昏和夜晚。

就像一个风华渐逝的男子,暗数曾经有过的情人,可到了紧要处,面目总是模糊着。

是的……一本书……是的,一个时光的灵柩,我怎样蹚过时间的积水,把它们轻轻打开?

那些日子会像鸟儿一样从里面飞出来吗?

雨声里会浮现出一整个花园吗?

时间会越来越收缩,趋集于一个点,比如一棵树,一张纸,或者一个记忆中的火车站,到了那一天,或许就是这滴雨,这——被风迅速拉长,又迟迟没有落下的——一滴。

自然,不是所有赵柏田的散文书写中都有以上这样大段的诗意诗情大爆发。他的一些学术性或历史叙述性较强的散文书写就较少夹带诗歌书写,比如《明朝四季》《南华录》和《极致审美》就得对诗歌书写有所压制。中山大学教授苏沙丽曾经这样评价赵柏田的《南华录》,说:"表面上来看,《南华录》仍然是多种史料的演绎,传记、诗文书画、轶事等等共同来勾勒南方士人群体及个体的肖像,写作者本人的面目是模糊的,情感是节制的,连议论抒情,这些散文常见的叙事方式也少有。"又说:"在读余秋雨的文化散文时,我们能强烈地感知到被那个'自我'引导着,去看沿途所遇见的一切历史遗迹与风景,并有着强烈地想要在历史及对象世界中寻求共鸣,由问询文化命运进而探问文人命运的诉求;在祝勇的文章里,我们也极容易觉察到一个历史旁观者的情义,他的行走含情脉脉,而又略带忧伤。与他们相比,赵柏田的'自我'是弱化的。"①弱化"自我"的结果就是对诗歌书写的直接压制,因为诗歌一定要依靠一种被强化的"自我",诗歌一定是主观的、个人的。

　　笔者发现,赵柏田散文书写中夹带诗歌书写的情形主要发生在他早年的《我们居住的年代》、作为生活史展开的《时光无涯》以及他的文学评论集《双重火焰》里面。《历史碎影》和《岩中花树》里面也有一些。他在这些著述里面常常小说化的刻画中突然升华成诗的语言,丰沛的诗情往往喷涌而出。"世界在他的身外轰轰烈烈地行走,他居住在内心情感的蜗居。"这是《革命者应麟德的经济生活》中《一个文艺青年 1923 年的行状》里面的诗句。"风雨之夕,黑暗中的城成了一座孤寂的岛。""穿过窗棂的夜的风把我陡然变得高大的身影吹向人间。"这是《迷楼,或悬浮的时光》中的诗句。"江边的瓦板屋里,那人咳嗽了一声,桃花就红了。他听见邻家妇人的梦呓,像远处草坪年轻的呼吸。那人的手触到了日子的肌肤,是一张萎缩的白纸。"这是《幽暗国度》中《往事如烟》里面的诗句。"春天来了,来得像魔术,像一支突然奏响的曲子,酽酽的阳光,酒浆一般的在我们村庄的大路、河流和房屋上流淌。"这是《我们居住的年代》中《一场与昆虫的战争》里面的诗句。"灰尘下,那么多挨挨挤挤的书是亡灵们缄默的嘴唇,这嘴唇曾在过去的岁月里吐露过隐秘的话语,但现在

---

　　① 苏沙丽:《穿行于文学与历史之间的情思——读赵柏田文化散文集〈南华录〉》,《百家评论》2016年第 5 期。

它们却被遗忘了。"这是《我们居住的年代》中《图书馆》里面的诗句。

值得指出的是,赵柏田的诗歌创作受过西方现代派或者先锋派诗歌的深刻影响,可是因为他的诗歌创作夹杂在散文书写和小说创作之中,常常很好地避开了先锋诗歌的一些弊端,他的诗歌失掉了令人诟病的晦涩难懂,而很好地发挥了先锋诗歌在语言和形式表达上的优势,奇绝的比喻、通感等修辞手法的运用,使得这些诗句具有很强的通灵气质。

如果说赵柏田散文书写中的小说笔法起到了文体扩容的作用的话,自然小说笔法的美学功用也不容忽视,那么他的散文书写中突然爆发的诗歌书写就起到了文体品质提升的作用。小说笔法加诗歌书写常常形成赵柏田散文书写的巨大的文体优势。

三 赵柏田散文书写中的思想审美

需要说明的是,我们在谈论赵柏田散文书写中的思想审美的时候,考虑的是赵柏田处理题材、结构以及思想提炼的整个过程。赵柏田散文书写中所表达的思想自然也是其中的一项重要内容。

赵柏田散文书写的题材包括三种类型:一是历史;二是现实;三是19—20世纪外国文学经典。作为21世纪中国"最具历史意识和历史眼光的作家之一"(楚风语),赵柏田散文书写中历史题材占的比重最大,已经出版的历史类题材的著作包括《明朝四季》《岩中花树》《历史碎影》《帝国的迷津》《极致审美》等多部。现实类题材有《我们居住的时代》和《时光无涯》两部。外国文学评论集有《双重火焰》一部。阅读赵柏田的散文作品可发现,无论是历史的题材、现实的题材抑或外国文学评论,读者都能获得一种通透的思想审美的愉悦。赵柏田面对他的题材有一种神奇的透视功能,往往一下子就能抓住问题的实质,发人深省地摊在读者面前。

在题材选取上很好地体现了赵柏田卓越的"历史意识和历史眼光",

他的眼光差不多聚焦在明代史、晚清史和民国史。关于明代史,他写了《明朝四季》,主要围绕明代皇族与士大夫文官集团的冲突展开,讲述了明朝近三百年各代权臣荣辱沉浮的故事,从而揭示王朝体制与权力结构嬗变对个人命运的影响,提出了"制度即命运"这一重大命题。关于晚清史的梳理和建构,他完成了《赫德的情人》和《买办的女儿》两部史诗性长篇小说。关于民国史,他写了《历史碎影》等。在赵柏田那里,历史是一座富矿,更是宝藏,那里有他取之不尽用之不竭的宝贵的资源。

"他的取材非常讲究。"是的,他从每一个时段上所选取的题材都非常讲究。比如《历史碎影》中赵柏田只选取了 20 世纪上半叶的知识分子作为思考的对象,并用小说的笔法抓住他们一生中令他印象最深刻的事件加以演绎,形成一种独特的纪传式散文书写模式。这些人物在历史上或是作为反面人物出现,如陈布雷;或是作为有问题人物出现,如穆时英;或是遭到过鲁迅的嘲讽,如邵洵美。"选择这些历史人物作为描写的对象,是需要一定的勇气和胆识的,当然作者也写了革命先烈柔石、教育家蒋梦麟、著名作家沈从文等正面人物。"①赵柏田选取了能够支撑起一个时代历史的各个侧面的人物,有正面的,有反面的,还有问题人物以及革命先烈,并且将他们置于日常视野中来进行叙述,就某一个人物而言,也不是面面俱到,只是作断面解剖和分析。

施战军曾这样谈赵柏田的散文书写,说:"赵柏田的技巧在于他对历史的叙事有一种小说化的训练。对于小说中细节的掌握,对日常生活的重视,是这一代小说家最擅长的。他们普遍由过去的宏大叙事的叙写转向了日常生活的关注和呈现,柏田的由小说转向历史叙事显得非常自然,他把一个小说家的训练有素的目光投向了历史深处,小说化的叙事里又尽量做到了学术上的严谨,让我们看到这一代对历史认识的深度、广度和厚度。他通过一种小说化的叙述方式找到了历史的真切度。"②不

---

① 周春英:《由自我走向社会,由当下走向历史——赵柏田散文创作综述》,《文学港》2007 年第 1 期。
② 参见《历史中的叙事——赵柏田作品研讨会纪要》,《文学港》2007 年第 5 期。

过，在笔者看来，赵柏田散文书写中采用的小说化的叙述方式，还有一个重大的美学功能，就是让散文这种文体得到了一种形式、一种结构、一种整合的力量。散文成为一种结构的艺术。就拿明朝（1368—1644）的历史来说，被作者小说化以后就结构化为明朝的春夏秋冬四个季节，所以《明朝四季》是可以当小说来读的，因为作者就是把它当小说来写的。其实，在赵柏田眼里，历史也是一部小说，一部非虚构的小说，它本身是有其肌理和结构的。明朝皇族与士大夫文官集团的互动形成一种相互合作与角力的权力结构，而这种结构就像一年四季一样，会经历各种各样的变化。一个王朝从兴到亡跟一部小说开始和结束具有某种同构的关系。

赵柏田的散文著作有时候也由多篇独立的散文篇章构成，而单篇的散文也有其结构，也是结构的艺术。《南华录》的开篇《古物的精灵》在结构上就别出心裁，以大收藏家项元汴和一个妓女的故事开端，"这个故事的选取别有心意，它看似与收藏鉴赏一类的事无关，只是坊间的一则传奇趣闻，然而其中却包含了《南华录》中所有重要的因素"。"漂亮的歌妓、一掷千金的豪奢、玲珑的千工床、歌妓的薄情、焚衣毁床的痛快，以及异香满街经日不散的传奇，它们是作者对那个时代想象的集中展现：精美的物质、繁盛的欲念、极端的情感、痛快的宣泄、热烈的毁灭。""这些热情和躁动着的生命就像项元汴造的那张沉香千工床，在冷酷的现实中被肢解，但是付之一炬后留下的香味却可以经久不散，成为供给后人凭吊的一段历史。"①从这样一个寓言式的开头中，我们可以窥见赵柏田《南华录》中聚焦的"南方想象"的整体面貌，它包含了情与欲、梦境与现实、繁华与悲凉、存在与毁灭等相互对峙的两极，它着重描写前者，却以后者作为底色和最终的归处。同时，作者也是在告诉我们，他的"南方"不是无温度的历史，而是以心映心，以自己的热情去迎接那个时代的热情，这是赵柏田隐藏在这个开头里的深意。从这个例证可以看出，赵柏田在布局

---

① 周夕楠：《浅谈〈南华录〉中的南方想象》，《名作欣赏》2016 年第 18 期。

文章结构的时候,无论开篇或者结尾的故事,都是大有讲究的。当然,阅读赵柏田的散文作品,我们还是可以发现他的规律性特征的。"很明显,对人物及艺术生活的素描,赵柏田意不在像传记一般对生平经历做有始有终的详尽叙述,即使是主要人物,更多的也只是截取一段生活,另外一些人物,像张岱,只是写到中秋夜的那出戏;写李渔,恰恰提到的是他正式成为书商之前的生活……往往也不是完全专注于一个人,更确切地说,是在叙述一个人时,牵连出几个,或一群人。"①

阅读赵柏田散文的一个重要收获就是心智上的愉悦,所谓"大快朵颐","醍醐灌顶",就是这种感觉。赵柏田不说教,不煽情,可是读者不经意间会认同他散文书写中通过事实的呈现展露出来的某种思想。

赵柏田十分推崇写了《万历十五年》的历史学家黄仁宇,说:"黄仁宇让史学回归到了传统,回到了司马迁和普鲁塔克的亦文亦史、质文并美的传统。"又说:"黄仁宇的史著,可作小说看。"

我们在这篇文章里面讨论了赵柏田散文书写的小说笔法和诗歌夹带以及思想审美,突出地感觉到赵柏田打通小说、诗歌和散文书写的文体界限所做的努力,也强烈地感觉到赵柏田拼全力打通文史的努力。融会贯通,所以威猛。

附:赵柏田创作年表

1996 年

长篇随笔《安魂之所》,《东海》1996 年第 9 期。

1997 年

短篇小说《寻找隐地》,《东海》1997 年第 3 期。

短篇小说《站在屋顶上吹风》、随笔《布罗茨基与〈挽约翰邓恩〉》、诗歌《习作:近景与远景》,《山花》1997 年第 11 期。

---

① 苏沙丽:《穿行于文学与历史之间的情思——读赵柏田文化散文集〈南华录〉》,《百家评论》2016年第 5 期。

1998 年

短篇小说《地震之年》,《天涯》1998 年第 1 期。

短篇小说《扫烟囱的男孩》,《收获》1998 年第 5 期。

短篇小说《一个雪夜的遭遇》,《江南》1998 年第 4 期。

短篇小说《秘密处决》,《山花》1998 年第 11 期。

随笔《一页纸及其他》,《青年文学》1998 年第 8 期。

短篇小说《站在屋顶上吹风》,《中国现代小说季刊》1998 年第 II 卷第 8 号通卷第 44 号。

1999 年

短篇小说《暗夜行路》,《文学世界》1999 年第 2 期。

短篇小说《明朝故事》,《东海》1999 年第 6 期。同年 9 月入选《小说选刊》第 9 期。

短篇小说《一桩凶杀案》,《黄河》1999 年第 3 期。

短篇小说《我在天元寺的秘密生活》,《莽原》1999 年第 6 期。

2000 年

随笔《悬浮的时光》,《滇池》2000 年第 2 期。

短篇小说《宝塔糖》,《山花》2000 年第 3 期。

短篇小说《纸镜子》,《岁月》2000 年第 8 期。

短篇小说《三生花草》,《十月》2000 年第 4 期。

中篇小说《一个长跑冠军的一生》,《十月》2000 年第 4 期。

中篇小说《米酒飘香》,《长江文艺》2000 年第 10 期。

2001 年

创作长篇小说《饥饿的饲育》(未刊稿)。

短篇小说《夏天的沮丧》,《青年文学》2001 年第 3 期。

2002 年

中篇小说《饥饿的饲育》,《山花》2002 年第 2 期。

中篇小说《沙乡笔记》,《滇池》2002 年第 5 期。

2003 年

短篇小说《迷狂》,《西湖》2003 年第 4 期。

2004 年

创作谈《叙事:世界不那么完美的一面镜子》,《当代小说》2004 年第 11 期。

2006 年

创作谈《诚实,更诚实些》,《浙江作家》2006 年第 1 期。

2007 年

中篇小说《岩中花树》,《山花》2007 年第 8 期。

2009 年

短篇小说《万镜楼》,《山花》2009 年第 7 期。

长篇小说《赫德的情人》,《十月·长篇小说版》2009 年第 4 期。

2014 年

散文《古物的精灵》,《人民文学》2014 年第 5 期。

长篇小说《买办的女儿》,《十月》2014 年第 4 期。

2015 年

散文《墨·侠·寇》,《人民文学》2015 年第 4 期。

2016 年

短篇小说《刺客时代》,《长江文艺》2016 年第 5 期。

2019 年

散文《草台红颜劫》,《上海文学》2019 年第 3 期。

2020 年

散文《一次旅行:从海明威到尤瑟纳尔》,《福建文学》2020 年第 7 期。

散文《一生悬命》,《江南》2020 年第 4 期。

散文《入川记》,《四川文学》2020 年第 11 期。

散文《幽灵随处流转》,《上海文学》2020 年第 11 期。

2021 年

散文《回之以凝视》,《上海文化》2021 年第 1 期。

散文《上元夜看人间世》,《长江文艺》2021 年第 3 期。

散文《小说家感谢福楼拜,当如诗人感谢春天》,《青春》2021 年第 3 期。

散文《县城少年之黄金年代》,《广州文艺》2021 年第 4 期。同年 7 月转载于《散文海外版》,同时入选中国言实出版社《民生散文 2021》。

散文《拉斯洛·邬达克之逃亡岁月》,《江南》2021 年第 3 期。同年入选人民文学出版社《2020 中国散文》。

散文《幽梦影》,《福建文学》2021 年第 12 期。

2022 年

散文《大匠》,《上海文学》2022 年第 2 期。

长篇小说《我的曾外祖母》,《作家》2022 年第 4 期。

马叙：立足大地 书写平庸

马小敏

浙江经济职业技术学院

20 世纪 90 年代被称为"太阳向着散文微笑"的时代,创作群体之广泛、出版刊物之多、文体争论之盛都是前所未有的。之后散文热度不减,虽有着消费文化推动下的商业性因素,但在题材选择、主题挖掘以及抒情方式上确实有了新的突破:女性散文更加关注个体的身体与心灵状态,内心独白式的私语散文实现了女性散文的新突破;因侧重于心灵描写和生命体验,思考生与死等永恒问题而形成了一系列的哲思散文,对中国传统文化的追溯与反思的大历史散文创作更是蔚然成风。散文创作呈现出更为广阔的文化品格,散文之大主要体现在所感所想的立足点更多地放置在了思考历史与把握时代,尽可能地借鉴传统与西方散文的优秀传统,实现散文的开阔,提倡崇高,以求实现在消费文化影响下困顿精神的超越。篇幅长,立意深远,更多地思考人类重大命题,提倡大格局……散文进入了选材没有领域限制、一切皆可入题的时代,外物因情而文,在真正的创作实践中,凡是走入作家视野、触碰到作家心灵、经过情感的熔铸的,都有可能成为具有主体意识的创作对象。

21 世纪中国城市化飞速发展,人们走出原有的居住地,进入城市,失去了原有的人文生态,却又无法彻底适应新的文化环境,这种现代性视域下的矛盾,是时代的必然。作家马叙不同于一些作家决绝的反抗,更多的是一种哀叹,体现出作者的理性清醒和文化守成的态度。同时马叙诗歌、小说、散文三栖,涂鸦水墨,构成了对生活表达的多项维度:写作能用文字描写到极致,清晰透彻,而水墨却能大量留白,意犹未尽。以散文书写生活的马叙,笔随心、心随眼,将日复一日行走的所观、所察、所思表达出来，写出了日常生活之缓慢，回忆青少年时光，悠闲书写却并未直指文化与意义，袒露个体对喧嚣的市井生活时而赞叹时而认为无意义，透露出一种对时代过于快速发展的忧思，又有对盛放灵魂的精神家园的不断追寻与建构。马叙的散文体现出创作模式与叙事特征的创新，从生活的细小与庸常入手，从本质上而言，是对世界的个性化表达，以形而下的低姿态来刻画平庸的日常生活，并将自身沉浸于其中，却又以极其冷静的态度来对其进行审视，包括对自身的观察与剖析，同时这种审视又不是居高临下的俯视，更多的是对自我与他者共同形而下生活的悲悯，是人与人在平庸生活中的自我发现，而作者本人却是生活与心灵的孤独游荡者，通过散文表达对生活本质的思考。

一 旧时·旧地·旧物：构建永恒的精神家园

对已逝事物的怀旧，成为中外文学一再书写的主题。归乡路不再遥远，但对过往的眷恋，成为人一生向前行走的必然姿态，这种回望也给人以继续走向未来的精神力量，而时间与体验的关联最为经典的便是文学书写。在文本中，过去的时间体验更为鲜活地被展示，也成为作家情感记忆与文学书写的标志，当回忆充斥写作时，就是"强调人对已经逝去的时间的体验是那么刻骨铭心，以至于它牢牢掌控着作家的文思，渗透于作家的灵魂，并在作品整体烙印下抹逝不去的鲜明的情感印记"①。而怀旧是一种选择性的回忆，书写便是作者用文学文本、经典意象和言语构筑出来的想象。温州乐清，是作家马叙散文书写的根据地与出发点，以今时今地为中心点进行时空扩展，由物理空间的书写而建构起文化意蕴空间，成为怀旧的"乌托邦"，记忆中的回归，拥有了神奇的魔力，带领作者走回故乡。

散文集《时光词语》是马叙对家乡乐清回忆篇章的合集，生活的点滴

---

① 马大康：《反抗时间：文学与怀旧》，《文学评论》2009 年第 1 期。

碎片化的书写以"这里那里：县城及城市"为辑名来叙述，表达故乡已远去的感慨；"过去已远：另一种词语"的辑名，表明回忆已是另一话语体系的编织与营造。无论是身体的行走还是思绪的追溯，故乡成为作家马叙书写的重心，也成为他进行思考的出发点，"白溪镇是我的老家。我以前以为离开了就离开了，但是我离开以后总是不断再回到那里，回到我曾经以为会永久离开的白溪镇"①。身在别处，心回故乡，马叙游走他乡，却在记忆中反复编织过去，"书写记忆，追溯昨日，不如说是再度以记忆的构造与填充来抚慰今天"②，在关于出生地的描述中，"那个虚构的存在了几十年的关于筱村地记忆，仍将一直持续下去，存在着。那是一个遥远的有如梦幻的虚构的记忆"③，作者对"诗意栖居"的想象，更多的是通过对曾经自然、单纯的生活的描述来实现的。

在对故乡的想象性构建中，日常化的生活场景被反复提及。作家对曾经的林场、童年及求学经历的介绍在某些情节上极为细碎，并且可以说是不厌其烦地记忆输出与写作，通过记忆和欲望想象，重建了理想化的过去，更见出马叙的深深眷恋之情。平淡之物，珍藏在记忆中，历经时间的洗礼，变得与众不同，成为承载与倾诉某种情思的最佳媒介，甚至是通往完美、永恒的路径。在现实生活感受到精神的困顿之时，故乡，成为浓缩一切美好回忆的场所，每一个具体的客观之物都具有了抽象的精神意义。正因此，一去不复返的曾经时光，是作家马叙笔下难得流露出的温情与暖色，尤其是在他的散文创作以日常且平庸为主的前提下。曾经的一草一木，都浸润着不谙世事的观察与摸索，包含着曾有的对外界的无限憧憬、对未来的美好期待，而成年后对生活极为冷静的描述与思考，应该是马叙走出家乡、进入城市、返回上林镇，并将其写作与思想的根据地放置于故乡的原因之一吧。

对童年童真童趣的刻画与成年视角的审视平行交织在马叙的回忆

---

① 马叙：《时光词语：人、事、物》，载《时光词语》，大众文艺出版社 2010 年版，第 65 页。
② 戴锦华：《隐形书写：90 年代中国文化研究》，江苏人民出版社 1999 年版，第 108 页。
③ 马叙：《走在别处 流水细节》，载《时光词语》，大众文艺出版社 2010 年版，第 46 页。

类散文中，尤其是在散文集《时光词语》的"过去已远：另一种词语"一辑中。幼年时期生活过的长林村，记忆中有着做泥哨子的怀德爸、打草鞋的顺尧公、挑剃头挑子的方案、打锡壶的佚名者、弹棉花的师徒等，构成了当时乡村的一景，作家马叙的童年记忆将读者也带回了过去，对每一项工艺的描述中都充满了对童年的向往，成为永恒的存在，也是唯一的存在，这种沉浸书写中现在与过往的视角是交织叠加在一起的，即便是对孩子们不喜欢的剃头经历的描述，都浸润着对故乡人事的爱。也正是这种植根于生命底色的记忆，在作家马叙的笔下平静地延绵开来，将读者一同带入童年的记忆，感同身受。而过去作为现在的"他者"，成为孕育、塑造作家创作生命的重要力量，也具有了某种意义上的神圣性。记忆中的叙述，因时间、空间的距离感，让过去蒙上了神秘与美好的色彩，"零烦恼"的每一次童年叙述，相当于回归了心灵的家。"在整个白溪乡，只有怀德爸一个人做泥哨子。后来我到过其他的许多地方，也没见过有像怀德爸那样做泥哨子的"[①]，童年的追忆、成年之后的判断，作者在过去与现在之间的视角转移，造成时间的疏离感，增加了记忆中的美好。

独属于每一个年龄段的青春都应该得到充分的表达，在文本中书写成为最好的回忆方式。马叙发表在《人民文学》2021年第11期的《旧物美学》，主要是围绕17岁林场生活中日常物品的留恋与怀念，虽然作者早已走出曾经的土地，但心灵却留在了过去。作品写出了在物资极度匮乏的年代偏远地区的少年"对制造过程的一种递进式探索与肯定"[②]，作者说出了这些物品，如矿石收音机、留声机、喷雾器、柴油机及照相机，给自身带来的精神愉悦，并用"迷恋""感动""兴奋""激动"和"欣悦"来表达工业之器物带来的审美感受。更为与众不同的是，作家专注于描写器物之结构、使用原理、操作过程及随之而来的情感体验。在作者的怀念中，即便是无生命的旧物，也有着温暖的气息和强大的生命力，寄托着一种

[①] 马叙：《民间手艺人》，载《时光词语》，大众文艺出版社2010年版，第147页。
[②] 马叙：《旧物美学》，《人民文学》2021年第11期。

回忆与期待。对旧物的铺陈与迷恋,充分体现了作家青少年时期对城市及工业化的渴望,走出去成为生命深处最为真诚且急切的呼唤,也与后来对现代都市文明单向度的刻画形成了一定的对比。离开知青点时,作家马叙曾经发出追问:"离开了,我还将回来吗? 如果回来,我会在哪一年哪一月回来呢?"① 尽管马叙在散文中多次回忆了记忆中的林场,可爱的阿三与阿兰还有食堂的阿嬷,却未再踏入那片土地,"我检视自己的内心,不坚决回去看旧地的原因,可能是为了保存一个不被更改的完整的旧地记忆"②,经典式怀旧中人物的"纯真"成为其重要的身份标签,以善良为个体带来呵护、包容。这种对人与人单纯关系的回忆、向过去的回望,必然与当下的某种处境相关。怀旧起源于走出家乡,是两类不同时空形象的对比而产生,呈现在文本中便是二元对立,一是自然、乡村、童年和欢乐,另一方面是城市、商业、消费和快节奏的生活。毫无疑问,在马叙的散文书写中,前者被蒙上了美好乃至有些虚幻的面纱。而这一切,是因现代化的迅猛发展,都市成为人居住的场所,却未能够建构起能盛放心灵的精神寓所。走出去,再回来,究竟何处才是精神的归宿? 回忆中的美好,与当下的生活,哪个感受才更为真实? 时空疏离之后的想象,构成了本质上内与外的冲突。现代城市,甚至是城镇,在建设起高楼大厦之时,众多人聚居在此,个体心灵是被幽闭的,成为"单向度的人",对于彼此来说又是陌生人,都是异乡人。书写追忆中的田园生活,以拯救身在城市、俗世中的异乡人,也正因此,除对田园诗意的向往之情外,对失去的忧虑之情日甚。每一次的怀旧,或者说对记忆的书写,都有可能是因此而起,是寻求心灵的庇护,被爱和呵护的感觉,是对当下身份归属的一种确认、对文化之根的追寻、对精神家园的再次回归。在马叙笔下,即便是童年物质的匮乏、林场劳作的辛苦、当兵时训练的劳累,都成为塑造记忆的一部分,亲切而又自然。但"回忆不等于期望;然而,它的

---

① 马叙:《走在前面的人仿佛消失在去往远方的山路上》,《文学港》2020 年第 11 期。
② 马叙:《底色,及有限真实(创作谈)》,《文学港》2020 年第 11 期。

视域——这是假定的——却指向于未来,即那种被回忆的未来。随着回忆过程的发展,这一视域不断地向新的领域扩展,变得越来越丰富,越来越生动。从这一观点看,这一视域充满了被回忆起来的事件,这些事件永远是新的"①,过去在当下的映照之下变得更加生动,让人迷恋,马叙在自述创作缘由时谈到"我在对自我感觉的判断中,遭遇了事物的另一个镜像,它布满了凌乱的、纠缠的另一个自我与俗世,而这些事物也是松散、缓慢的"②,因此回望过去以及已然从生命中消失的事物必然成为作家马叙创作的重要切入点。

可远眺大海、遥望雁荡山的老家上林村,不可避免地衰颓了。但对理想客体的眷恋,促使写作者要营造一个精神家园,找回曾有的归属感,文本便成了承载意义的圣殿。再次走入乡村,只能是外来者的感觉,祖辈的坟墓、逝去的伙伴,现代化带来了不可抗拒的力量,时代不停发展带来了人员的更替,或许这就是生老病死、世代更迭的现实,也带给人类最宝贵的思考。故乡的风物最大限度地影响了在此生活的每一个人,静默在乡村的只有老人,完整地坚守了故土所给予的一切,老去的生命如同乡村的自然,也如同原有的乡土法则一样,无法挽留地远去了,甚至可以说是溃败了。但关注与守候,却成为作家马叙的选择,重返故地,以坚韧甚至是不乏执拗的姿态书写、回归故土。在不断的重写中,作者构筑了往昔的经历,让鲜活的意象呈现出价值判断倾向及对未来的思考。"时间如大海。回望跳头山上,有许多墓地,那些包括我父母在内的已经远去的灵魂,在墓地间升腾、飘荡,他们一起注视着这个村庄与时代。注视着这个村庄生存的人们。注视着这个村庄的过去、现在与未来"③,在这平淡的创作叙述中,隐藏着浓厚的力量与激情,从故土寻求精神资源,却不走向偏执与狭隘,经由艺术凝练成充实、自在的精神空间,成为不屈从某种当下的写照,而凝望之后则是永无止境的书写建构,用现代人的身

---

① 艾德蒙特·胡塞尔:《内在时间意识现象学》,杨富斌译,华夏出版社 2000 年版,第 54 页。
② 马叙:《在雷声中停顿·自序》,内蒙古文化出版社 2013 年版,第 1 页。
③ 马叙:《大海向东倾斜》,《天涯》2018 年第 6 期。

份去重新思考那已消逝的时光。可贵的是作者没有任何直接的批判,虽然注意到传统无可奈何地逝去,却是现代化进程中不可避免的另一面,一味地强调回归传统,推崇复古,容易走向过于偏狭的文化保守,马叙的选择是将感受真诚显示,默默以现实的真切来体现隐忍的力量,展示了其情感上的独立与成熟。

二 游荡中的孤独:俗世生活的在场与旁观

现实与回忆,构成书写的两面,回忆的美好某种意义上是对现实的批判与思考,甚至是对庸常世俗的逃离与反叛。当代人如何生活且行走在世界上,以何种视角来关注人类的生存境遇,是作家马叙散文创作的主题。走入作品文本,作家以零碎化的空间来展露心路历程,没有传奇性的故事,有意识地选取一些最为日常乃至平庸的生活场景作为书写对象,写平凡人的庸常生活,复制最为普通、日常的街景的本真状态,构筑出来的经验世界,却又浸润着作者的理性思考,表现出作者对当代生活困境以及对生命孤独精神状态的思考,不断寻求生活深层意蕴的尝试。发表对周遭事物的观点与看法,书写杂乱的城市格局、纷扰的人事,以此来展露生活的本质,作家本人既参与,也有抽离的审视,而文本的文化审美空间,必定是源于作家对自我生存体验的转换,借此表达对现代人生存境遇的焦虑与无奈,更多地传达出对生活意义的冷峻思考。

作家马叙以旁观者的眼光、冷静的叙述来对当下生活进行细致、敏感的一笔一画地描写,将习以为常的场景及其中的生活状态进行了细节性的展示,让读者感受到扑面而来的市井气息,有庸碌繁忙的生活,更有被淹没的人群。作家并未将自身隐形,而是行走在日常生活之间,不提及意义上的追求,只谈论了物质与现实生活的单调与平庸。当崇高在文本中被消解,生活有可能陷入日常的琐碎。日常生活的诗性在马叙笔下被消解,呈现出最真实的被记录的状态,以散文式的直抒胸臆来表现最接地气的日常生活场景和精神状态以及作者的生命体验,文本中流淌着行走中的呈现、观察与思考,现实生活的色调或光明或灰暗,琐碎平常的书写背后,并未有高高在上的批判姿态及启蒙话语,有时甚至是接近零度叙事的情感状态,却不是回归社会的庸俗化,而是尝试通过文学书写的方式来完成对社会的重新认知,重建与社会的链接。

相比叙述完整的故事,作家马叙更像是置身事外的"多余人",游走、观察,更多的是关注与表达一连串散乱却由现实触发的情绪,而情绪的产生又并非因某一具体事件,而是渗透于写作主体内心深处的孤独无意义与荒谬感。《城镇内部交叉的小巷》将整个城镇的西北角的油车巷、银潭巷、文笔巷、桑园巷的日常生活场景勾勒了出来,作者却并未将笔墨放在名字的历史由来等颇具有历史文化气息的问题上,而是直接写老旧道路的黑暗、脏乱以及亲人的逝去,"这个破败的片区连成了肮脏的、平静的、气息贯通的一个整体"①。《在雷声中停顿》中,生活在一系列的琐碎小事中度过,在一包烟中度过的日常生活、如何减少家中的藏书、在雨天中观察船中卖炭人的生活以及在雷声停顿之前与之后的声音变化及感受,"一切的事物,在暂时的停顿之后,在雷声远去了之后,又恢复了正常的杂乱和声音"②。杂乱的空间成为生活流淌的证据,也是幽闭、逼仄的空间对个体人生的压抑,如《冬季,一个剧院与它的内部》中整个剧院一直处于死寂状态,在这长久的时间中,青春的、颓废的、激荡的、麻木的生命状态并置在这一空间之内。《南京:半坡村,罗辑、罗隶、老高以及杜尚》文本名称中包含着强大的记录信息及生活的琐细。《杂乱的生活场景》中的光盘、美声唱法、墙壁上的招贴、训斥孩子、老鼠的打扰、杂货店以及森拉克台风,展示生活的杂乱,也分析着在被众多杂乱淹没时的自我反省,"我是有着自己内心的晦暗的人"③……文本内弥漫着琐碎的生活细节,普通人日常生活的沉沦,甚至一种无可逃脱的宿命感,类似于荒

---

① 马叙:《城镇内部交叉的小巷》,载《在雷声中停顿》,内蒙古文化出版社 2013 年版,第 102 页。
② 马叙:《在雷声中停顿》,载《在雷声中停顿》,内蒙古文化出版社 2013 年版,第 114 页。
③ 马叙:《杂乱的生活场景》,载《在雷声中停顿》,内蒙古文化出版社 2013 年版,第 129 页。

诞的生存境遇,个体的孤独成为一种新状态,个体并非可以选择生存处境,而是被动地生活在一个熟悉的环境中,等到将其进行抽离性书写,环境又显得陌生,生活在其中的人坚韧地生活,面目却是模糊的,每个人似乎卑微地隐藏在群体之中。作者慢节奏的描摹,看似情感单薄,实则留下了庞大的思考空间,潜藏着作者的现实关怀。正如马叙自己所说的"平庸的生活才是生活的本质,人的生活状态基本都会处于一个平庸层面,我是平庸生活的观察者,为的是表达其中的荒谬感"①,平庸,在作家马叙笔下成为生活的本质。由平庸而产生的精神困境,由无处逃遁而产生的绝望感,成为笔下观察者的精神写照。伟大与渺小、幸福与悲惨,构成了社会的必然,面对此,大多数普通人无法改变,只能坚韧地活着,马叙这种展示性的、低情感融入的写作方式也更加直面了生活的"原生态",关注了存在的非理性一面,意义在这里得到消解,生活是荒谬的,人在某种状态下迷失了自我,迷失了方向,看透一切而又随波逐流地继续生活着。

在喧嚣的尘世中孤独地行走,感受生活的每一种氛围,是作家马叙对生活最大的尊重与虔诚,也成为作家的写作风格。游记类散文古已有之,近年来随着消费文化的兴起也更为繁荣,"在路上"成为对文化地理空间呈现的新方式,用散文来展示作家心灵中对自然景物的欣赏、对人文历史的探讨,以实现精神的升华。作家马叙也创作了游记类散文,这类作品无一不是关注自身最为真实的状态。"无论是读马叙的文字,还是马叙的画,我都能感觉他是一个人在玩。而且,是很认真地在玩。"②《乘慢船,去哪里》③写出了马叙的现实旅行与心灵畅游,从阅读的书、听说的故事出发,行走在路上,大多数情况下直接而又干脆,书写路上的所见所闻,独孤而又认真,任意识流淌。在《路过湖墅:星星点点》中作家记

---

① 姜广平、马叙:《"向平庸倾斜":与马叙对话》,载《时光词语》,大众文艺出版社 2010 年版,第208 页。

② 东君:《马是名词,叙是动词》,《山花》2020 年第 6 期。

③ 马叙:《乘慢船,去哪里》,广西师范大学出版社 2019 年版。

录了 30 年前的坐船经历以及当下的行程,跟随着时间的脚步来书写运河、丝绸仓库的见闻,在谈到丝绸工作时,作者说其具有迷人的诗意,但"这一无限重复的工作,自然中止了他们原先的诗意想象"①,将有可能的浪漫想象直接拉至大地上的朴质。之后又用"其余二三"来将此次经历的其他思考列入文本,扩充知识内容的同时更凸显出创作者内心的散漫,最大限度地写出了心境的当下性、多元与复杂。而作者思绪的跳动也让过去与现在、外在与内心交错,极大地扩展了散文表现的领域,也让文本更具有自由度。

走入古迹,知识与情怀一度成为散文必不可少的元素,上下五千年历史知识尽在笔尖,再以文化思想与哲学感悟作为升华,余秋雨的"叙事＋诗性语言＋文化感叹"②散文创作模式迅速流传开来,成为 20 世纪末散文创作的一大亮点的同时也出现了另一种弊端,散文"在这样一种格式中迅速凝固起来,不管什么题目,都能写出感情差不多、篇幅差不多的妙文来,而不管什么所在,不管什么历史人物,只要洒家往那儿一站,只要'我'一翻他们的文集与行状,微言大义、精论妙语,就都滚滚而来,题材、立意、格式、腔调,大同小异,以至于批量生产,倚马可待,所以到了后来,虽爱之者也不免感到厌倦"③,甚至有时史料的堆积和意义的附会达到令人不忍卒读的程度。而走入历史带来的神圣与高远,在作家马叙笔下呈现出了另一番情态,不再有诗情画意,更没有豪情壮志。《流水浙北》④中作者前往徐志摩故居及盐官看潮水的描写,选择的点都非常与众不同,故居并没有带来对历史的沉思之感,更多的却是自我走入这一历史空间之后的真实性灵感受,"人去楼空的故居给人以很不好的感觉,不仅仅是物是人非的感觉,而感觉到的确实在腐朽中消失的生命……故居给我的气息是陈腐的,阴冷的,昏暗的,这些都是我极不喜欢的氛围……

---

① 马叙:《路过湖墅·星星点点》,载《乘慢船,去哪里》,广西师范大学出版社 2019 年版,第 185 页。
② 朱国华:《别一种媚俗》,《当代作家评论》1995 年第 2 期。
③ 郜元宝:《散文的心》,《苏州大学学报(哲学社会科学版)》2004 年第 1 期。
④ 马叙:《在雷声中停顿》,内蒙古文化出版社 2013 年版,第 39—45 页。

一座没有人居住没有生命形式存在的房子,它关注的是仅仅是死亡的空气而不是别的什么"①,而在盐官没有看到钱江潮,"面对着开阔的钱塘江,我为什么连想象都没有?钱塘江一直赋予了文人以许多瑰丽的想象,但为什么我对它会没有想象?如果看到汹涌的潮水我会有激荡的想象么?我想,我也会没有想象的"②。提及一些有历史气息名称的街道,也讲述的只是生老病死的日常,仿佛对准某一个街道拍了张照片,并对此进行条分缕析,用全景扫描式摄像机一样记录从早到晚的场景变化,摒弃了原有的庄严叙事,却依然有人性的深度。流行的行走文化中的经典模式被拆解,宏大意义被空心化,所谓的深度也不复存在。而这种解构,在文本中并非以极其特别的嘲讽、戏仿等手段来完成,只是用最为简单、直白的叙述来实现,如在北京时,提到了圆明园,"到达圆明园时已是正午。我在那里走了两个来回。然后买了两个煎饼。然后离开"③。散文写法明显不同于"走入遗址、联想历史、发表感慨"的历史散文书写模式,没有任何关于圆明园的美景、历史回顾及文化抒怀,没有用所谓的现代理性眼光来审视历史文化并做出评判,一反传统散文的诗意化创作,远离了现代启蒙的轨迹,是为数不多的走入历史却并未写成历史散文的新形态。这应该是作家马叙有意为之,以一种最为平民化的姿态走入历史,关注并描写最为真实的状态,并没有直接解构崇高,似乎崇高永远存在,只是存在得比较遥远罢了,从未刻意去凸显荒诞,只是在客观地流露出来。

荒诞感是人类独有的情感体验,是对人生存意义的思考,人类既伟大崇高又卑微渺小地活着。人生可能是忙碌且虚无的,作家对此了然于心,面对繁杂生活的无能为力感,在书写过程中关注人本身在大千世界的感受,将外在的体验与内在的情绪经由叙述构建了另一种个体生命的价值,让读者感受到文本背后作家冷静而又悲悯的存在。作家充分感受

---

① 马叙:《在雷声中停顿》,内蒙古文化出版社 2013 年版,第 42 页。
② 马叙:《在雷声中停顿》,内蒙古文化出版社 2013 年版,第 43 页。
③ 马叙:《1993—2000,在异地》,载《在雷声中停顿》,内蒙古文化出版社 2013 年版,第 235 页。

生活的繁杂,本真地描述了街道的杂乱与晨起的烟火,文本中无超越世俗的诉求与愿望,甚至是对周遭环境及庸俗人生的认同,解构了原有宏大叙事对日常生活的诗意描述,抛却了知识分子高高在上的启蒙姿态,人类以卑微的姿态在世上操劳地生活着,日复一日地平庸,同时又以冷静的态度、缓慢的语调来书写、剖析,展示出生命的孤独与幽暗,却又依然尊重生活的本质,敬畏生命,拥抱生活,如何面对日常生活中的平庸,是中国现代化进程中必然经历的,是歌颂后的悲情超越还是激烈地批判,都属于这个时代的文化表征。马叙选择书写庸常、展示阳光与灰暗融合后的焦虑,用生活"在场"与"旁观"孤独地行走在大地上,形单影只却坚定向前。

三 散文审美品格:形而下的"原"生态

尽管先秦诸子就开创了散文时代,但相对于小说等体裁而言,如何界定或是凸显散文的文体特征是学界争论不休且无定论的话题。散文之"散",从非对偶的骈散论,到近代"新文体",到周作人的"美文",到20世纪五六十年代的"形散神不散",再到20世纪末的"大散文"与"散文净化"之讨论,可以看出散文的概念、范畴、特征一直被阐释与争论。当然作为最能体现作家内心自我的文体,"现代散文之最大特征,是每一篇散文里所表现的个性,比以往的任何散文都来得强"①,在散文的创作中,是以创作者为中心,以个体视角来观察、思考,最终以文本的形式呈现创作者的精神主体性,这一点是毋庸置疑的。

2000年前后,散文创作一度以历史文化内容为盛,强调宏大意义至上。那些散落在日常生活中的琐碎及触动的内在情绪成为马叙等作家散文创作的重点,并将其认定为"原散文","'原'——这是一个全新的散

① 郁达夫:《〈中国新文学大系·散文二集〉导言》,载《中国新文学大系·散文二集》,海南人民出版社1988年版,第899页。

文写作概念,而这概念的出现,必得有一种明确的新形式与之对应,这种形式与传统的散文是相对立的,与新散文也是不同的,它是一种尖锐的新形式,它是对事物的介入,不是平庸者的所谓贴近,不仅仅是原生态的呈现,而是它走得更远更高"①。而将自身作品命名本身是一种姿态,是对现有散文理论的警惕与现状的不满,对意义的探寻,不是靠文字表述附加在生活之上,而是在书写对象的不断描摹中流淌而出。原散文强调围绕着在场性、原生性、独特性与非判断性,主张散文的文字是向下散落,要面对生命与事物本身,贴近大地的生活却又有某种开放性,自由地书写不同生命呈现出的力量与温度,表达创作者最为真实的感受。

马叙在散文写作中特别强调了自我感受的"真实",尊重所见所感,将大量琐碎、平凡甚至是庸杂的生活所见,写出了生活的原汁原味儿,并直接点明其生活感受,甚至是在意识流的片段中多采用直接给段落命名的方式来进行,而并非全部由所思所感来贯穿,多由眼前的生活场景来完成,实现了"以自然的形态呈现生活的'片段',以'零散'的方式对抗现实世界的集中性和完整性,以'边缘'的姿态表达对社会和历史的臧否"②,描写得更深入、更彻底,作家的主体生命力就会展示得更加有力量。《冬日经历:居室和城镇》③、《午后的声音》④中将自己类似于"一地鸡毛"的生活琐事全部展现了出来,甚至是列举出了停车场的车牌、上班经过的每一家门店、午后咖啡馆里进进出出的人们、三个城镇之间的每一次来往、对面空位曾出现的人、吃过的小摊儿以及夜里出现的所有声音。《在浙东大地上游荡》⑤中公交车上后视镜上看到的女人,作者更是根据其下车的站点推断其身份,在安昌古镇上将其看到的细节进行展开与延续。有时候这种生活的"意识流"给人以飘忽不定的感觉,日常生活的杂乱无章也跃然纸上,日常的支离破碎、心灵的憔悴无力,还有一丝旁

① 马叙:《原散文:一个全新的散文写作概念》,《文学报》2008-4-3。
② 陈剑晖:《论散文作家的人格主体性》,《文艺理论研究》2003 年第 5 期。
③ 马叙:《冬日经历:居室和城镇》,《青年文学》2001 年第 8 期。
④ 马叙:《午后的声音》,《山花》2001 年第 5 期。
⑤ 马叙:《在雷声中停顿》,内蒙古文化出版社 2013 年版,第 24—38 页。

观于其后的冷静都包含在作者的散文书写中，由片段化的书写了解到作者思考的过程，实现了客观描写与主观情绪的双重还原。

究竟何谓生活的本质？是经过升华后的抽象与提升，还是如实展示生活的杂乱？抑或一地鸡毛之后是否有本质性内容的存在？马叙认为"需要面对杂乱的事物，面对身体欲望，面对杂乱生活，面对自身的灰暗与无知，面对绝望，向下深入，然后体现出最具质感的文字，颠覆以往的'真'，把被架空的叙述拉回到地面上来"①。散文经常记录生活中遇到的人，有些人只能用职业来称呼，如弹棉花的师徒，抑或是行走途中偶遇的陌生人，马叙观察着生活中默默发生的事情，反对散文写作中刻意的诗意营造，认为应该呈现出生活中事物原本的不完整、破碎与混乱，以实现对叙事完整性的反驳，强调事物与人的关系，实现诗意的祛魅，还原生活的有限真实，而这真实，是形而下的贴近现实的描写，又有抽离于外的内在思考。

但此类真实并不等同于客观与原始本身，马叙曾从文字与语言的符号性谈起虚构的必然性，认为在散文写作中，"必须保持叙事的有限真实性，以及叙事的真诚态度，不做强大故事的构造者"②，尽可能最大限度地尊重生活的原生态，剥离外在附着意义，回归原点生活，真诚面对事物的杂乱无章、人生的灰暗乃至绝望，通过琐碎的、平凡的、随机的场景与事件来记录，避免小说式的戏剧性虚构，甚至是"对现实进行锲而不舍地观察，认真的辑录事实"③，真实地再现自我观察到的现状，进而去理解在环境中人的生活的真实。而在马叙自己的散文理念中，"真"显然是不存在的。"以往的所谓的真，是事物的抄袭而不是真正对原有事物的叙述，它经过太多意识形态附加后的无法还原"④，甚至有时包含着对文字的不信任："这个打铁铺及打铁铺里的师徒俩，他俩远离着我的文字，也远离着

---

① 马叙：《原散文：一个全新的散文写作概念》，《文学报》2008-4-3。
② 马叙：《关于散文写作的虚构边界问题》，《文学报》2020-10-15。
③ 利里安·R.弗内斯、彼特·N.斯克爱英：《自然主义》，任庆平译，昆仑出版社1989年版，第16页。
④ 马叙：《原散文：一个全新的散文写作概念》，《文学报》2008-4-3。

这个时代。对他俩来说,文字是无任何意义的,文字是矫情的"①,当然这并非轻视叙事,而是认为不应该拘泥于体裁的限制,更应尊重对生活的真实表达。但又要保持某种叙事的克制,避免过多的小说化叙事写作及虚构的冲动,正是一种有限真实。任何事件,一旦走入回忆,便有了选择与遮蔽,而经过了书写,又有了文字与语言的表达限制,也就与原始真实拉开了一定的距离。

原散文的"真"还体现在马叙散文中方言和拟声词的使用。语言作为思想的载体,选择方言意味着主流之外的表达策略,更强调作为个体的感受。方言可以突破原有的语言限值,有地域优势,蕴含了某一地方的历史、人文风情,可以深入生命底层,更能传递出别样的情致。在文学作品中的使用充分体现了作家的文化立场与文化自觉。当然,方言作为原生态语言,只能局部使用在文学创作中,发挥巨大的生命力,作为一种共通语言的互补力量存在。马叙在《一条河流和县城》中曾提及尽管年轻人大都忘记了方言,一位退休教师编著一本《方言大辞典》,收录数万个乐城方言字词,"在深夜的时候,我会解剖开肉体,清点在血液里的方言的成分,检视文字在内心的构筑方式,感知血液在肉体里的方向"②,作者用方言来记录生活时,是对内在主体身份的一种确认。在《泰顺县·流水三章》中,马叙用方言记叙了中巴车上的交谈,对话保持了鲜活的生命力,方言的独特性也表明了区域与身份的变化,方言阻隔了读者直接进入文本,而将方言用语以普通话的形式标明又弥补了这一阅读缺憾,而这也是作者的一种叙事策略,同时引发作者思考方言与身份、自我的关系。"当我说普通话时,我的思维会平淡、客观、理性;当我说乐清话时,我的思维会混乱偏激。当我说老家的台州话时,我的思维会回归到质朴、安静的状态。而当我断断续续说起已经许多年不再说过的泰顺县的蛮讲话时,仿佛重归深处,内心会有水洗过一样的感觉"③,这一积极且

---

① 马叙:《打铁,打铁》,载《在雷声中停顿》,内蒙古文化出版社 2013 年版,第 96 页。
② 马叙:《一条河流和县城》,载《在雷声中停顿》,内蒙古文化出版社 2013 年版,第 89 页。
③ 马叙:《深处的文成》,载《时光词语》,大众文艺出版社 2010 年版,第 120—121 页。

富有意义的探索，从某种意义上是方言写作的一次尝试与突围，更是马叙散文创作的自我超越。在《九四年：南京片断》中连用几十个"哗"来表达场面的喧嚣，在《泰顺县·流水三章》中用十几个"哗"来表达流水的无尽感，在《他们之六：散落的人》中连用近百个"咚"来表明民间艺人的鼓艺高超，在《1968—1975,纪年书》中连用十几个"当"来展现敲钟人日复一日的工作……马叙擅长用同一声响来强调事物的单一性，通过模拟实在的声音，在更真切地表达事物特征的同时，也将读者带入文本空间，产生身临其境之感，同时也以声音延长的方式来增强时间的无尽感和生活的重复与琐碎，最大限度地还原生活的原貌。

作家马叙也曾用隐喻的方式来进行叙述，运用象征、寓言式的表达来暗示作家的某种态度。在与曾经的工友一起畅聊旧时光时，回忆是闪光且美好的，一旦涉及当下的生活，"我此时的心境，也是灰色调的"①，用"灰色"来隐喻现实的黯淡无光以及不愿触及之感，灰色成为卑微小人物在世俗人生精神状态的象征。马叙在整个文本创作中并非以乐观的情绪面对生活，对待这一生活的不动声色、包容乃至悲悯的态度，用"灰色"很好地展示或暗示了出来，既有意象上的生动性与共通性，也有思想上的深度。在《2010,现场》中马叙借用"巨轮"多用来形容时代的滚滚向前、不可逆转，以参观造船厂为契机，来表达自己的生活态度："面对建造着的巨轮，面对建造巨轮的现场，我看到一个人慢慢地转身，离开，离开他背后的阳光，离开无数艘正在建造着的大船，重又融入了世俗的潮流之中。我也跟着他，离开，转身走入纷乱的俗世"②，"巨轮"既有视觉上的知觉呈现，又是一种感性与理性融合的经验认同：势不可挡地前行，巨大的、碾压式的。这一意象的暗示性、多义性便展示了出来。时代"巨轮"滚滚向前，个人被裹挟而下，时代与人生的两大主题以隐喻的形式出现在作家马叙的笔下，借此来表达对人世间平凡人的命运沉浮的关注。这

---

① 马叙：《他们之一：旧工厂》，载《在雷声中停顿》，内蒙古文化出版社 2013 年版，第 145 页。
② 马叙：《2010,现场》，载《在雷声中停顿》，内蒙古文化出版社 2013 年版，第 217 页。

一意象充分表达了作家更愿意贴近大地生活,哪怕是与时代的大潮流方向不一致,注定不能成为时代的弄潮儿,只能在当下感受日常俗世带来的一切,或喧嚣繁华,或安静孤独。这一姿态更是作者人生道路选择的象征,马叙曾从温州乐清走入大都市,却选择了主动回归家乡,这在中国城市化进程中是极为少见的,尤其是对生活既没有诗意的构建,更没有决绝的抗争,只是像时代记录者一样呈现给文坛独特的个体书写。正如作家自己所言"没有理由不用具有生命质感的文字来逼近幽暗的事物深处"①,用文字来体会面对生活时的孤独感、荒诞感,进而体味活着的本质。

也正是对散文文体的窄化与净化的反驳,马叙在散文创作中打破了散文长久以来受到的束缚,认为散文应该是没有定式的自由追求,更加"散化",同时又将作者的自我观察与思考隐身于后。马叙尝试了形式上的杂糅,同时其散文、诗歌、小说写作存在着互证。由诗歌来引入、过渡,或者直接将历史知识放入,或整段将所见所听列入文本,这样一来融合了各文体之长,丰富、开拓了散文的表现空间。在《打铁,打铁》中,以国际歌"快把那炉火烧得通红,趁热打铁才能成功",再列出以往作者自己所写的《铁匠》23 行诗,将日常所见到的打铁铺场景记录、描述了出来。打铁的瞬间是激情的,综合了各类情绪之后带给作者的感受是持续的、无望的、艰苦的。在《回村庄之路》中,作者想要描述白溪老街的消失过程,直接将网络上关于火灾的新闻报道原封不动地挪至文章中,以不同的字体来标注,更为独特的是,新闻报道本身所具有的客观性,让事件过程更为清晰,短短几百字的叙述中百年老街被大火烧成一片废墟,借此来表达对老街消失的无奈、悲痛之感。来自不同文本的互涉,造成了马叙散文文体的杂糅,营造了某种共同的情绪,实现了散文的杂化表达。

平庸,是马叙笔下日常生活的常态,也是评论界对其散文作品分析的关键词。作家着眼于现实中大多数人最为真实的生活质感,而并非大

---

① 马叙:《自序》,载《在雷声中停顿》,内蒙古文化出版社 2013 年版,第 1 页。

起大落的戏剧性情节,将最为真实的所看所感书写出来形成的叙述,成为对崇高等意义最大的消解。发现平庸,其本质是内在的虚无,是对人内在本质审视的结果,是已经被常态化的精神危机,虚无与幽暗成为人性深处被暗藏的永恒,正如海德格尔所言,每一位存在者都难以逃脱"常人"的命运。那么伟大,或者说不平凡,则是属于少数人的,对于普通人而言是虚幻的,努力与奋斗在现实生活中多以失败而告终,平庸才是真正的常态,而对此的叙述却又是困难的。但马叙在贴近大地的日常生活中,以靠近心灵的写作,书写着芸芸众生却有着最为卑微又坚韧的力量,激发着读者内在的生命力量,虚幻且真实、遥远又切近。

附:马叙创作年表

1982—1985 年

开始诗歌写作,先后在本地内刊及《浙南日报》《浙江日报》《春草》《文学青年》《园柳》《青年诗人》发表诗歌。

诗《江南,四月雨六月雨》,《江南》1985 年第 5 期。

1986

短篇小说《门》,《西湖》1986 年第 5 期。

短篇小说《山深山青》,《丑小鸭》1986 年第 11 期。

《蓝色的海平线》诗二首,《江南》1986 年第 6 期。

1987 年

诗《荒漠之旗》入选《诗的朝觐》。

《穿越丛林》诗二首,《江南》1987 年第 5 期。

1989 年

组诗《都晓得的题目》,《东海》1989 年第 12 期。

短篇小说《制茶时节》,《东海》1989 年第 12 期。

1991 年

《诗二首》,《诗歌报》月刊 1991 年第 5 期。

91

1992 年

《诗二首》,《诗歌报》月刊 1992 年第 7 期。

诗《怀想丝绸》获得浙江省青年诗歌大赛三等奖。

诗三首入选《蔚蓝色视角——东海诗群诗选》。

《诗二首》,《青年诗选》,中国青年出版社 1992 年版。

1994 年

短篇小说《巴镇》,《东海》1994 年第 8 期。

组诗《杜鹃鸟》,《江南》1994 年第 6 期。

1995 年

短篇小说《黄善林石在南方的一座旧旅馆》,《作品》1995 年第 3 期。

短篇小说《初进机关》,《东海》1995 年第 5 期。

长诗《大船》,《诗神》1995 年第 7 期。

1996 年

短篇小说《艾波的一次失败的剧本写作》,《东海》1996 年第 11 期。

1997 年

短篇小说《观察王资》,《天涯》1997 年第 3 期。

短篇小说《广告时代》,《东海》1997 年第 9 期。

中篇小说《别人的生活》,《广州文艺》1997 年第 9 期。

短篇小说《乡下女人》,《小说家》1997 年第 5 期。

1998 年

组诗《张文兵的诗》,《诗刊》1998 年第 1 期。

组诗《山水》,《诗刊》1998 年第 6 期。

短篇小说《焰火之夜》,《天涯》1998 年第 6 期。

短篇小说《对一次画展的缺席》,《江南》1998 年第 6 期。

1999 年

长诗节选《一个南方诗人眺望北方》,《诗刊》1999 年第 1 期。

短篇小说《陈小来的生活有点小小的变化》,《青年文学》1999 年第 1 期。

诗二首《傍晚的蜘蛛》,《星星》诗刊 1999 年第 5 期。

中篇小说《摇晃的夏天》,《小说界》1999 年第 4 期。

2000 年

短篇小说《机械厂的朋友》,《江南》2000 年第 1 期。

2001 年

组诗《袭击时光,还是袭击思维》,《江南》2001 年第 3 期。

散文《冬日经历:居室和城镇》,《青年文学》2001 年第 8 期。

组诗《逼近的风景》,《人民文学》2001 年第 8 期。

散文《逝去的岁月,我向你致敬》,《美文》2001 年第 8 期。

2002 年

短篇小说《还乡者》,《小说界》2002 年第 1 期。

《三叶草》(小说、散文、诗一组),《山花》2002 年第 5 期。

散文《在异地》,《人民文学》2002 年第 8 期。

2003 年

散文《1993—2000,在异地》,《散文》2003 年第 2 期。

组诗《巨大与细小》,《江南》2003 年第 3 期。

散文《局外人听歌(二题)》,《诗歌月刊》2003 年第 10 期。

散文《夜游者的看和听》,《散文》2003 年第 4 期。

2004 年

散文《杂乱的生活场景》,《青年文学》2004 年第 3 期。

散文《歌》,《美文》2004 年 6 月上半月刊。

散文《泰顺县·流水三章》,《布老虎散文》2004 秋之卷。

2005 年

中篇小说《结构相同的单元房》,《十月》2005 年第 2 期。

组诗《不安的生活》,《江南》2005 年第 5 期。

2006 年

散文《青年旅馆》,《美文》2006 年 5 月上半月刊。

中篇小说《重返南京》,《文学界》2006 年第 11 期。

中篇小说《旧工厂，新生活》，《江南》2006年第6期。

中篇小说《安装技工陈高峰》，《当代》2006年中篇小说专号（一）。

散文《事物弥漫》，《布老虎散文》2006年秋之卷。

2007年

中篇小说《伪经济书》，《十月》2007年第4期。

中篇小说《海边书》，《十月》2007年第4期。

短篇小说《乘火车去远方》，《文学界》2007年第8期。

马叙的诗（5首），《诗歌月刊》2007年第9期。

2008年

中篇小说《西水乡子虚乌有的人与事》，《作家》2008年第5期。

散文《时光词语》，《美文》2008年6月上半月刊。同年入选《2008年度散文选》。

组诗《乱象一组》，《诗歌月刊》2008年第7期。

2009年

马叙的诗，《西湖》2009年第1期。

中篇小说《幻想的伊妹儿》，《滇池》2009年第6期。

短篇小说《歌唱吧，歌唱》，《滇池》2009年第6期。

中篇小说《寻找王小白的杭州生活》，《十月》2009年第4期。

2010年

散文《回村庄之路》，《天涯》2010年第4期。

系列组诗《浮世集》，《诗江南》2010年第6期。

2011年

系列组诗《浮世集》，《四川文学》2011年第1期。

系列组诗《浮世集》，《诗歌月刊》2011年第3期。

组诗《灵魂的舞蹈》，《诗刊》2011年9月青春回眸专号。

专栏《他们》系列，《野草》2011年第1—6期。

2012年

散文《冬天去青海》，《散文》2012年第6期。

马叙的诗,《十月》2012 年第 6 期。

2013 年

马叙的诗,《诗选刊》2013 年第 4 期。

系列组诗《浮世集》,《芳草》2013 年第 5 期。

2014 年

系列组诗《浮世集》,《十月》2014 年第 2 期。

组诗《生活史》,《诗刊》2014 年 8 月上半月刊。

马叙的诗,《扬子江诗刊》2014 年第 5 期。

2015 年

散文《民主 18 号,关于一艘大船的记忆》,《散文》2015 年第 9 期。

2016 年

组诗《在太湖源》,《诗刊》2016 年 1 月上半月刊。

《马叙诗集》,《红岩》2016 年第 4 期。

散文《在塘河上》,《散文》2016 年第 9 期。

散文《在庆元乡间(外一篇)》,《福建文学》2016 年第 11 期。

诗《潭门港之夜(外一首)》,《人民文学》2016 年第 12 期。

2017 年

散文《关于记忆,关于早年与现在》,《山东文学》2017 年第 1 期。

组诗《还有一些不必说出,静默足可》,《中国作家》2017 年第 4 期。

散文《没有收信人的城》,《大家》2017 年第 1 期。同年 5 月转载于《散文选刊》第 5 期。

组诗《安静的,在今天,明天,以及未来……》,《星星·诗歌原创》2017 年第 8 期。

组诗《大海记》,《诗刊》2017 年 7 月上半月刊。

组诗《这一天,平庸宁静》,《诗歌月刊》2017 年第 7 期。

诗《大海记》(外一首),《江南诗》2017 年第 5 期。

散文《上游,源头,以及下行的生活与现场》,《福建文学》2017 年第 11 期。

2018 年

散文《草原上,牧歌如风吹过》,《草原》2018 年第 5 期。

散文《一个南方人是如何谈论煤炭的》,《散文》2018 年第 7 期。同年入选《2018 中国散文年选》。

组诗《我好像跟着落日走》,《草堂》2018 年第 9 期。

散文《穿过一副牌局去南山(外一篇)》,《福建文学》2018 年第 12 期。

散文《八十年代的金属生活》,《广州文艺》2018 年第 12 期。

散文《大海向东倾斜》,《天涯》2018 年第 6 期。

2019 年

短篇小说《分享最高秘密》,《江南》2019 年第 1 期。

短篇小说《六百里》,《山花》2019 年第 6 期。

短篇小说《力量哪里去了》,《十月》2019 年第 4 期。

短篇小说《周浩的饭局》,《雨花》2019 年第 9 期。

短篇小说《黑白乡的那点事》,《作品》2019 年第 9 期。

2020 年

短篇小说《卡夫》,《青年文学》2020 年第 4 期。

组诗《草地上,空无一物》,《广西文学》2020 年第 4 期。

散文《在荥经》,《散文》2020 年第 8 期。

理论《关于散文写作的虚构边界问题》,《文学报》2020-10-15。

《大海,写作,以及幸存者表达》,《星星·诗歌理论》2020 年第 11 期。

散文《走在前面的人仿佛消失在去往远方的路上》,《文学港》2020 年第 11 期。

中篇小说《来自口语之城的秘密居住者》,《江南》2020 年第 6 期。

组诗《黄河三章》,《江南诗》2020 年第 6 期。

组诗《大海上的巨轮与它的细节》,《星星·诗歌原创》2020 年第 12 期。

2021 年

散文《火车驶过一九七九》,《天涯》2021 年第 2 期。

组诗《秋风》,《扬子江诗刊》2021年第4期。

散文《没有比一条河流醒来更让人惊心》,《十月》2021年第5期。同年1月入选《散文选刊》第1期,同年12月入选《散文海外版》第12期。

散文《暮年》,《散文》2021年第11期。

散文《旧物美学》,《人民文学》2021年第11期。

2022年

散文《走私货、流行歌曲,与工厂》,《野草》2022年第1期。

散文《街道、药店,与嚎叫》,《野草》2022年第2期。

散文《花朵的时间坐标与梦境》,《湖南文学》2022年第5期。

组诗《动车穿过雨幕》,《星星·诗歌原创》2022年第5期。

散文《转述、倾听,及山林传奇》,《野草》2022年第3期。

散文《劳动,机器,工具集》,《野草》2022年第4期。

随笔《那一天,那一年》,《天涯》2022年第4期。

散文《邮电巷,排箫,幽暗的走廊》,《野草》2022年第5期。

赖赛飞:二元·对称·装置化

——散文的"地方美学"

郭佳音

浙江理工大学史量才新闻与传播学院

一 "地域性"向"地方性"的嬗变:文学浙军的再思考

浙江,在地域文学视角下始终是一个引人注目的区域:既由于其现代文学史上辉煌壮阔的一页页,也由于其迈入当代文学阶段之后的一度边缘化乃至消隐。两浙文学的丰厚历史资源,为浙江新文学作家群提供了得天独厚的历史基因,"历来有浙江作家写了'半部中国新文学史'之称"①。无论是在近代民主革命思潮中声震海内外的章太炎、蔡元培等,还是新文学和新文化运动当中引领一代学人的王国维、周氏兄弟,均为浙江现代文学的迅速崛起贡献出非凡的力量,奠定了整个中国文学向新文学全面变革的根基,提供了从"学贯中西"的归国学子精英文化扩展到普遍的社会思潮和文化思潮的助推力。自 20 世纪 90 年代中期正式提出"重振文学浙军"的口号开始,浙江持续从战略上、政策上和文学体制上对浙江文学的各个方面重新整合和促进。然而,不同于新文学当中散文、小说均衡发展、共同繁荣的局面,90 年代"重振文学浙军"相对而言在长篇小说方面发力较多,对打造浙江长篇小说的重量级作品较为重

---

① 王嘉良:《辉煌"浙军"的历史聚合——浙江新文学作家群整体透视》,中国社会科学出版社 2009 年版,第 4 页。

视。1995年，《东海》杂志刊登了《振兴浙军,迎接新世纪的挑战》一文,浙江省作协提出"在3～5年的时间里推出15～20部长篇小说,上一定水平线的,作为振兴'浙军'的主建筑"①;其后省作协还与浙江文艺出版社共同组建"浙江长篇小说丛书编委会","以资助、签约等多种方式,大力支持和鼓励作家从事长篇现实主义精品的创作"。②

　　于20世纪90年代末、21世纪初开始的这场轰轰烈烈的"重振文学浙军"运动始于作家群体内部,既是处在文化转型期的浙江作家出于自我立足、自我发声、建立文化自信的需要,同时也包含了对浙江这座地域文学宝库的历史价值的体认与继承。但不可回避的是,90年代文学和文化的主基调是个性化的、个体化的,新文学时期的"流派"式与80年代的"思潮"式是否对90年代文学的发展有长足的促进作用,某种程度上讲,有值得商榷之处。特别是在经济、文化发展都处于全国前列的浙江,世纪之交的文学界,是否还能够对"文学浙军"这样一个"共名"性的文学概念一呼百应,而不将其视作小部分人的苦口婆心、自娱自乐? 在"重振"口号提出后,浙江文学的确获得了不少令人欣喜的成就,然而在小说方面与新文学时期辉煌灿烂的"浙军"相比,难免有些令人失落,更何况全国范围内的其他文学强省,"陕军""苏军""鲁军"等显然在长篇小说创作中更负盛名。翻看茅盾文学奖、鲁迅文学奖的获奖名单,不难发现,当代浙江作家在国家权威文学奖项当中的竞争力和关注度不够理想,尤其是在"茅奖"方面的不足,一度使当代浙江长篇小说的发展蒙上令人忧心的色彩。实际上,"文学浙军"的当代景况,不得不说与浙江一地长久以来的人文传统有密切的关系。首先,浙江的地域文化、地域性格当中包含相当浓厚的商业基因,特别是以"两浙"的文化地理学考察,"东南财赋地,江浙人文薮",浙江精神向来与脚踏实地的务实精神难以分割,成为浙江作家、浙江文学的底色。其次,相较于近代以来始终处于外源性的

---

① 转引自吴秀明《序》,载《文学浙军与吴越文化——浙江当代作家论》,浙江文艺出版社1999年版。
② 吴秀明:《序》,载《文学浙军与吴越文化——浙江当代作家论》,浙江文艺出版社1999年版。

"启蒙""先锋"等话语下的现当代文学主潮,浙江的地域文化对多重文化的杂糅和碰撞并不陌生,其求新求变的文学需要,相当程度上依赖文学主体的"内源性"和自发性。最后,浙江的文化性格重乐轻礼,特别是"浙西"文化也即杭嘉湖地区自宋以来成为浙江文化的中心,"与北来的中原文化,以太湖流域为中心的吴文化,以及海洋商业文化互相碰撞,互相融合,逐渐形成一种开放复合型的近代商业文化"①,在文风上偏重精巧雅致,内容上也显得轻灵缥缈,对时代性强的题材较为迟钝。这就使得90年代"重振"的号召与浙江文学的创作实际产生了一定程度的错位。所以,"重振文学浙军"在长篇小说领域的努力最终沉淀下来的重要作品并不多,反而是发端于90年代初期、从文脉上承接自"寻根小说"的"吴越风情小说"形成更加独特的风景。近年来,浙江反思和总结新时期以来文学界的经验与不足,提出一系列推进文化大省、文化强省、文化浙江等文化发展战略,显著增强了浙江文化软实力,推动浙江文化建设取得了不少可喜的成就,喜报频传,特别是2022年,艾伟的中篇小说《过往》、钟求是的短篇小说《地上的天空》,以及陈人杰的诗歌《山海间》一同获奖,浙江作家以群体之势登上鲁奖的领奖台,一时间引发不少关注与讨论。

当我们将目光转向散文领域,则不难发现,浙江现今的散文创作所具备的作家队伍、创作实力、地方特色不但丝毫不逊色于小说、诗歌和戏剧领域,甚至呈现出比小说创作更加蓬勃的生机。一方面,现代文学当中,浙籍散文大家数不胜数,拥有其他地区难以比拟的资源和文脉;另一方面,找寻文学中的"浙江密码",散文这一文体也具备得天独厚的优势和更加凸显的地域特色。"就地域文学的生成形态而言,散文表达作家情绪、感受的直接性,蕴藉文化内涵的丰富性,是所有文体中表露地域文化观念、文化质地最显著、最突出的一种。"②除了在其他文体方面已颇受重视的几位作家,如李杭育、王旭烽、叶文玲、朱晓军等的散文外,专事散

---

① 吴秀明:《文学浙军与吴越文化——浙江当代作家论》,浙江文艺出版社1999年版,第9页。
② 王嘉良:《辉煌"浙军"的历史聚合——浙江新文学作家群整体透视》,中国社会科学出版社2009年版,第8页。

文写作、散文评论和研究的浙江作家队伍也日渐壮大,硕果累累。2022年《文汇报》"文艺百家"版有文评道:

"浙江现当代散文大家辈出,位列翘楚。当下活跃者承续了浙派文脉,多有响动。陆春祥、赵柏田等人,执著于读史研古,抉剔今用,为他人所难为。陆氏的穷研尽搜,又踏访采风,笔意古雅。另有周华诚、马叙等,关注现实,多有佳作。女性散文是一亮点。苏沧桑的民间文化和旧时工艺的执意寻访,黄咏梅日常化与情感化叙述,施立松、赖赛飞对海边人文风情的书写,荣荣的生活物事的诗意纪录,以及周吉敏、草白等新人作品,妆成浙派散文丰富景致。"①

浙江当代散文的繁荣风景不仅是文学体裁上的表征,其背后有更加深入和本质的原因。纵览当代文学史对地域性题材文学作品的概括和命名,不难观察到,从一开始的"乡土小说"发展到"风情小说"(这二者之所指有异有同,在此不展开赘述),其后又拓展为"地域文学",而现今,地域文学的说法似乎也渐渐退出评论界的主流。"地域性"也作"区域性",是区域地理学当中的重要概念,指人类社会在其发展过程中,由于生活在不同地区而表现在政治、经济、文化、艺术等领域的差异②,是基于"整体性"而言的,"地域"是"整体"的一个"部分"。随着全球化的不断推动,"地域性"在21世纪以后成为越来越淡化的概念,此消彼长,"地方性"的概念在文学文化研究中被越来越频繁地使用。如果说"地域性"是暗含着"域外"的目光的,那么"地方性"就是自发的、自有的,甚至是不自觉的。"地方性"的近义词是"地理性",具有较为强烈的"在地(local)"特征,生于斯、在于斯,不受"他者"的制约。在文学领域,地域性的研究往往停留在艺术色彩的归纳和探讨,而地方性则上升到文学观念的问题,任何"地方"的文学,都是建立在该地长久以来的文化观念、文化传统的基础上,从而构建自己独有的文学观和书写方式。"个人或者民族对生

---

① 王必胜:《地域视角下的年度散文》,《文汇报》2022-1-7。
② 《中国百科大辞典》编委会编:《中国百科大辞典》,华夏出版社1990年版。

活的感受,当然会呈现在他们的艺术以外的其他许许多多方面:呈现在他们的宗教、道德观、科学、商业、科技、政治、娱乐、法律,甚至就在他们组织其日常生活的方式中。"①从"地域性"向"地方性"研究视野的嬗变,究其原因,既有当代文学整体性的进一步瓦解、个人化的进一步凸显,同时也包含着"文学地方"的内涵/外延的转变。"地方性"的拥趸"不同意普适性意义上的文学观,更反对遵循民族国家文化的统一规范性语言和文学形式,而是主张以自己的文化传统来确立文学观,并追溯其文化传统中的写作方式"②。

进入 21 世纪以来,"地方性文学"的热度一直不减,热点作家作品频出,在小说界成果颇丰,最具代表性的小说作品应当是广西作家霍香结的《地方性知识》及其续作《铜座全集》,他以另一笔名亚伯拉罕·蝼冢主编的丛书"小说前沿文库"(新世界出版社 2010 年版)中也有数部相类的作品,如恶鸟《马口铁注》、张绍民《村庄疾病史》、徐淳刚《树叶全集》、张松《景盂遥详细自传 I》③等。霍香结在访谈中说:"作者首先假设有一个文学故乡,……文学故乡不等于故乡,我们需要先把它看作是一个文本事件,它与作者的出生地是交织的,导致经验的沉淀比较集中","我写作并非直接挖掘重塑故乡,要的是建造一个文本世界(事件),这个文本故乡放在别的地方也能成立,它具有本质意义或者方法论的意义"。④ 如若说这些作品在当时尚且是实验性和先锋性的,那么在十余年后的文学界,"地方性"的萌发则是愈发广泛和成熟的,其中不但有对乡土题材的继承和发展,还融合了对文学现代性的思考与回应。

放眼文学主潮,当代文学的现代性问题,一直以来,都隐含着或中或西的文化选择。似乎扎根于现实的"地方性"就意味着不"现代",更不

① [美]克利福德·格尔茨:《地方知识——阐释人类学论文集》,杨德睿译,商务印书馆 2014 年版,第 112 页。

② 贺仲明:《"地方性文学"的多元探究与价值考量》,《中山大学学报(社会科学版)》2021 年第 2 期。

③ 贺仲明:《"地方性文学"的多元探究与价值考量》,《中山大学学报(社会科学版)》2021 年第 2 期。

④ 霍香结:《文学是切己之学——2022 宝珀理想国文学奖决名单作者专访》,见理想国 imaginist 视频号,https://www.bilibili.com/video/BV13W4y147ns。

"先锋"。许多具备现代性自觉的作家在"中""西"之间来回摇摆，被评论声音所左右。"我们一直没有办法解决乡土叙事的现代主义难题"①，某种程度上，这个难题在 80 年代文学发展到最高峰的路径当中成为无法回避和跨越的阻碍：当 80 年代文学的"宠儿"、先锋作家们厌倦了模仿式的文字游戏、不约而同地将目光转向现实题材（特别是地方性题材）进行写作时，学界和评论界往往以"分化""下降""转型"视之，一定程度上将这些作品与 80 年代文学所取得的种种硕果与经验切割开来。不过近年来，许多学者也注意到了当代文学中的现代性和地方性交织的特殊景象，作为伴随百年当代文学的主流叙述的突出性质，地方性题材的写作近年来重回讨论的中心，对全球化的再思索，对"中心"与"地方"的辩证关系的再考量，成为文学创作和文学批评的共同话题。从双重的动向上来看，随着农村和城市的步步交融，传统乡土文学"内容"的凋敝，如何看待现代性的地方"经验"和"想象"刻不容缓。具备较为集中的地方性的小说或称"地方小说"，可以说是对这一问题的正面进攻，但略显遗憾的是，在小说创作的讨论中，由于读者和作者之间存在不言自明的"虚构"共识，"文学地方"与"现实地方"之间往往是平行关系，它们与其所在场所之间的对话关系难以充分挖掘；也有人认为其脱离了"现实地方"，与真实的地方产生了"隔阂"与"陌生"，将"地方性"建构当作作家实现内心的诗意栖居的途径。反顾散文，因其"真实性原则"（祝勇对新散文的定义中重述为"真诚性原则"），读者对于散文作者是信任的，文学与地方的对话关系也是凸显的。读者在这种对话中，唤起"似曾相识"的经验和记忆，将作家的自我与读者的自我联系起来，在"文本"的重新建构中进一步强化情感的联结。正如格尔茨所指出的那样，"无论在任何社会中，艺术从来都不是纯粹从美学内在的观点来定义的"，"赋予艺术品以一种文

---

① 陈晓明：《"歪拧"的乡村自然史——从〈木匠和狗〉看中国现代主义的在地性》，《文学评论》2017年第 1 期。

化上的重要性的行动,向来都是一件在地性(local)的事情"。①

正如前文所述,作为散文家的赖赛飞,其创作在当下的浙江文学地方语境当中有相当宝贵的独特性。首先,在题材上,作为一位宁波象山土生土长的作家,赖赛飞的散文中处处展现着对于地方的关注,多数评论家也将地方风物和地方记忆的再现视作赖赛飞创作的主要内容。其次,作为女作家,她沿袭了浙江散文界女作家的优秀传统,对性别问题、家庭伦理和情感脉络的把握显得十分敏锐和精准,更加难得的是,不囿于温馨、恬淡和秀丽的文风,笔端十分大气沉稳。最后,赖赛飞散文的地方性阐释不乏"野心",不单是本土的、现实的,同时也是装置化的、现代的,并且一直处在自我挑战与更新之中。安居海岛之上,笔下却建构起广阔的"人""事""物"空间;既钟情于一地,又有更加辽远的眺望,为浙江散文的地方性书写添上壮丽的一笔。

二 "新""旧"之间:赖赛飞散文的文体探索

进入赖赛飞的散文世界之前,本文不能免俗地要对研究语境作一厘清,以期更加清晰地认识到赖赛飞散文的文体特征及她在文体探索背后埋藏的哲思。

赖赛飞的创作始于 90 年代,但正式迈入散文领域、引起文学界的注意,应当以第一部散文集《陌上轻尘》在 2004 年的出版为界;从时间上而言,此时散文界已经借着"文学热""文化热"的东风,全面贯彻了"新散文"的创作范式。"新散文"的发端,一般认为以《大家》杂志 1998 年第一期开辟"新散文"专栏作为标志,但"新散文"概念的落定却模糊得多也漫长得多。"新散文"一词的使用最早可以追溯到近现代,梁启超对"新文体"的倡导和周作人在编纂《中国新文学大系》时对"新散文"一词的直接

---

① 〔美〕克利福德·格尔茨:《地方知识——阐释人类学论文集》,杨德睿译,商务印书馆 2014 年版,第 113 页。

使用①，在新文学运动当中对白话散文合法性的建立做出重要贡献；这一名称的再次使用则是在 20 世纪 90 年代前后，与"新潮散文""新艺术散文""探索散文""新生代散文"②等一系列命名混杂使用，用于概括 80 到 90 年代出现的一大批在文体和语体上具有实验性、先锋性新变的散文。2002 年，祝勇发表的《散文：无法回避的革命》③被普遍视作"新散文"登场的宣言，他本人作为"新散文"的参与者和倡导者，也在其后主编"布老虎散文"书系、《1977—2002 中国优秀散文：一个人的排行榜》等，致力于"新散文"的发掘和推广，很大程度上对"新散文"这一概念在文学史上的确立作出积极影响。无论"新散文"有无必要从整个 80 到 90 年代文学、艺术的"新浪潮"当中独立出来，不可否认的是，"新散文"之"新"，与"先锋"有相当密切的亲缘关系，某种程度上而言，"新散文"也可划归至广义的"先锋文学"当中。虽然"新散文"相对于先锋文学主潮而言是"迟到"的——先锋小说、先锋诗歌、先锋戏剧等早已在 20 世纪 80 年代中期"你方唱罢我登场"——但其命运和逻辑是有相似之处的。作家"注重散文文体的自觉探索，注重审美经验的独到发现的写法"④，对散文的内涵外延进行个人化的拓展；但创作观念和创作自信的结果是"新"是旧，依然交由读者来评判。这在一定程度上使得"新散文"的界说问题产生了动机和结果的分离和争议，甚至陷入自相矛盾、自我纠缠的泥沼。这种矛盾和纠缠，一方面一定程度上与散文学界和评论界的"作家浓度"较高有关，散文学者和散文评论家往往具备散文家的双重身份，在理论化的过程中，自觉或不自觉地将作家视野裹挟进来；另一方面也与散文概念、散文文体的广阔性、包容性和模糊性有关。

既谈"新散文"，那必然有"旧散文"，但回望散文的历史，或"载道"，

---

① 周作人：《〈中国新文学大系·散文一集〉导言》，载《中国新文学大系·散文一集》，上海良友图书印刷公司 1935 年版，第 10 页。

② 刘军：《新散文概念的落定：从新生代散文到新散文》，《学理论》2009 年第 16 期。

③ 祝勇：《散文：无法回避的革命》，载《一个人的排行榜：1977—2002 中国优秀散文》，春风文艺出版社 2003 年版，第 1 页。

④ 1998 年《大家》杂志开栏语。

或"唯美",始终信奉"定体则无,大体则须有"①,外延广阔的同时,形成愈发固化和窄化的内涵;正如同祝勇所说的那样"表现出极强的依附性,在本质上已经成了一种体制性文体"。② 故而,"新散文"需要解释的,不仅仅是其"新",也同样需要重新解释何为"散文"。固然,随着文化地图的重绘、社会科学学科的发展与融合,格尔茨口中的"文类的混淆"③在当今的文学艺术界也不再鲜见,但"新散文"的生发依然有其区别于其他文类的特殊性。在当下的散文界,对"新散文"的阐释往往形成两种截然不同的风光:一者向越发轻灵性情处去,一者向下深深扎入土地。近年来,后者在浙江散文中所占的比重令人惊讶④:相较于其他地区的散文作家,浙江(包括浙江籍)的散文家们似乎特别关注地方。

为何浙江的"新散文"当中能够孕育出这样的地方性? 其一,与浙江现代文学的传统有关。自 20 世纪以来,浙江涌现出无数文学名家,其中自然有鲁迅、茅盾、周作人、王国维、蔡元培、章太炎等回应世界潮流的启蒙文学大师,同时也有充斥着江南性情的作家群体,较有代表性的如"白马湖作家群"等。这些作家以江南风情(或说在南宋以后确立"文化中心"之后的江南,单指"浙江"的意味就十分显豁⑤)和吴越文化为基,走出了既富有新文学视野又富有地域性的文学路径,而散文正是他们的主要阵地之一。其二,与浙江的现代化进程有关。浙江自古以来就是水土丰饶、物产盈余之地,其经济、政治、文化的整体格局和氛围较全国其他省份更加开放,也是较早接触外来文化和思想的窗口之一。2002 年底,浙江已经成为全国第一个没有贫困乡镇的省份;2020 年,浙江省城乡收入

---

① (金)王若虚著,胡传志、李定乾校注:《滹南遗老集校注·卷之三十七·文辩》,辽海出版社 2006 年版,第 422 页。

② 祝勇:《散文:无法回避的革命》,载《一个人的排行榜:1977—2002 中国优秀散文》,春风文艺出版社 2003 年版,第 2 页。

③ 〔美〕克利福德·格尔茨:《地方知识——阐释人类学论文集》,杨德睿译,商务印书馆 2014 年版,第 23 页。

④ 统计来源为浙江散文学会 2016 年至 2020 年的年度散文选本,陆春祥主编。

⑤ 王嘉良:《辉煌"浙军"的历史聚合——浙江新文学作家群整体透视》,中国社会科学出版社 2009 年版,第 3 页。

比降低到了 2 以内;2021 年,浙江又被树立为"共同富裕示范区",以突出的本土性和根植性产业作为发展的主要模式和特色。在现代化道路上,浙江始终是自信的,也是走在前列的,那么其现代性的生发当中,就不仅包含有"启蒙"色彩,而且还有原生的、本土的、地方的色彩。当代文学始终悬而未决的"土""洋"问题,在浙江作家眼中似乎并不需要作出舍弃和抉择。

赖赛飞无疑也是这些得天独厚的浙江作家中的一员。她 1963 年生于宁波象山,1986 年毕业于浙江师范大学中文系,自 2004 年出版第一部散文集《陌上轻尘》开始,赖赛飞带着近 20 年从事教学与行政岗位的工作经历,迈入散文创作领域,许是生活在她身上沉淀了太多颜色,她的笔端不见青涩和急功近利,显得格外书卷气和不疾不徐。随后,她又以本名和笔名赛飞、希蓝出版了《乡村如风》《八百里黄金海岸》《春日读秋词》《从海水里打捞文字》《后离别时代》《生活的序列号》《被浪花终日亲吻》《乌塘记》等散文集,以及报告文学集《海魂》、长篇报告文学《嘱托》。在赖赛飞迄今为止的散文创作中,我们不难发现一条非常清晰的发展线索(如果采用广义的散文范畴、将其非虚构写作也纳入的话,这个发展线索甚至更加凸显):她自阅读体会、生活感悟出发,逐渐发掘地方风物中的美学特质和思辨特质,进而进行有意识的叙写和搭建,最终将其进行理性提炼和"装置化",使得一个文学地方产生更为普适和广阔的文学价值和思想价值。相比于其他"60 后"作家,赖赛飞似乎不急于投身于某一种思潮或流派,也不急于在中西文化的碰撞里争夺和证明自身的话语权力与能力;以她整个创作史不长的时长与产出比而论,她算得上是相当"高产"且"高质量"了,先后获得了冰心散文奖,浙江省作协优秀文学作品奖、省优秀文学作品奖,宁波市第九届"五个一工程"奖,第八届徐迟报告文学奖优秀奖等等。种种荣誉加身之下,赖赛飞显得相当"低调",甚至极少在所著作品前冠上闪闪发光的个人履历,气定神闲,自成一派,以面朝大海之姿态,谈论陆与海、谈论人性和命运。在《春日读秋词》的序言中,夏烈赞其"不动声色地把亲情和爱意编织进文字","避开具体的人事情节,避开大历史的布景,她要重新省视的只是对自己也是对人们普遍有益的情愫"。①

　　那么,赖赛飞的散文创作究竟是"新"还是"旧"呢?以文体上的流变而言,她的创作历程可粗略总结为三个阶段:

　　第一阶段是探索阶段或称"前"阶段,这一阶段她对题材进行多种探索,而文体上尚显单一。如 2004 年出版的第一本散文集《陌上轻尘》和其后的《春日读秋词》中,她的散文题材尚不算集中,有评论家将其总结为三类②:第一类以日常生活和社会现象为抒写对象,其中大部分对家乡风物有所涉及,但和有意识地进行地方性写作有一定距离;第二类与古诗词较为亲近,讲述读诗词、读书的感悟;第三类"从古典诗词导入现实",形成古今交错和对话。题材的分散流露出创作心态的闲适,此时的她,更多是在文字的海洋中恣意地打捞与品味。但总体看来,这一阶段赖赛飞散文的文体自觉性尚不明确。以散文集《陌上轻尘》为例,其中的多数散文依然显现出较为传统的散文特质,即祝勇称为"体制化散文"的类型;但依然有一些篇章带有朦胧的"新散文"特质。较为典型的如《遥远的温柔》,讲学生时期与近期的两次出游,情节极淡,与其说她试图记游,倒不如说她在试图捕捉在出游期间产生的点点心绪,这些心绪关于时间、关于距离、关于人也关于爱,转瞬即逝却也震颤灵魂。在记下这些心绪的时候,赖赛飞并不屑于说教似的提炼与升华,而是任其自在地闪烁、流动和消逝,正如她在开篇时写下的那样,"生命是一个周到的圆,人生的感受却是断开的环链,在紧凑处断开。如果随时回身捡拾,提起的永远不可能完整无缺,续续相连的似乎只是一些无关紧要的片段"③,给整篇散文蒙上了一层颇具诗性和思辨性的色彩。另有《穿鞋走路》《禁烟记》《成熟的男人》等一系列小品文,以生活中的常见事物、常见现象为抒写对象,走的是"以小见小"的路子,无意从生活的细部得出振聋发聩的

　　① 夏烈:《唯美而浪漫的韧性抵抗》,载《春日读秋词》,浙江文艺出版社 2010 年版,第 1—2 页。
　　② 郑翔:《古典气韵中的现实关怀——读赖赛飞的〈春日读秋词〉》,《文学港》2011 年第 5 期。
　　③ 赖赛飞:《遥远的温柔》,载《陌上轻尘》,浙江文艺出版社 2004 年版,第 27 页。

人生大道理,却同样发人深省、意蕴悠长。譬如《穿鞋走路》,全篇只谈"高跟鞋"或说"穿高跟鞋"这一事,其视角细致入微,具有明显的女性作家特质(当然,在男性歌手 Sam Smith 穿着高跟鞋紧身裙登上 2023 年格莱美颁奖台的现今,高跟鞋也不再是独属于女性的特权与苦恼)。从鞋跟形态——"锥子般尖刻到发糕般痴肥"①——说到鞋跟高矮,身高高度的变化富有象征性,某种程度上隐喻着权力和地位的高低。以此而言,文中关于"穿高跟鞋"这一行为的慨叹便有了更深的意味:"只有矮的女人站在高高的鞋跟上,站在现代的高度俯视历史,发现三寸金莲的先辈离我们少说也有五十步,这足够人咀嚼着胜利,从容地拿起自家的矛刺自家的盾。"②种种思考,放在重新审视性别问题的今天来看,也依然具有相当深刻的价值。"穿鞋走路也有境界之高低。拿得起放得下是上品,如果达到在其上不觉高,在其下不觉矮,更是至人无疑。"③这些创作初期的思辨的表达沿袭了她在抒情上表达的克制与隐晦,与"流于滥情"④的体制化散文不同,可以看到,在选取意象的过程中,赖赛飞初步表现出对二元对立的、对称式的成组意象的青睐,并着重展现这些二元对立关系之间的天然联结、辩证统一:"男""女"(如《成熟的男人》),"轮回""片段"(如《遥远的温柔》),"高""矮"(如《穿鞋走路》),"黑""白"(如《看围棋》),等等。

在经历了近 10 年的摸索和沉淀之后,赖赛飞迈入了创作的成熟期,来到了创作的第二个阶段,开始有意识地进行"文学象山"的碎片化建构,对象山风物的关注和书写甚至成为她身上最为深刻的标签和烙印之一。在 2012 年出版的散文集《从海水里打捞文字》中收录《荡漾》(外两题),将"海洋食品写得活色生香、形态毕肖,令人垂涎"⑤。此集的代序

① 赖赛飞:《遥远的温柔》,载《陌上轻尘》,浙江文艺出版社 2004 年版,第 69 页。
② 赖赛飞:《遥远的温柔》,载《陌上轻尘》,浙江文艺出版社 2004 年版,第 70 页。
③ 赖赛飞:《遥远的温柔》,载《陌上轻尘》,浙江文艺出版社 2004 年版,第 71 页。
④ 谢有顺:《法在无法之中——关于散文的随想》,载《先锋就是自由》,山东文艺出版社 2004 年版,第 116 页。
⑤ 南志刚:《物态·人情·心境——读赖赛飞的散文〈荡漾〉》,《文学港》2017 年第 9 期。

中,金健人将其概括为"海洋散文"①。2017年10月14日,在浙江中青年女散文家研讨会上,邱华栋评价道:"赖赛飞的作品首先是题材上的一大贡献,写海岛、海洋,给中国当代文学提供了独特文本。"在这一阶段的尝试中,她走出个人体验与内心感悟,开始着力象山一地的呈现和推广,文体上具备了更多的"新"变,通过对岛民心态的理性剖析和感性体察,形成了个性化的抽象提炼,"二元对称"关系也进一步固化和显化。赖赛飞对故乡的热爱毋庸置疑,笔下大部分文章都是关于家乡风土、家乡见闻;但她又并非简单地记下"那人那事那处",而是以"思"促"行",将生活中最为原汁原味的地方因子整合在富有深意的艺术结构当中。刘向东在《建构一种对称与和谐》中最先关注到了这一点:"她的散文特色在于意蕴与结构的整饬、对称与和谐。"②文中举例道,《快手的手》中的"快""慢",《先天下之老》的"老""少",《众生仰望》的"神圣""普通",都形成了某种结构和意蕴上的对称。凸显的二元对称结构使得赖赛飞的散文显现出明晰的"古典气韵"③:"不但其散文的语言、写作手法和整体气韵是偏于古典的,其更深层的情感体悟、人生思考主要也都是建立在中国传统文化的价值基础之上的。"当然,这些判断着重的还是赖赛飞散文的文化立场和艺术特质,但赖赛飞搭建此种二元结构是否真的只意在提供某种审美趣味?结合赖赛飞后期的创作走向来看,以"古典气韵"概括之,在一定程度上遮蔽了其中的"当代性"。正如陈思和在讨论20世纪80年代到90年代文学转型时所提出的那样,"八十年代是一个充满了二元对立观念的时代"④,二元结构先天带有强烈的对比性、对照性,甚至往往是"反义词",并"以此为标准划分出两极阵营"⑤,这种思维某种程度上形成了当代文学当中的"潜意识"之一种,当它在文学中显化时,就形成了

---

① 金健人:《涛声里的细语——赛飞海洋散文的艺术特色》,载《从海水里打捞文字》,宁波出版社2012年版,第1页。

② 刘向东:《建构一种对称与和谐——读赖赛飞〈快手的手〉等三篇散文》,《文学港》2017年第8期。

③ 郑翔:《古典气韵中的现实关怀——读赖赛飞的〈春日读秋词〉》,《文学港》2011年第5期。

④ 陈思和:《试论90年代文学的无名特征及其当代性》,第22页。

⑤ 陈思和:《试论90年代文学的无名特征及其当代性》,第23页。

富有意味的二元关系,对生活中的一般事物、一般现象的提炼和概括也成为思辨的工具。"'五四'时期以民主与科学(即陈独秀所提倡的德先生和赛先生)为共名,就引起所谓激进派与保守派的斗争;抗战时期以抗战为共名,就有救亡与卖国的斗争;1949 年以后以社会主义革命为共名,就引出了一系列两个阶级两条路线两条道路的斗争。"①甚至在 1985 年之后的"中""西"之争,"古""今"之争,"现代""当代"之争,"现代""后现代"之争,"解构""建构"之争……都能够看到对五四时期知识分子思维惯性的延续。赖赛飞在散文中使用这些二元结构,将其作为其地方性表达的艺术装置,无疑也是对现代性思考的继承,并通过装置的搭建,支撑起她眼中、心中和回忆中的地方空间,具备相当强烈的哲学意味和抽象意义。

第三阶段,地方性脱离具象的"地方",内化为散文的底色,其艺术装置也发生变形和移位,"二元"的结构不再显豁。在 2022 年出版的《乌塘记》中,赖赛飞的艺术技巧显然圆融纯熟了许多,文体和此前相比,也有了跨越式的新实践。她选取了"乌塘"作为整部文集的文学空间,"乌塘"不再是一个能够在地图上寻找到的地方了,由乌塘的命名及后文的蛛丝马迹猜测,这一空间的蓝本很有可能是由家乡象山与舟山市的乌石塘捏合而成的。乌石塘在朱家尖岛中心镇大洞岙东的樟州湾西岸、南岸,环卧着两条"乌龙",北侧一条长 500 多米,当地人称"大乌石塘";南侧一条在朱家尖大山南麓,长 350 米的称为"小乌石塘"。两条横卧着的海塘,全由乌黑发亮的鹅卵石构成,形成大气磅礴、亦真亦幻的对称结构。在文集的开头一篇,赖赛飞以第一人称写"我是乌塘自然村人,岛上自认正宗的群体成员之一"②,这与她本人籍贯不符,是为虚笔;同时,文集从始至终沿袭着这一设定,讲述乌塘的人与事,形成一个有机的叙事整体。故而这部文集的文体表征存在一定程度的摇摆:既像散文,又像小说,或

---

① 陈思和:《试论 90 年代文学的无名特征及其当代性》,第 23 页。
② 赖赛飞:《乌塘记》,浙江人民出版社 2022 年版,第 8 页。

者还像"非虚构"和报告文学,具有明显的"新散文"式的实验特质。其中的单篇散文首次见刊时间参差不齐,但最终,赖赛飞将它们全部糅合,挪置到了"乌塘"这个文学空间中。以新散文的新标准①而论,《乌塘记》中记叙的人与事,或许有一定的虚构成分,但其对生活"采样"的"真诚性"则不容怀疑。譬如离乡又回乡之后,穿着流行的中式棉麻衣裤,却被"岛上的长者"们背后嘀咕:"粗头乱服,哪里会是有钱人!"②又或是被"当面追究所干之事,什么行当?我说是写……往下不能说'字',又再没有别的字眼可说"③。较之过去的恬淡文风,多了不少调侃自嘲。又譬如在《无配角连续剧》中选举一事冒出的插曲,因当地方言习惯以"头"字作后缀以表亲昵,一位名叫"杨光"、平素被打趣地唤作"光头"的候选人选票上赫然将他名字写为"杨光头",引来围观群众的哄堂大笑。④ 此情此景置于一场乡间选举再合理不过,再加些浙东方言之趣,显现出生活真实的肌理。在真实与虚构的交融中,海岛脱离了天真与蒙昧,与城市两两相望,赖赛飞的目光也借此飞越海洋,抵达更加广袤的文学空间。

三 "在地"与"移位":赖赛飞散文的艺术装置

本文认为,赖赛飞自有意识地将二元结构植入地方书写以后,形成了一个相当典型的"艺术装置",这一艺术装置在她早期的散文创作中引领着她提炼生活材料、传达人生哲思,在创作的成熟期则具备了更加复杂的功能,二元结构的抽象性在很大程度上提供了折叠—展开的便捷,使得读者的解读、移位和重构成为可能,从而使她的散文在地方性呈现上具有更加明显的普适价值,一定程度上跳脱出个人与地方的经验,在

---

① 祝勇:《散文:无法回避的革命》,载《一个人的排行榜:1977—2002 中国优秀散文》,春风文艺出版社 2003 年版,第 21 页。
② 赖赛飞:《乌塘记》,浙江人民出版社 2022 年版,第 11 页。
③ 赖赛飞:《乌塘记》,浙江人民出版社 2022 年版,第 12 页。
④ 赖赛飞:《乌塘记》,浙江人民出版社 2022 年版,第 37 页。

浙江散文作家当中格局之大可称鲜见。

相较于小说中地方性呈现的强烈"空间性"，散文往往无意于构建可视化的、完整和确凿的空间，而往往以空间的局部和碎片的形态出现。散文家们擅长从生活日常中提取"物"或者意象，搭建具有抽象性和象征性的艺术装置。安东尼·强森（Anthony Janson）提出，"世界就是'文本'（text），装置艺术可以被看作这种观念的完美宣示，但装置的意象，就连创作它的艺术家也无法完全把握，因此，'读者'能自由地根据自己的理解，进行解读"①。这就将"装置"从"空间"当中释放出来，赋予了其独立性和可变性。"装置艺术可以作为最顺手的媒介，用来表达社会的、政治的或者个人的内容。"②

在观察赖赛飞所搭建的艺术装置时，最引人注目的自然是对称结构。除了上文所举的篇章外，还有一些相当具有深意的对称关系。如《船到鹤浦》和《一只船的安详晚年》中，她不曾描述船只扬帆远航的英姿，反而记下了船的"死亡"——一艘船如何完成在海上漂泊的使命之后，永久地回到港湾的怀抱，之后渐渐老化、腐朽，甚至被拆解回收；或者在航行中遇到不幸，无言沉没，消失在茫茫大海中，她称其为"夭折"。船的功能是负载，是出发，是希望或不确定；而死亡是打翻这一切、吞噬这一切的力量。她讲，"人生出来是为了活着，船造出来是为了扬帆远航，可惜都有老的一天。就在那一天，一切都结束了"③。在这里，赖赛飞明显透露出透过船的命运讲述人的命运的意图，而"生"与"死"的对称结构中间，还存在着一个转折点："那一天"。那一天之前，人和船都在努力地活着，努力地航行；而那一天之后，他们的存在开始被拆开，被肢解，被腐蚀。这一转折，即是赖赛飞所关注的中心问题：人的命运，或世间诸事诸物的命运，从极盛走向坍塌衰败，往往是一夜之间的事情。

---

① 徐淦：《装置艺术》，人民美术出版社 2003 年版，第 1 页。原文出自［美］H. W. Janson, Anthony F. Janson, History of art, Prentice Hall, 1997, p.924。

② 徐淦：《装置艺术》，人民美术出版社 2003 年版，第 2 页。

③ 赖赛飞：《一只船的安详晚年》，载《从海水里打捞文字》，宁波出版社 2012 年版，第 28 页。

　　对称的"对象"之间产生了"中心",这三者形成了一个牢固的装置,可以打开和折叠,也同样可以被移动和并置。例如在《浮生未若梦》中就有"大陆—海洋—小岛""小岛—海水—船"这两组对称装置,依托着大海的存在,形成了两组牢不可破的关系:"大陆与小岛只是大小之分……陆人从容不迫得多,多以主人翁自居,只待四方来朝。岛人独霸一方仍持客居心理,对着远方心向往之,显得不安及不安分些。"①"岛是母船,注定停泊一辈子,船却是不肯长大的岛,更小、更动荡,也更能让人体会何为浮生。"②两组关系在"海"这个中心重叠,将大陆、小岛和船之间的常见关系颠覆了:通常被视作沟通大陆和小岛的交通工具的船,获得了与小岛平视的资格;而大陆也在和小岛的对举中,失去了洋洋自得的资本。海既是阻隔,又是载体,大陆、小岛和船之所以为大陆、小岛和船,皆是由于海的存在。故而,赖赛飞得出结论——"浮生未若梦"。对于岛民而言,"浮生"分明是及物的,"浮"是实实在在的浮,"生"也是实实在在的生,靠海吃海的岛民们,在海上感到的是无比具象的"漂泊感"③甚至苦难与恐惧。她慨叹:"追究浮生若梦,这个懒洋洋的词,一定出自某个懒洋洋的陆人之口,此地不奉行更不流行。"④

　　赖赛飞对二元对称结构的钟情或许是有意识的,或许是潜意识的。但装置的搭建无疑使其形成端庄、和谐的散文结构,其下掩藏着深刻、严肃和理性的哲学思考。有不少评论认为赖赛飞的散文大气稳重、文字中带有男子气,或许正缘于此。有了这一艺术装置的存在,她笔下的象山空间就有了骨架,对象山风物的书写就有了魂灵,有了传达观念和哲思的途径。当然,在《乌塘记》之前,她的散文文体无意挣脱传统散文的体制,某种程度上,在散文中传递观念与哲思的方式与传统散文的"形散神不散"显现出相近的表征,这也许也是过去对她的散文评论往往停留在

① 赖赛飞:《浮生未若梦》,载《从海水里打捞文字》,宁波出版社 2012 年版,第 110 页。
② 赖赛飞:《浮生未若梦》,载《从海水里打捞文字》,宁波出版社 2012 年版,第 112 页。
③ 赖赛飞:《浮生未若梦》,载《从海水里打捞文字》,宁波出版社 2012 年版,第 111 页。
④ 赖赛飞:《浮生未若梦》,载《从海水里打捞文字》,宁波出版社 2012 年版,第 113 页。

传统散文和女性散文的原因之一。不过,在其后的创作中,赖赛飞很快展示出她游刃有余的架构能力,她所搭建的艺术装置也产生了新的、更加引人注目的变化。

《乌塘记》在形式上的新变,暗含着更加深层的意味。如果说过去的二元对称结构在她的散文中显得浑然天成又漫不经心,在《乌塘记》中,它渐渐浮出水面,同时也变得越发错综复杂起来。若按照赖赛飞的安排,将整部文集视作一个叙事上和情节上的整体,那么它所讲述的大略是(且不只是)乌塘群岛的商业化和现代化的过程。她通过多个典型又精妙的侧面,勾勒出了这些变化:荷花地的新居,大乌塘村的选举,父亲与"我"的手机通话,老太太念经的"市场化",等等。这个过程将城市与乡村作为二元对称的两个端点,而随着两端愈来愈强地彼此吸引和靠近,装置也逐渐折叠了起来,其"中心"逐渐变得模糊不清。赖赛飞无疑对此过程怀有几分难言的抗拒和哀伤:"相信没有父亲的热心与坚持,在我这里,完成一体化的城乡将再次割裂,变成完全彻底的二元结构。"①城市与乡村,亦即在过去的作品中鲜明地各执一隅的大陆和小岛,其间无法弥合的距离被不可抗拒地打通了:大乌塘、小乌塘之间建起了大桥,天塘村和小乌塘也修通了旅游公路——"当人都合了,山啊海啊,还怕有什么不能合的"②。村镇的交通便利了,大家的日子好过起来了,但"合起来"的过程中,原本停驻在大海之上的"中心"就隐去了它的存在,岛民曾经的良田与家园在精神意义上失落了。

在《乌塘记》中,不但二元对称结构的形态发生变化,两个端点之间的关系也逐渐失衡了起来。从整体而言,"城市—乡村"是一对大的二元结构,其间的关系非常明了,城市的文明表征对乡村文化伦理有着明显的压制和吞食:例如选举时的乡俚称呼与身份证上的大名对峙,俗名节节败退,差点使得一张选票作废,即便人人都知道"杨光头"便是"杨光",

---

① 赖赛飞:《乌塘记》,浙江人民出版社 2022 年版,第 53 页。
② 赖赛飞:《乌塘记》,浙江人民出版社 2022 年版,第 49 页。

但叫得再顺口,那个"头"字终究"是没资格的"①。又例如《乌塘记》里村干部心心念念成立"非遗"馆,"一转身,却发现村子里里外外焕然一新"②,旧物早被头脑灵活的商人们收购一空。从细部而言,村与村、岛与岛之间的二元结构也很少再有势均力敌的关系,总是一方压制另一方,如大乌塘村对小乌塘村的"兼并",天塘村岛内人欢迎的岛外人和游客——这些关系不再是并置的、静态的和对称的,两者之间的作用力和反作用力时时刻刻为乌塘带来新的变化。

作为艺术装置而言,《乌塘记》中的"城市—乡村"比此前的"大陆—海洋—小岛"走得更加深远,不单由于其多变性,还由于其与公共空间的交互性。这也是本文提出其作为艺术装置却足以提供地方性经验的前提。在《乌塘记》之前,赖赛飞的散文多数与海洋的情感更加密切,而或许是在经历了一系列散文之外的探索、写下了《嘱托》这一长篇报告文学之后,她的眼光终于落在了岛外的世界。岛依然是岛,海也依然是海,但原本遥远的、目不可及的甚至成为一个虚拟的指称的"大陆",变得具体、栩栩如生起来。在散文《乌塘记》中,开篇即提出了"时间"的话题。她用精准的感触判断:"自从抓住了时间——意思是不再单纯沉浸其中工作或睡觉,而是学会动不动跳出来,站在时间外面——起码站在后面对它丈量、估值,人们便学会了对它动手,等到他们动过手脚,乌塘时间也被明码标价,有了商品的属性。"③"时间"正是区分乡村(或巴赫金口中的"田园诗")价值逻辑与现代价值逻辑的最重要的标尺之一。乡村的时间是四季轮回的,不但在平原农耕地区是如此,靠海吃饭的岛民亦是如此;他们的时间几乎不向前流动,呈现出回环、闭合甚至神圣性,总是借由周期性地重复一些与时节有关的神圣行为来回到始源时间的包围之中。故而,在商品经济盛行、城市的力量一步步靠近乡村之时,回环被打破,价值被重估,乡村也被拉入线性的时间流中解构和重构了。

① 赖赛飞:《乌塘记》,浙江人民出版社 2022 年版,第 38 页。
② 赖赛飞:《乌塘记》,浙江人民出版社 2022 年版,第 109 页。
③ 赖赛飞:《乌塘记》,浙江人民出版社 2022 年版,第 105 页。

赖赛飞将这组二元结构放入现代都市共有的公共空间，产生了强烈的冲突感和对话感。正如前卫艺术领域颇负盛名的雕塑《倾斜之弧》[①]所强势割开的公共空间那样，"城—乡"结构在沿海地区的凸显在某些方面并不值得乐观，往往伴随着乡村伦理的贬值、岛屿文化的破坏，甚至长久来看，还有海洋生态的危机隐患。在此处，艺术装置与其所在空间的关系是割裂的甚至尖锐的。浙江作家当中，关注文学现代性中的生态处境的不在少数，赖赛飞在《乌塘记》中的实践，主要有三点特别引人注意：

首先，处理细部的书写能力。长期对家乡风物的书写，使得她在行文中拥有极强的洞察与再现能力。如《乌塘记》集中的第一篇《那年落脚荷花地》，她将荷花地写得浪漫至极又现实至极：海堤之内围垦起来的荷花地，仿佛一个溏心鸡蛋，在勉强硬化的地面之下，藏着万丈稀泥。过去村民在其上搭建的房屋，打不了地基，又须得考虑台风，只好建得轻轻巧巧，以免压死人。"四脚落地的茅屋，如蜻蜓轻轻地停在荷花或荷叶上。"[②]而现在有了混凝土建筑，大家迫不及待地向海塘深处楔进巨桩，极力为自己的房屋找一个支点，否则"你以为建造了房屋，事实上房屋还是船，住进去，睡梦里都在航行"[③]。房屋的稳定，为村民们提供了心理的"安全"，却割断了他们的梦与海的联结；浪漫的表述之下，也含着对土地过度侵入的隐忧。

其次，文意气质的典雅端庄。或许是由于赖赛飞在古代诗词方面的阅读功底和审美习惯，她并不钟情现代主义的三维甚至四维结构。她所选择的二元对称结构天然具有古典和诗性的特质，"在诗歌中，由于相似性被投射到毗邻性上，使得一切转喻带有轻微的隐喻特性，而一切隐喻

---

① 在美联邦政府的邀请下，1981年，理查德·塞拉为纽约联邦广场特别设计了《塞拉之弧》这件大型雕塑。雕塑由一面巨大的、由生铁铸成的弧形墙面横穿广场，故意割断了公众通行的主要道路和视觉空间。经强烈抗议，该作品1989年被拆除。
② 赖赛飞：《乌塘记》，浙江人民出版社2022年版，第5页。
③ 赖赛飞：《乌塘记》，浙江人民出版社2022年版，第5页。

117

也同样有转喻的色彩"①。罗曼·雅各布森(Roman Jakobson)继承和发展了索绪尔的理论，基于语言的二元对立原则，指出语言的隐喻(metaphor)和转喻(metonymy)之间存在某种结构，他将其命名为"语言对立两极结构"。诗歌语言的格律、韵脚和对偶充分地利用了这种结构，譬如作为诗歌的《创世纪》，"《创世纪》是通过语言去表述一系列的二元对立概念的，比如光与暗、天与地、陆与海"②，又譬如中国古代诗歌的"云对雨，雪对风，晚照对晴空"③——律诗对偶的两项基本要求"声音要平仄相对""意义要同类相对"同时结合了语音与语义的相似和相悖，产生强烈的隐喻效果和浪漫主义色彩。这种古典的、对称的、和谐的二元结构在赖赛飞的散文中反复出现，一方面加强了其辩证色彩和理性特质，另一方面也为其书写蒙上言短意长的诗歌气质。

最后，文学立场的弥合与包容。赖赛飞的散文一直以恬淡、宽厚见长，鲜见色厉内荏之态，这使得她在处理冲突关系时具有较强的包容性，对于历史车轮的前进也并不抗拒。海洋作为她自幼熟悉和亲近的所在，既是哺育她成长的家园故土，也是创作灵感和心灵所系之处；很难想象一位对海洋如此了解和深爱的作家，会从心底里欢迎岛外文化的侵染。但她依然观察变化，拥抱变化，并在文学创作中试图为故乡也为自己找到新的平衡与立足之地。正如吴秀明所总结的那样，"如果我们将中国北方黄河流域的文学作品称为黑格尔所说的'严峻的风格'，将珠江流域的文学作品称为'愉快的风格'，那么，把长江流域尤其是吴越地区的文学作品称为'理想的风格'，无疑是贴切的"④。赖赛飞的散文既能够扎根乡土，又有对宏大问题的探讨能力，为浙江当代散文的繁荣贡献出一条特色与方法并重的路径。

---

① Jakobson, R. Closing Statement: Linguistics and Poetics [M]// T. A. Sebeok (ed.) Style in Language. Cambridge: MIT Press, 1971:370.

② 方汉泉：《二元对立原则及其在文学批评中的运用》，《外语与外语教学》2004 年第 7 期。

③ 车万育：《声律启蒙》，岳麓出版社 1987 年版，第 7 页。

④ 吴秀明、道文：《社会文化转型与"文学浙军"的现代境遇》，《浙江大学学报(人文社会科学版)》2000 年第 1 期。

附：赖赛飞创作年表

一、个人作品出版

散文集《陌上轻尘》，浙江文艺出版社 2004 年版。

散文集《乡村如风》，中国文联出版社 2006 年版。

散文集《八百里黄金海岸》，浙江文艺出版社 2007 年版。

散文集《春日读秋词》，浙江文艺出版社 2010 年版。

散文集《从海水里打捞文字》，宁波出版社 2012 年版。

散文选集《后离别时代》，浙江文艺出版社 2013 年版。

散文集《生活的序列号》，宁波出版社版 2016 年版。

散文集《被浪花终日亲吻》，宁波出版社 2017 年版。

报告文学《嘱托》，浙江人民出版社 2019 年版。

散文集《乌塘记》，浙江人民出版社 2022 年版。

二、2011 年以来主要作品发表及入选情况

2011 年

散文《今生今世》等 2 篇，《橄榄绿》2011 年第 3 期。

散文《你离去后的第十年》，《青春》2011 年第 6 期。

散文《感谢番薯》，《雨花》2011 年第 6 期。

散文《礁石上的盛宴》等 2 篇，《黄河文学》2011 年第 6 期。

散文《乡村如风》，入选《人民日报 2010 年散文精选》。

散文《鱼市在野》等 4 篇，发表于《芳草》。

散文《码头人生》，《人民日报》2011-7-27。

散文《渡》等 4 篇，《文学界》2011 年第 6 期。

散文《回家》等 3 篇，《太湖》2011 年第 3 期。

2012 年

散文《诸神在岛》等 3 篇，《文学港》2012 年第 1 期。

散文《鹤之浦》，《散文选刊》2012 年第 4 期。

散文《记忆是一种温暖》等 3 篇,《延河》2012 年第 10 期。

散文《倾城之香》,《浙江日报》2012-10-26。

散文《晒雪》,《人民日报》2012-10-24。

散文《重温河流》,《人民日报》2012-12-30。

2013 年

散文《台风紧急警报》等 3 篇,《文学港》2013 年第 1 期。

散文《鹤之浦》,入选《散文选刊 2012 年度佳作》。

散文《重温河流》,入选《人民日报 2012 年散文精选》。

散文《果壳中的世界》,《人民日报》2013-7-10。

2014 年

散文《西沪五月间》,《人民日报》2014-5-28。

散文《横渡夏季》,《人民日报》2014-9-6。

散文《舟山之舟普陀潮》,《人民日报》2014-12-10。

2015 年

散文《铺子里的手艺》,《人民日报》2015-4-13。

散文《快人快事》,《人民日报》2015-6-29。

散文《横渡夏季》,入选《人民日报 2014 年散文精选》。

散文《等你在曲终人散处》等 3 篇,《文学港》2015 年第 9 期。

2016 年

散文《春山如煮》,《人民日报》2016-3-30。

散文《快人快事》,入选《人民日报 2015 年散文精选》。

散文《大路朝天》,《中国作家》2016 年第 6 期。

散文《寻岛启事》等 3 篇,《延河》2016 年第 10 期。

散文《站在母校历史的腰窝》,《钱江晚报》2016-6-5。

散文《海水谣》,《西湖》2016 年第 8 期。

散文《大沙朝东》,《人民日报》2016-11-30。

2017 年

散文《春山如煮》,《浙江散文精选》《人民日报 2016 年散文精选》《21

世纪年度散文选》。

散文《父老》,《太湖》2017 年第 3 期。

散文《海水荡漾》,《散文》2017 年第 3 期。

散文《走出去的路走回来》,《人民日报海外版》2017-5-20。

散文《荡漾》,《散文海外版》2017 年第 11 期。

散文《荡漾》等 3 篇,《散文选刊》2017 年第 12 期。

散文《没有如果的旅程》等 2 篇,《文学港》2017 年第 9 期。

散文《快手的手》等 3 篇,《文学港》2017 年第 4 期。

2018 年

散文《父老》,入选《2017 中国最佳散文》。

散文《举家之重》,《人民日报海外版》2018-1-27。

散文《行医亦如行侠》,《人民日报》2018-4-11。

散文《上岸的海水下海的地》,《新民晚报》2018-7-31。

散文《骑风》,《散文》2018 年第 7 期。

散文《父老》,入选《2017 中国最佳散文》。

散文《海水荡漾》,入选《2017 中国思想随笔》。

散文《荡漾》,入选《浙江省五年文学作品选》(宁波卷 2013—2017)。

散文《海水谣》,入选《春华秋实四十年》(改革开放四十年散文选)。

2019 年

散文《举家之重》,入选《2018 年中国精短美文精选》。

散文《水边的百丈农家》,《人民日报》2019-1-14。

散文《行医亦如行侠》,入选《人民日报 2018 年散文精选》。

2020 年

散文《披挂上阵的身影》,《浙江日报》2020-5-17。

散文《伴着青山绿水,飞翔》,《人民日报》2020-7-9。

散文《那年落脚荷花地》,《散文》2020 年第 11 期。

散文《河流失去河岸以后》,《延河》2020 第 12 期。

2021 年

散文《乌塘记》,《人民文学》2021 年第 5 期。

《乌塘村轶话》,《上海文学》2021 年第 10 期。

散文《海鲜里的爱情》等 8 篇,发表于《扬子晚报》。

散文《那年落脚荷花地》,《2020 中国散文精选》《散文 2020 年精选》。

散文《腊月红》,《人民日报》2021-2-11。

2022 年

散文《腊月红》,入选《人民日报 2021 年散文精选》。

干亚群:乡土记忆、民间书写与诗意想象

孙伟民　　盛凌越

浙江师范大学人文学院

在中国现代文学史上,以王鲁彦、许钦文、许杰等为代表的"浙东乡土作家群"是一个不容忽视的作家群体,有着十分重要的文学地位。有论者表示:"浙东乡土作家以群体的显现使创作面伸展得相当广泛,海滨、山村,经济、文化,民俗、民风,无不尽在囊中,其在乡土文学中显示的广泛的文化透视力,恐怕没有一个地域可以与之比拟的。这个群体在乡土小说流派中的重要地位也便由此奠定。"①王鲁彦等作家之后,浙东文坛一度冷寂,少有大家名家出现。单说散文创作领域,20 世纪八九十年代,虽有余秋雨这样的散文大家出现,但其作品类型主要为历史文化散文,浙东人事风物并非其书写重心。在一定程度上可以说,真正赓续了浙东乡土散文创作传统,并在创作技巧、表现内容等方面有所拓延的是浙江余姚籍散文家干亚群。她通过散文记录了浙东一带独有的乡土风貌,并指向更广阔的民间文化空间。

20 世纪 90 年代初,干亚群便开始发表作品,至今已有 30 余年。其在散文创作领域已取得了非常丰硕的成绩,在《作家》《散文》《美文》《天涯》《上海文学》等重要文学期刊屡有新作发表,已出版《日子的灯花》《指上的村庄》《给燕子留个门》《树跟鸟跑了》《梯子的眼睛》《带不走的处方》等多种散文集,《给燕子留个门》《包皮蛋的手艺人》《蓑衣》《乡下的老鼠也进城》《弹花师傅的兰花指》《被劝进来的病人》等多篇作品被用作各地

---

①　王嘉良主编:《浙江文学史》,杭州出版社 2008 年版,第 420 页。

中高考语文的现代文阅读篇目,并获得第七届"冰心散文奖"、首届"三毛散文奖"(散文集奖)、"浙江省优秀文学作品奖(2018—2020)"等重要散文奖项。干亚群的散文成为近年浙江散文创作的重要收获。干亚群的创作以书写浙东乡村日常生活及民风民俗见长,其散文具有浓厚的地域特点,不仅记录了其有关浙东乡土的个人记忆,描绘了多元立体的人物群像,同时也是在为一个渐行渐远的时代画像。干亚群在其散文中常以儿童的视角观察世界,并以儿童的口吻叙说观感,整体呈现出一种童稚朴拙的语言风格和纯净明丽的诗意境界。

一、以儿童视角诉说乡土记忆

漫观中国现当代散文创作,以儿童的视角或口吻进行散文创作,并非自干亚群始。在此之前,萧红、迟子建、刘亮程、李娟等作家都曾大量运用儿童视角进行散文创作。何为儿童视角? 有论者表示,即"叙事角度从儿童眼光、立场出发"[①]。另有论者对之进行了更为详尽的阐释,"儿童视角,顾名思义,就是用儿童的眼光或儿童的口吻来叙述故事,故事具有鲜明的儿童思维的特征,叙述的基调、结构、心理和意识都受制于儿童的一种叙事方式"。"儿童视角作为一种限知视角颠覆了传统的全知全能视角。世界对于处于成长阶段、有着强烈的好奇心和求知欲、懵懵懂懂的孩子来说太高深莫测了,他们只能以自己稚嫩的方式去理解和把握。儿童心灵的稚嫩与视角的晶莹纯净,使本来纷繁复杂的世界呈现出一派活泼清新的气象。"[②]以上论说对于我们了解何为儿童视角及其特点、缘由、功用很有启发。

儿童视角作为一种切入点或写作策略,为何多在女性作家作品中出现? 这是个值得探讨的问题。虽然我们并不能仅从男女性别差异及生

---

① 朱崇科:《鲁迅小说中的话语形构》,中山大学出版社 2017 年版,第 60 页。
② 陈振娇:《儿童视角 自传 隐喻——〈芒果街上的小屋〉的民族身份建构策略》,《绍兴文理学院学报(哲学社会科学)》2012 年第 6 期。

理构成上对此进行简单论说，但相较于男性作家，女性作家对儿童的心理、感触等更为熟稔确实是一个不争的事实。采用儿童视角是一种在情感上更为天真烂漫、在技法上更能强化现实对照的写法及策略，其好处在于创作者能够借由儿童的视角去观察和表现成年人易忽略或看不到的地方，并且能够通过儿童视角的呈现，观照现实生活，起到反讽、衬托、对比等多重作用。

干亚群在创作时多使用儿童视角，在其散文中常可见儿童视角与成人视角的比照。如在《天落水》一文中，作者写道："父亲说，这是空气里的尘埃。我们觉得不可思议，想了半天也没明白，这水缸里的沉积物与空气里的尘埃居然会连在一起。一场雨洗一次天空吧？"[①]在成年人的认知里，门前的水缸中的"天落水"（"从天上掉下来的水"）即降雨，是一种再普通和正常不过的自然现象，但从儿童的角度看，他们观察自然的方式和理念更为直观、简单或缺乏常规的逻辑，他们很难将水缸中污黑的沉积物和空气中悬浮的尘埃直接联系在一起，对此感到"不可思议"，并生发了"一场雨洗一次天空"这样令人叫绝的奇思妙想，从而呈现出一种充满诗意想象的语言美感和富有童趣的表达效果。如果用成人视角讲述"天落水"，文章就会流于俗套，不会呈现出清新恬淡的自然韵致，作者正是认识到了这一点，因此在干亚群的文章中，儿童视角是最常用的写作手法，且是为散文的整体性美感而服务的。

此外，儿童因懵懂无知，并不像成年人那样有着种种禁忌或规约，他们对所看到的事物常常感到好奇。比如，关于动物的某些生理现象，本是极其自然的事情，但在成年人看来是讳莫如深的，尤其是对儿童，更是不能讲，只能避谈或搪塞过去。如在《一只三眼皮的猪》一文中，干亚群叙写了有关一头"有着三眼皮"、唤作"小小花"的种猪的记忆，童年时期的"我"看到"小小花""非常烦躁不安，又是拱栅栏，又是转圈子，嘴里还不停地'哦哦'"，"一双眼睛痴痴呆呆，三眼皮似乎更深了，要不是外面有

---

① 干亚群：《天落水（外一题）》，《青岛文学》2012 年第 7 期。

一圈白色的眼睫毛,那三眼皮好像要飞进肉里去。更要命的是它把自己的粪便踩得稀巴烂,猪圈里臭气熏天。母亲拿扫帚打它,它没多大反应。母亲继续拿扫帚刺激它,它突然狂怒起来,在一间不足八平方米的圈舍里撒开蹄子,却一连几个趔趄"。从引文可看到,作者对处于发情期的"小小花"的状态描写非常生动细腻,也很有画面感,但她不明就里,对父母看到该场景后的耳语满是好奇,"我好奇地问母亲,刚才父亲说什么了? 母亲支支吾吾地说,女孩子不要多问。母亲的神神道道是村里出了名的,规矩特别多,这个不能说,那个不能吃。问原因只有一句话,书会读不上去"。在作者的记忆中,在"小小花"被选做种猪后,"母亲绝对不允许我走近小小花的栏前,尤其是有人赶着一头母猪到翠婶家来的时候,因为我家与翠婶家只隔着一道篱笆而已,所以,母亲借机支开我,似乎提防着什么"。而"我"虽然配合着母亲的安排,"不去看,不去听",却"无法停止脑海里的念想"。成年人将动物的发情和配种视为儿童不宜目睹的禁忌,但他们却是另外一种表现,"主人们在一旁不知是监督还是帮助,抑或是欣赏,嘴巴里高谈着一些什么,而目光却盯在小小花身上"①。

对同样一件事情,以儿童或成年人的视角来看,就会产生一种强烈的对比和反差。作家无须更进一步地写明作品想要表达的意义,从成年人与儿童对同一事件的不同表现中便可窥得全貌。在成年人的世界里,有着许多看不见但确实存在的既定观念和法则,其根源则是千百年来伦理道德观念的禁锢。在儿童的眼中,他们对所看到的诸如猪发情的行为更多感到的是好奇,但在成年人的认知里,此类场景是不宜被儿童看到的,更是不适合被小女孩目睹及追问的。因此,面对"我"的"好奇",母亲的"支支吾吾"显得手足无措,并以"书会读不上去"这样牵强和武断的解释来搪塞,让人忍俊不禁。成年人禁止儿童目睹动物的发情和配种,自己却"监督""帮助"抑或带着"欣赏"的心理观看这样的场景,孩童和成人

① 干亚群:《一只三眼皮的猪》,载《梯子的眼睛》,浙江文艺出版社2015年版,第15—17页。

的言行对比和反差，都形成了一种令人苦涩的喜剧效果，既显现出了儿童的心灵纯澈和天真烂漫，也揭示出了成年人内心猎奇之下所隐藏的虚伪。干亚群的散文以小见大，从细微之处入手，刻画出成人与儿童不同的心理表现，在对比之中也在表达其对人类心灵的探寻和哲学性思考。

二、多元立体的乡土人物群像

费孝通在《乡土中国》一书中指出："文化是依赖象征体系和个人的记忆而维护着的社会共同经验。这样说来，每个人的'当前'，不但包括他个人'过去'的投影，而且还是整个民族的'过去'的投影，历史对于个人并不是点缀的饰物，而是实用的、不可或缺的生活基础。"①在干亚群的散文世界里，浙东乡村中的一切人事风物，或节庆婚丧等风俗，或锄头蓑衣等物件，皆是有独特意义的，都承载了她对逝去的不可回转的童年记忆的留恋与追忆，都是值得书写记录的乡土文化记忆。浙东作家对于乡土的关注由来已久，无论是鲁迅还是王鲁彦、许钦文等作家，他们都被冠以"乡土作家"的名号。浙东的乡镇历史悠久，作家们从乡镇村庄的变迁和发展中感受到独特的文学资源，将其作为文学背景，呈现出各式各样的浙东乡土面貌。

干亚群在人物描摹上，很能显示其深厚的笔力，这方面的作品很多，代表作如《张先生》《肚里仙》《菊花》《老郭》《最后一位赤脚医生》《阿国看鸭》等。在这些作品中，干亚群延续着其一贯的平静自然、娓娓道来的叙述风格。她笔下的人物常常是一群普通的人，往往是与她同一个村庄的童年伙伴或是工作上的同事。如果提炼干亚群塑造人物的形象、特点的策略，那就是如实地记述人物日常的言行。熟悉干亚群作品的读者知道，她笔下的很多人物都是有原型的，她并没有因为某些原型会"对号入座"而溢美或隐恶，这点尤为难得。干亚群一直用中立的视角去客观地

---

① 费孝通：《乡土中国》，上海人民出版社 2006 年版，第 16 页。

讲述乡土社会中的这群普通人，文风真挚，不偏不倚。这也是干亚群散文的重要特点之一。

《菊花》一文中的主人公菊花是作者幼年时的玩伴，作者将菊花从幼年一直写到嫁人后独自操持家庭。读者可通过作者对菊花的行为、话语的写实描摹，充分感受到菊花的性格特点，而她的性格特点也为其之后的人生起伏埋下伏笔。当菊花参加了县越剧团的招考，却迟迟没有收到想要的录取通知书时，"我"觉得"虽然不是我，可我还是感到怅怅然的"。相比之下，菊花则要坦然得多，"说是没考上就没考上，这又不是天大的事，唱戏就是玩玩的。说这话时，菊花的脸挂着淡淡的笑意，那笑渗透着平静。这些年过来，我见过的笑脸不知有多少，有大人物的，有文化人的，也有一些有钱人的。他们虽然有一副很标准的笑容，但几乎没看到过像菊花那种亲切笑意"①。作者由菊花在这一事件上的表现以及她那让作者印象深刻的"淡淡的""渗透着平静"的笑来写菊花的淡然性格，当真应了人淡如菊的古语。在散文中刻画人物，需要提炼出人物的最主要特点，干亚群正是抓住菊花人如其名的特征，塑造了这一生动、自然的人物形象。

《阿国看鸭》一文中的阿国是一个类似余华《我没有自己的名字》中的来发、艾萨克·辛格《傻瓜吉姆佩尔》中的吉姆佩尔这样有些呆傻、木讷的儿童形象，他们是常人眼中的异类，饱受周围人的言行凌辱，但他们都纯真、善良。阿国有着从不撒谎、为人仗义等种种优点，"看到我们被别的同学欺侮，他会主动出手"，却还是遭到别人（甚至是他曾帮助过的人）的欺侮，"我们不念他的好，反而欺他傻，自己做过的坏事总赖在他的头上"。木讷的阿国被人称作"木卵阿国"，屡遭人欺侮、嘲笑，但他又是一个极其单纯和善良的人。路过池塘的老葛看到满脸涨红的阿国询问怎么了，阿国手指着水里的鸭子，竟然担心它们会被淹死。"老葛一听，觉得很好笑，于是戏弄阿国，说：'阿国，鸭子快要被淹死了，你救不救？'

---

① 干亚群：《菊花》，载《日子的灯花》，宁波出版社 2011 年版，第 117—118 页。

阿国脚一跺，嘴巴里蹦出一句话来，'我去救鸭子。'"①随即，阿国不顾自己不会游泳，径直跳入水中去救鸭子，险些丢掉性命。按照普通人的逻辑，自然是不会去救鸭子的，一是鸭子天生会凫水，并无被淹死的危险，二是人的生命显然要比几只鸭子更有价值。而作者选取这样一件事来写阿国，自然不用多说其他，也不需要多发表议论，阿国的单纯和善良便跃然纸上了。通过多次事件的写作，干亚群刻画了阿国这一特殊的人物形象。她从人物特点出发，以事来写人，这一写作手法体现了作者的文字功力。

干亚群笔下的浙东乡村民风淳朴，其乐融融，人与人之间的关系简单、纯粹且和谐。如在《鸡零狗碎》一文中，干亚群写到关于童年时期村民们买鸡苗的场景，"这些鸡苗并不是立即付钱的，半年后才来收钱，而且只收活鸡的钱，那些没长大的是不用给钱的。当然，公鸡与母鸡的钱是不同的，母鸡比公鸡贵一些。没有人记得放鸡苗的人是什么名字，而这些挑担拉车的人也只是在本子上让收下鸡苗的人自己写上只数。有的半年后也没有见人来收钱，村民便惦记那个放鸡苗的人，闲下来凑到一块儿，一个说那个人长得黑黑的，另一个人看上去有五十出头了。村里人努力地惦记着这个还没来收钱的人。几个星期过去，他当然不会忘了这些账，大概有别的什么牵挂吧？当有一天那个人端着记账的记事本走进村里的时候，那些收了他鸡苗的人纷纷迎了上去。大家七嘴八舌，似乎迎接一个远道而来的客人"②。结合当下的社会现状，再来看引文中的文字，让人多少觉得难以置信，这一片段无疑是印证故土村民古道热肠、民风淳朴的最好注脚。以乡村村民的彼此信任为观照，如今的社会生活发生巨大变化，信任危机是社会中的重要问题，干亚群的书写提供了另一种生活向度，这足以引发人们对当下社会的深思。

---

① 干亚群：《阿国看鸭》，载《梯子的眼睛》，浙江文艺出版社 2015 年版，第 35 页。
② 干亚群：《鸡零狗碎》，载《给燕子留个门》，浙江文艺出版社 2013 年版，第 31—32 页。

三、"万物有灵"的民间书写

在我国,民间信仰有着悠久的历史,"原始先民们无力解释周遭的一切,对一切自然现象和自身的生命过程及生理、精神现象充满着与生俱来的好奇与探究欲。关于天地、宇宙、万物、人类及梦境、生死等一切神奇而奥秘的事项都需要解释,此时科学自然是力所不能及的,而'万物有灵'或'有神论'却为所有'神秘现象'提供了一种'至为简单的解释方法','几乎所有的一切,都能用灵魂或神灵给予圆满解说'"[①]。"万物有灵"一说在浙东有着深厚的文化土壤,人们历来有着"灵魂不死"和"生死轮回"两种观念。这两种观念的背后体现了浙东民众对于万物的独特感知能力以及自圆自洽的生活方式。

在干亚群的散文中,有很多细腻且富有神秘色彩的民间描写,婚丧嫁娶、风俗节日、自然界的事物在干亚群的笔下是有生命的,是有灵性甚至有神性的。这使笔者联想到斯宾诺莎的泛神论思想,"所谓产生自然的自然,我们理解为这样的一种存在物:通过其自身,而不需要任何在它之外的东西(像所有我们至此所叙述过的属性那样),我们就可以清楚而且明晰地理解它,这亦就是神"[②]。干亚群在其散文中,多写到她对浙东乡村清明、端午、七月半、中秋等传统节日的描写,在这些节日里,村民们通过种种活动与已逝的祖先或祭祀的鬼神的精神对话。当谈到清明时,干亚群写道:"村里一直有这么一个传统,亲人过世后的三年里清明一定要上坟,除了在坟前上香点烛烧纸钱外,还要每年在坟上放一堆上圆下略钝的土,有时一看到坟上的土堆就可以知道这是老坟还是新坟。三年满后再不必上坟,但必须在清明那天祭祀过世亲人,村里人称为做羹饭,认为这天阴阳两界可以相会。过了这天,村民就会去'肚里仙'那里询问

① 参阅《浙江民间信仰调查研究》课题组:《浙江民间信仰事务社会化治理研究》,宗教文化出版社 2019 年版,第 8 页;刘道超:《筑梦民生——中国民间信仰新思维》,人民出版社 2011 年版,第 19 页。
② 〔荷〕斯宾诺莎:《神、人及其幸福简论》,洪汉鼎、孙祖培译,译林出版社 2012 年版,第 184 页。

亲人在阴界的情况。机灵的'肚里仙'自然不会忘记说清明节来过家里，家里人又是怎么厚待他，等等。"①此外，端午时，要制作粽子、抓黄鳝、吃鸡蛋。七月半是阎罗王开地府的日子，所以要做羹饭请祖宗吃。诸如此类的表述都很具有地域色彩，增添了散文的阅读性。铺排的节日民俗书写，既是一种独特的记录方式，也是地域文明的深层展示。

在节日的风俗之外，亦有一些约定俗成的民间说法，如"河埠头是由男人砌成的，这跟村里腌咸菜时不让女人用脚踩一样，老人认为女人属阴，不可做承载分量的活"②。"每个女人都有自己的一块线板，那是从娘家带过来的陪嫁物，与鞋子、针线一起放在鞋篸里。线板有三个手指宽，一拃来长，上面漆成红色，考究些的，上面还描了些花纹，多些是牡丹花。"③类似这样的对乡村民风、民俗的描写在干亚群的散文中还有许多，不胜枚举。对很多读者来说，读到这些有关风俗描写的文字时，常常感到新奇而有趣。而对于干亚群来说，她之所以记录这些，不仅是在记录她个人的记忆，也是在为一个地域画像。地域空间的价值在于集体记忆的承载力，通过个人记忆的写作，通往一代人的乡土生存境况。

在干亚群的笔下，充满梦幻和神秘色彩的乡村世界也是其着力要表现的对象。借由儿童视角，干亚群所呈现出的乡村世界除却梦幻和神秘，还表现出一种别样的美感和诗意。《万家的狗》一文中就书写了一条仿佛通灵的狗，"后来，人们发现这条狗非常有意思，它喜欢去生病的老人家门口坐，有时甚至一坐好几天。它不走，说明老人的病情还没有缓解。它走了，有两种可能，要么老人将很快离世，要么老人的病过几天肯定会好转。有人说，这狗成精了，能通阴阳两界"④。现在，我们可能很少会这样去看待狗，但作者这样写狗是有其用意的，因为无论是孩童时期还是现在，她都认为自然万物有其灵性，即"万物有灵"，那么老狗通灵仿

---

① 干亚群：《清明的青》，载《给燕子留个门》，浙江文艺出版社2013年版，第179—180页。
② 干亚群：《女人的河埠头》，载《给燕子留个门》，浙江文艺出版社2013年版，第63页。
③ 干亚群：《缝衣针》，载《梯子的眼睛》，浙江文艺出版社2015年版，第191页。
④ 干亚群：《万家的狗》，载《梯子的眼睛》，浙江文艺出版社2015年版，第10—11页。

佛不再是童话或者寓言故事,而是民间生活里的一种神秘书写。类似带有魔幻色彩的书写在干亚群的散文中并不罕见,鹅仿佛会说话,"翠婶家宰猪的时候,有一只鹅在旁边一直呆呆地站着,待猪再也不能哼哼唧唧的时候,鹅似乎清醒过来,一边'吭吭',一边往水缸缝里钻。鹅那几声'吭吭'仿佛是说'吓都吓死了,亏得勿是我'"①。牛似乎会思考哲学问题,"喝过酒的牛抑或与郑大爷一般沉默不语,瘫坐在太师椅里直愣愣地盯着屋顶,半天也不眨一下眼睛,似乎在思考重大的哲学问题"②。还有吃完草擦嘴的兔子,甚至于石头铺就的河埠头都有着自己的思考和情感。这些生动的描写,体现了人类思想在客观世界的映射,万事万物不再是单一的存在,而是鲜活地点缀着民间生活,也正是人与万物和谐相处,乡土世界才会如此丰富和美妙。正是在这种崇尚万物有灵的书写里,读者可以感受到如诗又如童话般的审美体验,这亦是干亚群散文的魅力和价值所在,充满灵性和活力。

再如,《我们的世界在它的眼睛里》一文写的是作者关于两头牛的记忆,篇名中的"它"即文中陈叔照养的两头牛。作者在短短几页的篇幅内,叙说了两头牛颇为曲折的一生。首先,篇名的设定便很巧妙,明明是"我"或"我们"见证了两头牛的一生,作者却认为是两头牛由它们的眼睛见证了"我"或"我们"的世界。尚未言明两头牛的灵性和乡村世界的神秘,就已让读者深有感触。分田到户时,当经历一番波折,两头牛最终又由陈叔照养时,"两只牛似乎明白了刚才发生的一幕,水汪汪的眼睛注视着陈叔,偶尔踢一下后蹄,甩甩尾巴"。在作者看来,两头牛的眼睛是富有灵性甚至神性的,"我在它黑亮的眼睛里看到了自己,像一面镜子一样照出我的影子。它凝望着我,眨眨眼睛,似乎把我镶嵌在了里面"。再如,"牛的眼睛那么大,看到过村里很多事情,包括谁在背后说过什么话,谁跟谁在夜晚合谋过什么事……人的眼睛看到过很多事后会渐渐变得

---

① 干亚群:《一只三眼皮的猪》,载《梯子的眼睛》,浙江文艺出版社 2015 年版,第 17—18 页。
② 干亚群:《我们的世界在它的眼睛里(外一题)》,《青岛文学》2014 年第 7 期。

混浊，慢慢失去清澈，而牛不会，它的眼睛永远像一汪清水，映照着这个世间"。作者看到牛棚里咀嚼着草料却没有发出一丝声音的牛后，联想到自己吃饭时发出的"呱嗒呱嗒"声，竟感到一丝羞愧，"我伸出手摸摸牛，牛用美丽的眼睛望着我，晶莹透亮。皎洁的月光在它的眼睛里闪闪烁烁，像蓄了一池泉水。我看它们，它们也看着我，四周寂静无声。月光如水，它们的眼睛也如水，我似乎感觉到身子轻盈起来，似乎飞进了它们的目光里"。当牛劳作而死，被陈叔安葬在自留地里，对牛很有感情的"我"没有去，因为"我害怕看到闭着眼睛的牛"，"它睁着眼睛打量我们，我们被它移进一个没有杂质的世界。虽然我们的生活还是原原本本，但在那儿的我们更显得本本色色"。在文章的最后，作者提出了一个颇具哲学意味的问题，"没有了目光的牛，我们的世界不知会被安放到哪儿？"①这一拷问意味深长，干亚群以此结尾，文章看似结束，其实际意义却指向更深远之处。

读干亚群的这篇散文，使人为其中充满灵性和神秘色彩的描写而动容。作者以两头牛的眼睛为切入的角度，在作者的笔下，两头牛的眼睛不仅富有灵性，而且充满神性。在牛那清澈如水的眼睛之前，即便是纯真无邪的孩童也会为之感到自愧。作者与牛于月夜之下的对视，不仅是孩童时期的作者和自然界生灵间跨越物种的精神对话，自内而外流露出性灵之美；也是若干年后，作者创作该文时，孩童时期的作者与成年之后的作者的一次跨越时空的灵魂对谈，这是一次独具匠心的艺术创举。作者以牛之眼这一独特视角来写自然的崇高的巧妙设定，充分体现出干亚群在散文领域纯熟的创作技巧，从这些细微之处可以感受到作家自身所拥有的对于美感的感知能力以及同情之心。牛是万物生灵，牛的眼睛像是一面镜子，人与牛互为镜像，彼此观照，人与自然融合为一体，这是一种空灵的境界，也是干亚群散文的境界。

通过干亚群的文字，可见得她记忆中的乡村世界是非常多元、难以

---

① 干亚群：《我们的世界在它的眼睛里（外一题）》，《青岛文学》2014 年第 7 期。

概括的。发生在乡村中的很多事情,其本身就是充满神秘色彩的,如果非要说清楚道明白,便会失去很多绮丽且美好的想象。无论成人之于孩童,还是孩童之于成人,彼此的视角和视野是有巨大差异的,儿童比成人更能感受到来自乡村世界的神秘,而这种神秘感会随着年龄的增长而逐渐淡化、习以为常。干亚群显然深谙其道,因此,她多选择以孩童的视角叙说记忆中带有神秘色彩的乡村。在她的散文中,也常见到许多没被成人注意到的僻静角落,而这"僻静"之处,也正是干亚群的散文的美感、诗意和纯真诞生之地,是其散文美学上升至一种独特境界的所在。干亚群在创作这些作品时,既没有特意强调这些风俗的特殊性或独特意义,也没有去指摘这些乡民迷信行为背后的蒙昧。对干亚群而言,这无须粉饰,也不需要批判,她只是在以文字的形式记录她关于故乡的记忆,在一种平平淡淡的叙述中保存了渐行渐远的乡土真味。在现代社会中,关于追忆乡土的主题越来越多,现代人陷入"怀乡病"之中,从干亚群的散文中,可以为这种现象形成一个注解,正是那种悠然、恬淡的乡土世界与现实世界形成对比,人们可以在乡土世界和民间文化中得到暂时栖息。

四、冲淡平和的诗意想象

在文学的几种体裁中,散文或许是最能体现"人的文学"的文体。散文看似创作门槛并不高,人人都可"我手写我心",但其对创作者实则有着很高的要求。散文不仅需要描摹人物,需要造境,还需要议论和抒发。创作者虽可借由散文这一文体将自己的人生境遇与所思所感向读者娓娓道来,但这种讲述与谈话有着本质上的不同。散文创作需要炼字造境,往往寥寥数语就能带读者进入另一个世界。这个世界是创作者塑造的,并引导读者进入,但如何让读者在创作者所构建的散文世界中感同身受、产生共鸣和共情,这尤其仰仗散文家的笔力。

漫读干亚群的散文,无论在语言风格还是在叙述节奏上,其文字很难见情绪的大起大伏,也很少看到华丽的辞藻和复杂的句式,通体呈现出一种温润如水、冲淡平和的朴拙诗意，恬淡如一首质朴无华、秀雅隽永的田园诗。这很容易让读者联想到散文巨匠汪曾祺的散文风格。如果将干亚群和汪曾祺的散文加以比较的话，会发现二人在创作上表现出诸多相似之处。二人都执着于对乡土人事、自然万物和民风民俗的摹状，干亚群笔下的浙江余姚和汪曾祺笔下的江苏高邮都位于江浙水乡，水成就并塑成了两位散文家的性格底色。如干亚群在《柯鱼》一文中写道："我们的村庄浸润在水中，过的日子也如水样，你吃什么我住什么大家明明白白，一点都藏不住。村里有镜子一样的池塘，村外有星罗棋布的沟、渠，还有从村南一直到村北绕了一圈的河，像标点符号一样连接着一村人的生活。"① 水在汪曾祺的笔下也屡有出现，汪曾祺曾直接谈起水对其的影响，"我的家乡是一个水乡，我是在水边长大的，耳目之所接，无非是水。水影响了我的性格，也影响了我的作品的风格"②。水乡作为独特的地域空间，它体现出地理位置对作者语言风格的影响，干亚群的散文中就体现了如水乡一样温柔、淡然、清澈的风格。

虽然干亚群在散文创作上表现出与汪曾祺诸多相近的特点，但又有着很大的差别。晚年时期的汪曾祺的散文创作独树一帜，"读其散文如饮陈酿琼浆，其文字更是让人觉得有着非同寻常的深厚韵味"。该时期，汪曾祺的散文创作整体呈现出"如其步入晚年后在散文中所表露出的旷达情怀，在作品中所展现的丰富的人生阅历，以及多使用短句的调遣等特点"，并"十分注重诗、文、画等诸多艺术形式的综合运用以及对传统散文的学习和借鉴"。③ 且不论干亚群是否有意效法汪曾祺的创作，单从作品来看，干亚群在汪曾祺的散文风格之外，实另有所探索和发展。

在散文的造境上，干亚群常采用白描笔法。白描是国画的一种方式，指以淡墨勾勒轮廓或人物，而不设色者。用在文学的笔法上，即指用

---

① 干亚群：《柯鱼》，载《给燕子留个门》，浙江文艺出版社 2013 年版，第 17 页。

② 汪曾祺：《我的家乡》，载《独坐小品》，宁夏人民出版社 1996 年版，第 128 页。

③ 孙伟民：《论汪曾祺晚年散文的艺术特色——重读〈昆明的雨〉》，《边疆文学·文学评论》2017 年第 4 期。

朴素、简练的文字描摹景物或者形象。干亚群的散文在景物的描写上，只用寥落数笔，就勾勒出大概轮廓，而这种方式描写出来的景物就创造了一种类似于中国水墨画般清新自然的境界。如其在《正月十四夜》一文的开头这般写道："这天，村庄里的烟囱又慢慢热闹起来，从几天前的稀薄恢复到了过年前的稠密，可以从早上一直到晚上冒着青烟。整个村庄上空蒙着一层淡淡的烟云，青色里裹着一点灰。"①干亚群在散文造境上有她自己的策略与认知，她不仅对意象的选取进行过筛选，甚至对意象所属的色系也是有着深思熟虑的。青色和灰色是国画中常用的色调，梅尧臣的诗句"葑田青仄博弈局，岛树墨楹烟雨图"里便有这样的境界，这是中国山水画当中的审美表现，亦是刻印在中国人记忆深处的文化基因。

在《蝉》一文中，"梅子雨过后，天开始放晴。放晴几许，屋前的枣树上倏忽传来'吱'的一声，怯意十足。过后，四周一片寂静，显得刚才那声'吱'恍恍惚惚。继而，树上的'吱'开始拖音，慢慢升高，高到数丈后戛然而止。村庄一下子跌入幽静"②。环境，尤其是乡村的环境，并不总是如画般安静、古雅的，更多时候是嘈嘈切切的，是满富生机的。在干亚群的散文里，她的乡村书写就呈现出动中有静、静中有动的状态。通过选用最合适的词语，炼字凝境，达到最合适的境界。数个"吱"字、两个"静"字可见作者在撰文时语言尽量凝练生动，而语意尽量传神入境。读者是可以在对好的描写的反复咀摸中，品味出作者的意图的。

另外，我们发现，散文集《梯子的眼睛》一书的目录分列的五个单元里，有一单元名为"村里农具七八样"。这一单元收录了干亚群创作的关于农具的八篇散文：《锄头》《梯子的眼睛》《拉晒耙》《水车》《疯婆婆的连枷》《铁搭》《给扁担留个影》《蓑衣》，八篇散文对应的是八种农具及其背后的故事。如《锄头》一文，"我们的锄头跟书上所说的锄头不同，它有着

① 干亚群：《正月十四夜》，载《给燕子留个门》，浙江文艺出版社 2013 年版，第 163 页。
② 干亚群：《蝉》，载《梯子的眼睛》，浙江文艺出版社 2015 年版，第 61 页。

薄薄的嘴皮子，不能碰石头，也不能碰硬的东西，只能用来锄庄稼地里的草。农民又称它为'刮子'，也不知道是什么称谓"。锄头在这里并不是枯燥、遥远的定义或符号，而是与日常生活息息相关的、用于耕作的农具，或者说是农村生活里一种不可或缺的代表意象。"父亲说：'祖祖辈辈除草，都用锄头，用农药代替锄头，谁知道会不会伤着庄稼？'"①在祖辈的生活中，耕作方法和思想理念都是传统的，这是千百年来一代又一代人传承下来的生活智慧和生存经验，这也是此前人们固守乡土的现状所决定的。但从某种意义上来说，这种守旧，守着旧的祖辈规训的村庄中的人，因其与我们现在世界的差别，而营造出了一种沉郁又诗意的牧歌般的想象。

干亚群笔下的浙东乡村，无论是人与自然，还是人与人之间都呈现出一种和谐共生、"共同承担"的关系。村民们在长期的农务劳作中早就学会了盘肩，"扁担下的人同一个表情，挂满汗珠的五官跟掰开的棉桃一样僵硬，似乎肩膀上的疼嵌到了脸上。挑扁担的人都有一手绝活，那就是盘肩，将扁担从一个肩头过背转到另一个肩头，两只箩筐在晃悠悠中完成掉头的动作"②。人与农具之间形成了一种联结，正如没有农具养活不了农人，没有农人也养活不了农具一样。这让人联想到海德格尔对凡·高的名画《鞋》所做的解说："暮色降临，这双鞋底在田野小径上踽踽而行。在这鞋具里，回响着大地无声的召唤，显示着大地对成熟谷物的宁静馈赠，表征着大地在冬闲的荒芜田野里朦胧的冬眠。这器具浸透着对面包的稳靠性无怨无艾的焦虑以及那战胜了贫困的无言喜悦，隐含着分娩阵痛时的哆嗦，死亡逼近时的战栗。这器具属于大地（erde），它在农妇的世界（welt）里得到保存。正是由于这种保存的归属关系，器具本身才得以出现而得以自持。"③农具正是因为农人的使用，而农人正是因为是乡土中国的延续的一部分。因此，作为器物的农具、人、乡村才显示出

---

① 干亚群：《锄头》，载《梯子的眼睛》，浙江文艺出版社 2015 年版，第 76 页。
② 干亚群：《给扁担留个影》，载《梯子的眼睛》，浙江文艺出版社 2015 年版，第 105—106 页。
③ ［德］海德格尔：《艺术作品的本源》，载《林中路》，孙周兴译，上海译文出版社 2014 年版，第 17 页。

超越字面意义的形而上的理解。如果没有人的使用,农具的意义无法体现,正是因为人的使用,农具才被赋予了超越器物的内涵,它们一起构成整个乡土世界的沉郁和辛劳。

干亚群的散文看似质朴无华,但她在作品中浸透了对浙东乡土社会的深沉情感和独特思考,整体呈现出冲淡平和的诗意想象。而读者也常能于这种冲淡平和中读到人生的深层启悟,究其根本,这源自作家对童年生活的怀念、对乡民乡风的追忆以及对民间文化发自内心的热爱。干亚群不仅是民间文化忠实的记录者,更是守望和维护着民间文化背后的无限价值。

结　语

品评干亚群的散文是一件有趣的事,在阅读其作品的过程中,一幅多姿多彩、丰富多元的浙东乡土画卷在我们面前逐渐清晰显现。干亚群通过她的笔触为我们勾画出一个更为宏阔的艺术天地,那是一个远离城市喧嚣、在记忆深处无比鲜活的乡土世界。我们被她的细腻隽永而感染,也被她的诚挚纯真所打动。在她对记忆中浙东乡村风物人情的书写背后,涌动着的是她对于故土丰沛且浓郁的情感。她所记录的不仅是其个人的乡土记忆,传承的实是一个时代的风貌,她是在为一个时代画像。

干亚群笔下的浙东乡村图景与鲁迅、王鲁彦等现代作家笔下的故土风物已有很大区别,而随着城镇化的持续推进,如今的浙东和干亚群文字中的乡土世界又是两番风貌。干亚群在其散文中不无忧虑地发问,乡村该如何发展?老年人以及不再被需要的匠人们该何去何从?他们承受着怎样的苦痛与挣扎?那些补鞋、补碗、补缸的匠人现在就已经很难遇到,那么谁能记录下他们的生活与记忆?如在《补缸阿炎》等作品中,干亚群为我们简单勾勒出他们的音容笑貌以及灵巧的手艺,"你听听是缸的声音,我听听也是缸的声音,听来听去似乎没有什么不同,只不过缸沿跟缸底声音略有清浊之别,其他再也听不出什么不同来。而到了阿炎伯的耳朵里就不一样了,像一个医生听病人的心脏,一听就能听出心脏有没有杂音"①。我们会为这样一位普通、平凡,却对生活非常认真、技艺非常专业的匠人而感动。

"年轻"是解读干亚群散文的关键词之一。她在散文集《梯子的眼睛》一书的"后记"中写道:"似乎,我年轻,我的村庄也一起年轻。也许,这是我唯一能做的事。我希望,我笔下的那些人那些事让你的村庄也年轻起来。"②在《青春的声音》一文中,干亚群写道:"不知让乡村再次年轻起来的会是什么。当然是声音,但是,肯定不是皮鞋掌发出的声音。"③她的文字不仅存留着对故土记忆的留恋与怅惘,也蕴含着对乡村未来的追问与思索。从这个层面来讲,干亚群的散文不仅具有很高的文学价值,还具有重要的社会学价值。干亚群不仅仅是一位散文家,她更是一位民间吟游诗人,她所浅唱的是一曲关于一去不复返的乡土记忆的挽歌。

附:干亚群创作年表

2011 年

《满溪明月浸梅花》,《文学港》2011 年第 6 期。

2012 年

《乡村电视》,《野草》2012 年第 1 期。

《村庄里的那些人那些事(七题)》,《文学港》2012 年第 3 期。

《天落水(外一题)》,《青岛文学》2012 年第 7 期。

2013 年

《给燕子留个门》,浙江文艺出版社 2013 年版。

《敞开的木门》,《文学港》2013 年第 8 期。

《在卫生院的日子》,《文学港》2013 年第 6 期。

---

① 干亚群:《补缸阿炎》,载《梯子的眼睛》,浙江文艺出版社 2015 年版,第 132 页。
② 干亚群:《后记》,载《梯子的眼睛》,浙江文艺出版社 2015 年版,第 196 页。
③ 干亚群:《青春的声音》,载《梯子的眼睛》,浙江文艺出版社 2015 年版,第 129 页。

《专注于自己的小题目》,《文学港》2013 年第 9 期。

《鱼驮着影子》,《散文选刊·下半月》2013 年第 8 期。

《一个收集脚印的人》,《海外文摘·文学版》2013 年第 10 期。

《红灯笼黄月亮》,《青岛文学》2013 年第 12 期。

《村小学的老师》,《野草》2013 年第 2 期。

2014 年

《蔡老师的鹅》,《散文》2014 年第 5 期。

《我们的世界在它的眼睛里》,《散文选刊(上半月)》2014 年第 7 期。

《锄头》《老蒋牧羊》,《散文》2014 年第 7 期。

《梯子的眼睛》,《散文》2014 年第 9 期。

《阿国看鸭》,《散文》2014 年第 10 期。

《小物三题》,《黄河文学》2014 年第 4 期。

《乡下的老鼠也进城》,《文学港》2014 年第 8 期。

《乡村女儿针》,《散文百家》2014 年第 4 期。

《乡村笔记》,《西湖》2014 年第 1 期。

《声音》,《散文选刊·下半月》2014 年第 2 期。

《李呱哒》,《海外文摘·文学版》2014 年第 5 期。

《陈老师》,《散文选刊·下半月》2014 年第 8 期。

《蔡老师的鹅》,《读者·乡土人文版》2014 年第 7 期。

《蔡老师的鹅》,《教师博览》2014 年第 8 期。

2015 年

《雁南飞》,《散文》2015 年第 1 期。

《剃头二陈》,《散文》2015 年第 3 期。

《鞋底的年轻》,《散文选刊(上半月)》2015 年第 4 期。

《杨师傅》,《散文》2015 年第 5 期。

《虚症》,《作家》2015 年第 4 期。

《蓑衣》,《散文》2015 年第 9 期。

《弹花匠的兰花指（五题）》，《青海湖》2015 年第 1 期。

《拉晒耙》，《延河》2015 年第 3 期。

《我们那个村里的女孩》，《文学港》2015 年第 7 期。

《梯子的眼睛》，浙江文艺出版社 2015 年版。

《指上的村庄》，宁波出版社 2015 年版。

2016 年

《达夫弄 1 号》，《散文》2016 年第 6 期。

《纸水杯》，《作家》2016 年第 6 期。

《手艺人（四题）》，《花城》2016 年第 5 期。

《介入》，《作家》2016 年第 11 期。

《禅心虚掩处》，《散文》2016 年第 11 期。

《村在江南》，《黄河文学》2016 年第 8 期。

《小物三题》，《西湖》2016 年第 9 期。

《村人小像》，《西部》2016 年第 1 期。

《午后之内》，《四川文学》2016 年第 11 期。

《万家的狗》，《散文选刊·下半月》2016 年第 8 期。

2017 年

《老曹》，《散文》2017 年第 2 期。

《空缺》，《青年文学》2017 年第 2 期。

《过年蓝》，《上海文学》2017 年第 2 期。

《不是所有的蛋都能孵出小鸡》，《散文选刊》2017 年第 2 期。

《他们给村庄打个结》，《散文》2017 年第 7 期。

《屋檐下》，《作家》2017 年第 9 期。

《草语》，《天涯》2017 年第 5 期。

《空缺》，《散文选刊》2017 年第 10 期。

《带着蜜蜂去采花》，《散文选刊》2016 年第 12 期。

《去向不明》，《美文》2017 年第 11 期。

《葬礼》,《上海文学》2017年第11期。

《补课》,《文学港》2017年第9期。

《村在江南》,《海燕》2017年第1期。

《指述》,《黄河文学》2017年第10期(9与10合刊)。

2018年

《黑白照》《哑巴叔的泥哨子》,《散文》2018年第3期。

《红卡》(三篇:《红卡》《鸡冠花》《半截狗尾巴草》),《美文》2018年第5期。

《障碍》,《作家》2018年第9期。

《五脚鼠》,《散文》2018年第9期。

《番茄红》,《江南》2018年第6期。

《乡医》,《天涯》2018年第6期。

《影子飞逝我不动》,《红岩》2018年第3期。

《梅子树》,《西部》2018年第5期。

《城里的青蛙》,《青年作家》2018年第9期。

《吐丝》,《鸭绿江》2018年第9期。

《一棵梅子树》,《文学港》2018年第10期。

《合谷》,《黄河文学》2018年第10期。

《树跟鸟跑了》,浙江文艺出版社2018年版。

2019年

《番茄红》,《散文选刊》2019年第5期。

《看一幅牌打完》,《散文》2019年第6期。

《半路无门》《气味》,《美文》2019年第7期。

《乡医小语》,《上海文学》2019年第9期。

《断桥》(外一篇),《天涯》2019年第6期。

《门环》,《作家》2019年第12期。

《尾随时光》,《四川文学》2019年第3期。

《紫云英顺着风》《风掌握生长的秘密》《风中呼啸的娘》，《文学港》2019 年第 7 期。

《瘢痕》，《当代人》2019 年第 10 期。

2020 年

《紫云英顺着风》（外二题《风掌握生长的秘密》《风中呼啸的娘》），《散文选刊》2020 年第 2 期。

《同归》，《散文》2020 年第 4 期。

《麻风病日》，《黄河文学》2020 年第 8 期。

《电话机》，《青年文学》2020 年第 6 期。

《拖拉机的叫声》（外一篇），《作家》2020 年第 12 期。

《不老的木匠》，《散文》2020 年第 12 期。

《带不走的远方》，宁波出版社 2020 年版。

2021 年

《拖拉机的叫声》，《散文选刊》2021 年第 3 期。

《大年三十熄灯》（外一篇），《上海文学》2021 年第 3 期。

《蝴蝶的手指》，《江南》2021 年第 3 期。

《写作是另一场孕育》（外一篇），《天涯》2021 年第 5 期。

《不能去的舞厅》，《美文》2021 年第 6 期。

《蝴蝶的手指》，《散文选刊》2021 年第 8 期。

《门诊贴》，《文学港》2021 年第 2 期。

作品被选入文选情况

《天落水》选入《21 世纪年度散文选（2012 年）》，人民文学出版社 2013 年版。

《一个收集脚印的人》选入《2013 中国最美的散文》，商务印书馆 2014 年版。

《我们的世界在它的眼睛里》选入《2014 年散文年选（花城版）》，花城出版社 2015 年版。

《梯子的眼睛》选入《2014 中国年度精短散文》,漓江出版社 2015 年版。

《蔡老师的鹅》选入《2014 散文精选》,百花文艺出版社 2015 年版。

《说书人》选入《21 世纪年度散文选(2015 年)》,人民文学出版社 2016 年版。

《说书人》选入《人民日报 2015 年散文精选》,人民日报出版社 2016 年版。

《鞋底下的年轻》选入《2015 中国年度精短散文》,漓江出版社出版 2016 年版。

《鞋底下的年轻》选入《2015 年中国好散文》,山东人民出版社 2016 年版。

《达夫弄 1 号》选入《2016 散文精选》,百花文艺出版社 2017 年版。

《老曹》选入《2017 散文精选》,百花文艺出版社 2018 年版。

《草语》选入《21 世纪年度散文选(2017 年)》,人民文学出版社出版 2018 年版。

《五脚鼠》选入《2018 散文精选》,百花文艺出版社 2019 年版。

《看一幅牌打完》选入《2019 散文精选》,百花文艺出版社 2020 年版。

《薄秋》入选《2022 年散文精选》,百花文艺出版社 2023 年版。

《刘老师和他的雄鸭》入选《2021 年散文精选》,百花文艺出版社 2022 年版。

作品获奖情况

《给燕子留个门》获得 2012—2014 年浙江省优秀文学奖。

《梯子的眼睛》获得首届三毛散文奖。

《指上的村庄》获得第七届冰心散文奖。

《同归》获得第二届普陀山杯征文三等奖。

《麻风病日》获得罗峰杯全国文学征文一等奖。

《树跟鸟跑了》《给燕子留个门》《梯子的眼睛》获得宁波文艺奖。

《紫云英顺着风》获得 2019 年度《文学港》储吉旺文学奖优秀作品奖。

《带不走的处方》获得浙江省优秀文学作品奖(2018—2020)。

王寒：地方书写视域中"风物"与"人"的互动

王　姝

浙江工业大学人文学院

一、风物书写的日常化

散文之咏物，是向来的传统。但无论古代散文的托物言志，还是现代美文的咏物寄怀，对物的描写，从来不仅仅停留于物。《文心雕龙·物色》认为写物状物应"写气图貌，既随物之宛转；属采附声，亦与心而徘徊"①。康熙认为咏物"即一物之情，而关乎忠孝之旨"②。写物咏物，或为抒写情怀，或为寄托忠义，而不离"言志"与"载道"两途。现代美学则以移情理论来解释咏物书写，通过"类似联想的结果，物固然可以变成人"③，在"经验上相承接"④，从而产生移情，"移情的现象可以称为'宇宙的人情化'"⑤。也就是说，物的书写，一定要通过种种美学上的手段，使之与宇宙人心相连接呼应，借咏物而移向理学、情志、胸怀的书写。这样一种咏物的模式，可以成为操作性很强的写作方法，批量复制于某种诗化散文的套路中。咏物写作的高下，就极其依赖于散文写作者的学养与人格境界。

随着对五四以来"美文"与当代"诗化散文"窄化散文创作的反思，文化散文、新散文、在场散文等新的散文写作潮流，拓宽了散文写作的题

---

① （南朝）刘勰著，王志彬译：《文心雕龙》，中华书局2014年版，第262页。
② （清）玄烨：《佩文斋咏物诗选序》，载陈伯海、李定广编著《唐诗总集纂要》（下），上海古籍出版社2016年版，第510页。
③ 朱光潜：《谈美》，载《朱光潜全集》第3卷，中华书局2012年版，第64页。
④ 朱光潜：《谈美》，载《朱光潜全集》第3卷，中华书局2012年版，第32页。
⑤ 朱光潜：《谈美》，载《朱光潜全集》第3卷，中华书局2012年版，第25页。

材，变化了散文的艺术形制，的确将散文从某种陈旧的套路中适度解放了出来。然而，咏物的散文本身，如何去蔽模式并向多元化展开，却又成为一个新的问题。浙江散文作家王寒借风物书写的日常化，把写物放置在地方文化的背景下，物在其自然而日常的状态下成为独立的物，回到"体物""状物"本身，"进行集中性题咏"①，以"穷物之情，尽物之态"②。由此，地方风物的书写展开了其与日常生活的密切联系，一方面成为地方文化的重要组成部分，另一方面则通过与地方人事的联结，将风物背后人的兴趣呈现出来。而此一"人的兴趣"，仍然牢牢固着于"吾土吾民"的地方性，也就与地方性日常生活息息相关。"草木虫鱼，多是与人的生活密切相关。对于草木虫鱼有兴趣，说明对人也有广泛的兴趣。"③写物，虽仍写人，但并未完全驱使物为人的"言志""载道"服务，也并非一定要求物的"移情"，而是将"物"作为独立的主体，在日常生活中的"物"怎样与人的志趣相联结，"物"有了圆融于自身的意义与价值。

王寒散文的地方风物书写，首先体现在对地方草木虫鱼的细致描摹上。《江南草木记》聚集于江南草木，"故里风物"写石斛、茭白、芋头、油桐、芦苇等各式风物，"一树繁花"写桃花、玉兰、合欢、紫薇、夹竹桃、桂花等各样繁花，"花前藤下"写蔷薇、紫藤、凤仙、鸢尾、昙花等草本藤生的植物，"江南佳果"则写文旦、杨梅、高橙、枇杷、桑椹、柿子等水果，简直就是一本江南植物科普书，博物志式的写法，回到了先秦时代的文学本义——"多识于鸟兽草木之名"④。当然，王寒写江南草木，并非出自植物学家的兴趣，甚至四大篇章的分类也是不严谨的，如橘花何以在风物篇，而落选于繁花篇？橘花已然录入风物篇，而橘子又再登佳果篇，在植物学家看来，不但错误百出，而且混乱不堪。但从散文的风物书写来看，分类的不严谨丝毫不影响作家对江南草木旁征博引式的、百科全书式的全

---

① 邹巅：《咏物流变文化论》，湖南人民出版社 2009 年版，第 6 页。
② （清）俞琰：《自序》，载《咏物诗选》，成都古籍书店 1984 年版，第 2 页。
③ 汪曾祺：《葵·薤》，载邓九平编《汪曾祺全集》第三卷，北京师范大学出版社 1998 年版，第 289 页。
④ （春秋）孔子：《论语·阳货》，杨伯峻、杨逢彬注译，岳麓书社 2018 年版，第 218 页。

方位书写。"故里风物"的开篇就是"橘花",先写橘花如雪,是江南的春天,而密密匝匝开放的小白花,"有未加修饰的素朴自然","直白大方像山野妹子"①,紧接着写橘花的香,引用刘克庄等人的诗,又写橘花之香,引来蜜蜂,顺手写出橘花蜜,又写一款运用了橘花蜜香的迪奥香水,次又写橘花茶,制橘花香的旧方子,最后又以歌剧《迷娘》的咏叹调揭出那在橘林中漫步的氛围,正是家乡的情调。文章虽短,却从描橘花之形到写橘花之香,引述从古典诗文到西方音乐,从橘花蜜到橘花茶,从现代香水到民间制橘花香,信手写来,杂作一处,写尽橘花之美、之味、之用,最终以家乡作结。《云锦杜鹃》一篇,不是单写杜鹃,而是专写作家故乡天台山上的云锦杜鹃。文中在与云南、四川等地的杜鹃比较后,特指出唯有天台山上的云锦杜鹃,才有树龄 200 年以上的古树群,"苍干如松柏,花姿若牡丹","简直'修炼'成树妖"②,有排山倒海之势。作家说天台山的佛宗、道源、唐诗之路等种种仙名,在云锦杜鹃面前,都算不上什么了。其实,恰恰以退为进,让葛玄、李白等的仙风道骨与浪漫诗情与绚烂繁花交相辉映。写《铁皮石斛》,引《神雕侠侣》赞兰花在传统文化中的特殊地位,又引《道藏》《神农本草经》等及天台作家陆蠡的小说《竹刀》指出铁皮石斛的良药身份,一面引经据典,一面又将铁皮石斛的民间别称、铁皮石斛的种植、铁皮石斛花茶与鲜条的榨汁娓娓道来,经典传统中的高贵与当下民间日用的平常并置,丝毫没有违和之感。其他如紫苏、茭白、芋头之做菜肴,乌桕籽榨油染发,泡桐花、金银花、芦花、玉兰花入药,白兰花、栀子花、茶蘼泡茶煮粥,油桐制伞,红蓼驱蚊酿酒等,不一而足。

王寒落笔江南的草木繁花,写其形之美,引出背后的文化典章,在古今中外文学、音乐、美术各种艺术样式中被题咏,又写其日用之常,入食入药,做染料、做油漆等等各种用处,看似随意为文,实则比植物百科还要百科,是一种深入生活日常的草木百科。这些草木的日常之用,或取

---

① 王寒:《橘花》,载《江南草木记》,浙江工商大学出版社 2018 年版,第 2 页。
② 王寒:《云锦杜鹃》,载《江南草木记》,浙江工商大学出版社 2018 年版,第 9 页。

自民间验方，或来自友人相授，作家往往兴致勃勃地加以尝试，并于这实践中又引发某诗或某歌的心得，真切地实现了"将'审美的态度'引进现实生活"，"'日常生活审美化'范畴是一个艺术策略，是一系列使生活恢复自由与诗意的努力"。① 回到"多识于鸟兽草木之名"的时代，识其名，应该也与知其用联系在一起，只有进入人们日常生活的"物"，才得以命名，为人们熟知，进而进入文学艺术的书写。江南草木，进入江南人民的日常生活。物并非单纯的物，正如马克思在《1844 年经济学哲学手稿》中指出的："工业的历史和工业的已经产生的对象性的存在，是一本打开了的关于人的本质力量的书，是感性地摆在我们面前的人的心理学。"② 其实扩大而言，自人类征服利用自然以来，物的对象性存在，就已经显现为人的本质力量与人的心理学。

从江南草木到江南佳果，是人类以农耕方式对自然的进一步利用。农业是一种半自然的生产方式，它对自然加以顺乎自然、因势利导的辅助，人的作用必须在"因时""看天"的前提下进行。王寒在记叙这些故乡的佳果时，格外突出台州的地理优势对孕育江南佳果的重要作用。在多篇散文中，她提及北纬 28 度是一片神奇的土地，使得家乡的文旦、枇杷、杨梅、橘子都比别处为佳。同时，她还格外强调江南佳果的应时而生，如《立夏樱桃红》《五月枇杷黄》《夏至杨梅满山红》，为江南佳果的璀璨登场设置了合乎自然的时空背景。对于这些每年应时而来的江南佳果，作家惦记得亲切，观察得仔细，由此准确地写出每种佳果的生长周期，如"橘子谷雨时节开花，要到霜降方可采摘，这期间，它走过两个季节，历经十三个节气"③"杨梅成熟于春夏之交的江南梅雨时节，只消枝头上几粒性急的杨梅抢先红了，便有成批的杨梅跟着成熟，那争先恐后的劲头，让人

① 朱明骏：《艺术与日常生活审美化——谈西方现代主义与后现代主义艺术对日常生活审美化问题的探索》，《文艺评论》2011 年第 9 期。

② ［德］马克思：《1844 年经济学哲学手稿》，中共中央马克思恩格斯列宁斯大林著作编译局译，人民出版社 2000 年版，第 88 页。

③ 王寒：《橘子》，载《江南草木记》，浙江工商大学出版社 2018 年版，第 232 页。

感受到杨梅也有股心气劲儿"①;"文旦三月现蕾,四月含苞,七月结果,它现蕾于乍暖还寒的时节,收获于霜降前后"②;"立夏时节,红了樱桃,紫了桑椹"③,冬至开挖荸荠、立冬采摘高橙,依时而采,依时而食。橘子、橙子、柿子、枇杷、栗子等物,南北均有种植,但水果的品种实有地方差异,差之毫厘,失之千里,为橘枳之分。王寒写的绝不是大路货,而是北纬28度下故乡台州的特有品种,如台州的橘子自古有名,细分之下,乳柑曾被誉为"天下果实第一",黄岩橘子曾红极一时,临海涌泉蜜橘成为"临海一奇,吃橘带皮"④,就是台州下属各市县的橘子也在各擅其场,各争其甜。再如黄岩的东魁杨梅,敢于称"魁",是因为"每只有乒乓球大小,最大的甚至有一两多重",而仙居的黑炭杨梅"虽然小巧玲珑,但红得发紫,紫得发乌,且汁液汹涌,咬一口,甜美得让人一愣一愣"。⑤就柿子而言,临海红柿、玉环长柿、三门牛奶柿、黄岩甜柿,光临海的柿子,"就有八棱、丁香、方柿等十来种"⑥,成熟各有先后,食法与口感各不相同。路桥枇杷,是跟温岭高橙、临海西兰花一样获得国家农产品地理标志认证的,一到枇杷成熟,当地还要举办枇杷节。佳果名种甚至还须细化到乡镇,黄岩店头的荸荠"乌黑发亮,精神气十足,它的浆分很足,咬一口,嘎嘣脆"⑦,以至有"店头荸荠三根葱"之名。而这些几乎是"一村一品"的佳果名种,则是人类因势利导改造自然的产物。温岭的高橙是柚与甜橙的杂交种,亦名玉橙。玉环的文旦为中国四大名柚中的花魁,是与福建柚子杂交的结果。从未有人将水果的品种辨析写得如此之细,也只有身为台州人的王寒,才能细细区分出水果的不同品种。她写江南佳果,有美食家的细致品味,有农学家的科学观察,才能将这一地一果写得这般活色生鲜。

---

① 王寒:《杨梅》,载《江南草木记》,浙江工商大学出版社2018年版,第235页。
② 王寒:《文旦》,载《江南草木记》,浙江工商大学出版社2018年版,第248页。
③ 王寒:《樱桃》,载《江南草木记》,浙江工商大学出版社2018年版,第266页。
④ 王寒:《橘子》,载《江南草木记》,浙江工商大学出版社2018年版,第231页。
⑤ 王寒:《杨梅》,载《江南草木记》,浙江工商大学出版社2018年版,第237页。
⑥ 王寒:《柿子》,载《江南草木记》,浙江工商大学出版社2018年版,第255页。
⑦ 王寒:《荸荠》,载《江南草木记》,浙江工商大学出版社2018年版,第240页。

　　王寒不仅写江南佳果之形之色之味,还写其用。如桑椹"有滋阴养血功效,加蜂蜜,可黑发明目,它还有解酒之功效"①,桑树宜做家具,桑叶又是蚕的食物,还是植物染料,桑树皮还可以造纸。台州甘蔗所制红糖,也获得国家农产品地理标志认证,红糖和中助脾,补血破瘀,台州人不仅以红糖做茶饮,还做成各种红糖点心:红糖麻糍、红糖馒头、红糖年糕、红糖庆糕、红糖锅盔、翻糙圆、姜汁调蛋等。栗子有强筋壮骨的作用,枇杷能止咳,高橙可败火清肝明目,柿子、文旦、橘子都能解酒,这又从农学转入医学。当然,散文家的医学之用,姑妄听之。只是,传统医学本身以草木为本,也是极其讲究天时地利人和的,许多中药材非产地之物,药效便会大打折扣乃至无效。其地、其时、其品种之形成,正是由"包括地貌、地质、水文、气候、物候、气象、天文等"在内的,"天、地、人三者乃世界之全体,宇宙之构成,'人'在天地之间所能看到的一切物质"②,被总称为"地理"的条件构成的。通过细辨品种,细描其形,细品其味,乃至博引诗文、方志、笔记、民谣、农谚、传说故事,王寒将江南草木佳果之类的地方风物从地理产品,经由亲身的"地理感知"③,转化为"地理景观",构造出草木葱茏、佳果赛味的江南审美空间。她笔下的草木佳果,都与人性相通,如"高橙就像心高气傲的女子,未出阁前,带着几分自以为是的青涩,历练久了,心气自然平和"④;"杨梅是风情万千的尤物"⑤,昙花是"慷慨赴死的烈女"⑥,"夜来香行事很是低调"⑦,"凤仙花有种野豁豁的生命力"⑧,紫薇"没心没肺的快活样子"⑨,芦花飘逸,桃花浪漫,芙蓉拒霜,白兰花素净雅致,海棠花微醺风流,栀子花声势浩大,这些花果的性情,是由写作

---

① 王寒:《桑椹》,载《江南草木记》,浙江工商大学出版社 2018 年版,第 272 页。

② 邹建军:《文学地理学批评理论的五个板块及其结构》,《关东学刊》2020 年第 4 期。

③ 邹建军:《文学地理学批评的四个术语及其内涵简说》,载曾大兴、夏汉宁主编《文学地理学——中国文学地理学会第四届年会论文集》,中山大学出版社 2015 年版,第 51 页。

④ 王寒:《高橙》,载《江南草木记》,浙江工商大学出版社 2018 年版,第 247 页。

⑤ 王寒:《杨梅》,载《江南草木记》,浙江工商大学出版社 2018 年版,第 236 页。

⑥ 王寒:《昙花》,载《江南草木记》,浙江工商大学出版社 2018 年版,第 215 页。

⑦ 王寒:《夜来香》,载《江南草木记》,浙江工商大学出版社 2018 年版,第 205 页。

⑧ 王寒:《凤仙花》,载《江南草木记》,浙江工商大学出版社 2018 年版,第 176 页。

⑨ 王寒:《紫薇》,载《江南草木记》,浙江工商大学出版社 2018 年版,第 118 页。

者充满情感经验的观察注入的。作家掉书袋式的引用,看似杂乱无章,实则为地方风物勾勒出一个深具历史传承的文化背景。作家从农学到医学的食之用之,从友人、从书本、从实践,得之、验之的草木日用,显现的是一种农耕文明下人与自然和谐共处的生活方式。正因为草木佳果的亲切相伴,才被注入人的经验情感,构成主体性的审美选择和创造,地方风物也因此获得了自体的独立。列斐伏尔认为"大地意味着大自然与人的结合"①,王寒笔下的地方风物正是源出这样的"大地"。

二、食物乡愁的在地化

王寒谈草木,贴近农耕文明,但在她的博物志里,农耕文明绝不意味着固守或倒退,恰恰相反,是随同现代人生活不断演进的日常。这突出地表现在王寒对地方风物中的尤其特殊的一种——食物的专门书写中,并在食物书写中汇聚为在地化的乡愁。

王寒写吃,专门结集的有《无鲜勿落饭》《江南小吃记》等诸种,《无鲜勿落饭》还出了台湾竖排繁体字版,其影响力可见一斑。民以食为天,中华美食传统本就源远流长,朱光潜说:"艺术和美最先见于食色。汉文'美'字就起于羊羹的味道。"②远至《清异录》《梦粱录》《东京梦华录》等历代笔记中相关篇章对美食的书写,近有清代袁枚专写美食的《随园食单》。散文名家汪曾祺说:"浙中清馋,无过张岱,白下老饕,端让随园。中国是一个很讲究吃的国家,文人很多都爱吃,会吃,吃的很精:不但会吃,而且善于谈吃。"③汪曾祺却对袁氏的《随园食单》不以为然,说他多是二手资料,自己并不会做菜。汪曾祺自己是谈吃的高手,《食事》一书专谈美食。汪曾祺谈美食,以自己家乡高邮的吃食为主,辅以其人生经历

① [法]亨利·列斐伏尔:《日常生活批判》第 1 卷,叶齐茂、倪晓晖译,社会科学文献出版社 2018 年版,第 189 页。

② 朱光潜:《谈美书简》,中华书局 2012 年版,第 95 页。

③ 汪曾祺:《〈知味集〉征稿小启》,载邓九平编《汪曾祺全集》第四卷,北京师范大学出版社 1998 年版,第 464 页。

过的上海、北京、张家口等地，味兼南北，食通中国，在开阔的视野下自有一番浓浓的故园情结。王寒谈吃，以其家乡台州美食为主，细品浙江各地吃食，举凡海鲜、山珍、小吃俱到箸头，且深入浙地各家街边小店，几十年相承的滋味，孤傲任性的店主，都拢于笔下。与汪曾祺一样，王寒写吃，体现了"一种对生活的态度，对文化的态度"①。汪曾祺说："大概古今中外的作家都有点清高，认为吃是很俗的事。其实吃是人生第一需要。"②从人生第一需要出发，吃之"俗"转化为吃之"俗"（习俗），那些人生日常的、面向平民百姓的吃食，体现出一种明显的民间态度与立场。还从来没有哪位作家，包括浙江本土的作家，花费如此多的笔墨写江南小吃：青团、桐子叶包、豇豆豉与豇豆酒、姜汁核桃调蛋、番薯粉圆、乌糯饺、马蹄糕、凉菜膏、羊脚蹄、松花饼、食饼筒、五味粥、蛋清羊尾、扁食、糊拉汰、麦虾等等。《江南小吃记》的目录，如同一张豪华版汇聚江南小吃的菜单，许多地方性的小吃品种甚至并不通行于江南，但凡隔了一个市县，便已闻所未闻。就是自家本地的小吃，许多江南人也已经只知吃，不会做，更不知何处可觅正宗吃食。即如《摊个鸡子麦饼请大王》一篇，从宋室南迁讲到台州的面食代表——食饼筒，以家乡童谣、民间故事佐证鸡蛋麦饼在台州颠扑不破的地位，连请客山大王，都要拿麦饼！王寒更以菜谱式的写法，细说麦饼的各种馅料，请山大王吃的"肉丸麦饼鸡子灌"怎样把猪肉塞进面团，如何擀成圆盘状，"摊至半熟时，把麦饼捅开一个口子，灌进去搅打调匀的鸡蛋液，蛋液缓缓流遍整个馅心"③。不仅讲如何做，还要讲如何吃。老江湖吃麦饼的动作姿势如何与三国鼎立扯上重大关联，麦饼必须配一碗白粥或一碗小米粥，才是老饕吃法。如此正宗的做法、吃法，一张麦饼引动香港中文大学老校长的乡愁，自是顺理成章。白塔桥的火烧饼、国清寺的腊八粥、二姑姐的祭灶糖糕、温岭坞根乡

---

① 汪曾祺：《〈汪曾祺散文随笔选集〉自序》，载邓九平编《汪曾祺全集》第五卷，北京师范大学出版社 1998 年版，第 460 页。

② 汪曾祺：《人之所以为人》，载邓九平编《汪曾祺全集》第三卷，北京师范大学出版社 1998 年版，第 413 页。

③ 王寒：《摊个鸡子麦饼请大王》，载《江南小吃记》，浙江工商大学出版社 2021 年版，第 191 页。

前饭店的川豆芽、天台农家的乌糯饺、神童门的硬糕、仙居泡鲞、椒江的姜汁炖蛋等都是详写其做法、吃法,谁家正宗,还与广东等地的类似小吃做比较,如"广东的姜汁撞奶与家乡的姜汁核桃调蛋相比,前者口感更柔和,后者口感更丰富"①;蛋清羊尾在东北叫雪绵豆沙,"雪绵豆沙的外衣是洁白如雪的,不像家乡的蛋清羊尾,有色泽金黄的外表。也许这是北派和南派在这道小吃上唯一的区别"②。

　　这般细考食物的做法、吃法、外形、滋味,在如菜谱般详尽的叙述中灌注了乡愁式的情感。正如陈平原在论及栗子与文人之关系时,特别拈出李和儿献栗的典故来细察周作人、顾随等人的诗文与心态。李和儿制栗的方法失传或是密传,并不重要,重要的是食物及其制法食法背后的文化符号,"兼及琐事与典籍、日常与历史、个人趣味与集体记忆","在一个讲究'民以食为天'的国度,饮食从来就不仅仅是营养或美味,而是包含了太多言外之意,味外之旨——味蕾的感受、知识的积累、历史的氛围以及文人的想象,附着在具体的食物上大大扩展了饮食的文化内涵"③。黄子平也认为,"现代文人背井离乡,漂泊异域异地,因而寄乡愁于食物,不厌其烦地叙写自己的味觉记忆,这构成了一种颇具独特意味的文化现象"④。"人类的口,既是用来传达思想的工具,也是感受外界的入口,我们藉由啃咬、咀嚼、吞食等行为体验世界,并与之发生关系"⑤,我们对美食的体认,总是由童年的味道记忆定义,口中之味与味外之情,正是这样联结了乡愁。"怀乡症里包含了时空差异,所谓'故乡的食物'涉及了今昔之比,异地他乡与故里老家之比。"⑥那些小吃的叫卖声,华侨们对于本土小吃的感怀,都是由乡愁情感所定义。有意思的是,与汪曾祺等文人

① 王寒:《姜汁核桃调蛋》,载《江南小吃记》,浙江工商大学出版社2021年版,第19页。
② 王寒:《蛋清羊尾》,载《江南小吃记》,浙江工商大学出版社2021年版,第216页。
③ 陈平原:《长向文人供炒栗——作为文学、文化及政治的"饮食"》,《学术研究》2008年第1期。
④ 黄子平:《故乡的食物——现代文人散文中的味觉记忆》,《杭州师范学院学报(社会科学版)》2003年第4期。
⑤ 胡衍南:《饮食情色金瓶梅》,里仁书局2004年版,第212页。
⑥ 黄子平:《故乡的食物——现代文人散文中的味觉记忆》,《杭州师范学院学报(社会科学版)》2003年第4期。

不同，王寒的食物乡愁，并未因远居异地而显浓郁。作为一位长于台州、定居杭州的作家，她的故土并未远离，甚至杭州也是她童年成长的熟稔背景。但得益于便捷交通与地球村的时代，王寒通过走遍中国所有省份、走过世界 40 多个国家的行走经历，既取得了比现代作家更为广阔的食物比较视野，又以未曾远离的故土，实现了食物乡愁的在地化写作。

"味觉的对象被摄入一个人自己的身体内，它们成为一体。因为品味与吃喝改变了一个人真正的成分，所以它们的运用需要信任……我们不仅依赖将要被吃的对象的性质，而且依赖我们的吃喝同样与负责预备我们的食品的那些人的仁慈性情。"①所谓一方水土养一方人，往往是通过乡土食物的滋养，对于离土未离乡的王寒而言，台州食物的山海滋味定义了她的味觉系统，成就了她的《无鲜勿落饭》。"鲜"是江南人对食物的最高赞誉。"江南的江鲜、河鲜、湖鲜和海鲜，都值得一夸。但我以为，最值得夸的是海鲜。"②中国黄海、东海之交，从渔业生产的角度来说，我国黄海南部、东海东北部与东海西部近海北界有大陆沿岸汇流、黄海冷水、台湾暖流三水汇流，冷温性、暖温性、暖水性鱼类资源多样、渔业区系丰富复杂③，是一个渔获产量非常高的水域④。王寒细分吃海鲜的三重境界：鲜美、肥美、甜美，而本地人"对海鲜的最高评价，就是'鲜甜'二字"⑤。海鲜之"鲜"，已博得全国人民的广泛认同，但对"鲜甜"的体认，非海边人不能道也。即使她定居的杭州，地仍处江南，却被台州本地真正的海边人贬为完全不懂海鲜的做法。普通的海鲜行销全国，王寒却写普通海鲜的不普通做法，写不寻常海鲜的寻常鲜美。写蟹，连用三篇《蟹话连篇》《最爱清蒸蟹》《秋风起，蟹脚痒》，写到梭子蟹、青蟹、大闸蟹、三眼蟹、沙蟹各种蟹，蟹酿橙、年糕炒蟹、蟹黄包、芙蓉蝤蠓、青蟹汤面、蟹肉粉

① ［美］卡洛琳·考尔梅斯：《味觉：食物与哲学》，吴琼等译，中国友谊出版公司 2001 年版，第 300 页。
② 王寒：《靠海吃海》，载《无鲜勿落饭》，浙江工商大学出版社 2015 年版，第 3—4 页。
③ 李星颉：《我国海洋渔业资源的区系》，《浙江水产学院学报》1984 年第 1 期。
④ 小远摘编：《东海和黄海渔业资源现状》，《渔业致富指南》2005 年第 10 期。
⑤ 王寒：《靠海吃海》，载《无鲜勿落饭》，浙江工商大学出版社 2015 年版，第 5 页。

丝、油炸蝤蛑、醉枪蟹等各种做法，以及蟹的终极做法——清蒸。对于蟹的品种与做法，宁波、舟山、温州崇醉枪蟹，上海、苏州、湖州独爱湖蟹大闸蟹，唯三门以青蟹为名。王寒写蟹，不但写得蟹香满纸，更是写出蟹的同中之异、异中之同。蟹的文化符号，不但从《金瓶梅》《红楼梦》里拾得，也从《巾子山志》《明宫史》《梦溪笔谈》《晋书》中捡出，有李渔、鲁迅、梁实秋等站台，更还有引自《周礼》中的"蟹胥"，使蟹既有草根气，又有文人气，还升格为经典。普通蟹鱼之外，更有沙蒜、血蚶、佛手、海蛳、香螺、泥螺、望潮、弹涂、虾蛄等不常见的海鲜品种。海蛳有青蛳、乌蛳、黄蛳之分，青蛳为上，螺蛳壳要抛向屋瓦背；血蚶与毛蚶之不同；黄香玉螺为螺中香妃；望潮区别于章鱼；虾的做法有烹煮、爆炒、白灼、醉或炝等。海鲜口感有赖于鲜活的程度，海鲜品种细微的区别，海鲜不同做法的比较，当然，一切海鲜做法以自然为最高，自然的最高境界便是清蒸。王寒写鱼，从食有鱼写起，写河豚、鲳鱼、梅童鱼、带鱼、墨鱼、黄花鱼、水潺、昂刺等海鱼、河鱼，引本地民谣《月节节鱼名》，又引《台州府志》《宁波志》《岭表录异》等方志笔记，从电影《渔光曲》写到契诃夫的小说，还与日本、韩国的制法相参照，写出一种世界眼光下的本土滋味。从生态主义的角度来看，这样的饕餮之欲，正是近年来沿海海洋渔业资源日渐匮乏的原因。生物之为生物，具有与人类相平等的地位，而绝非仅仅是人类的食物。应当说，人类渔猎、捕食各类动植物，从原始社会起就已经如此。人与动植物的相处，既有平等的一面，更有利用的一面，否则，人类就难以从动物界直立超越为人。《吕氏春秋·异用》载："汤见祝网者，置四面，其祝曰：'从天坠者，从地出者，从四方来者，皆离吾网。'汤曰：'嘻！尽之矣。非桀其孰为此也？'汤收其三面，置其一面，更教祝曰：'昔蛛蝥作网罟，今之人学纾。欲左者左，欲右者右，欲高者高，欲下者下，吾取其犯命者。'汉南之国闻之曰：'汤之德及禽兽矣。'"先秦时代，在渔猎活动中网开一面，就已经是可以取得天下的有道德之人。整个农业文明时期，对自然界的利用保持在可持续的范围和程度之内，工业文明加速并加倍了人类对自然界的征伐利用，生态主义散文作家苇岸将蒸汽机的发明视为"在大地上生存失败的开端"①。生态主义学者批判人类中心主义价值观作为"社会的主流思维方式和价值形态"，成为"指导我们走向现代文明的有效工具"②，导致了生态危机的产生。但当代生态散文出于对人类中心主义的反动，往往歌颂工业革命之前的一切，"滞后于时代，以农业文明的眼光和思维看待社会发展"③，呈现出一种"乡村情结与都市恐惧"④。这其实是走上了矫枉过正的歧途。

德国学者莫尔特曼认为："人类与自然环境的关系至少是由两种带根本性的关切决定的"，一是劳动，一是居住的兴趣。他用"家园"来指代一种"毫无压力和张力的社会关系网"，并强调自然环境正是这样一种充满宁静的社会关系网，它可以让人们得到心灵的慰藉和支撑，免于斗争和焦虑，生活在平静之中。莫尔特曼还指出了修复人与自然环境关系的两个途径：一是"人类社会必须同自然环境相适应"，也就是说人类必须使自己适应自然的循环；二是把自然改造成适应人类生存的环境。只有当人类找到合适的方法，能够不加破坏地使用自然时，"它才能成为人类可以生活和居住的家"⑤。莫尔特曼的观点并没有回到农业文明的老路，而是强调人与自然的和谐共处，也没有走向反人类中心主义的极端，而是强调人对自然的适当改造。王寒对于食物的叙事，恰恰秉承了这样一种适当改造的观念，也可以说是一种自然的本土化观念，在对人类食色滋味的津津乐道中，作为食物的海鲜依然有着独立的灵魂。王寒笔下的鱼虾蟹贝，不仅有着品味万端的细腻，更有着各自相异的个性。如《水潺不是软骨头》中，写本地人瞧不起"软潺"的男人。但水潺其实属于"硬骨鱼纲"，水潺喂鸡，鸡会被卡住喉管毙命，于是写了一个师兄用水潺智取准丈母娘家的老母鸡的有趣故事。《带鱼打蜡两头尖》引用清初诗人宋

① 苇岸：《大地上的事情》，广西师范大学出版社2014年版，第54页。
② 雷毅：《人与自然：道德的追问》，北京理工大学出版社2015年版，第2页。
③ 王兆胜：《学者散文的使命与价值重建》，《中国文学批评》2020年第1期。
④ 王兆胜：《困惑与迷失——论当前中国散文的文化选择》，《当代作家评论》2003年第6期。
⑤ ［德］莫尔特曼：《创造中的上帝——生态的创造论》，隗仁莲等译，生活·读书·新知三联书店2002年版，第66—67页。

琬的《带鱼诗》说带鱼"锦带吴钩","好像带鱼是江湖上行侠仗义的剑客"①。《比窦娥还冤的鲳鱼》驳明人屠本俊在《闽中海错疏》中指鲳鱼"性善淫",指出实则是鲳鱼排卵吸引了鱼儿来吞食。昂刺鱼有种生猛的霸气,"如果它是人,起的名字估计就是'金镖黄天霸'之类"②。写弹涂生性好动,"一刻也不得闲,好像得了多动症的孩子"③,又将长得黑的人形容作"弹鲥",若穿白衣则是"弹鲥干掐锡饼"。大难临头各自逃则是"弹鲥落镬自攘命"。因与什么菜搭都好吃,弹涂又是海鲜中的好好先生。不但鱼虾蟹贝们各有其个性,收获、烹制并享用它们的人,也任性得很。海边捡拾佛手的孩童,不出一星期又奔向海边的"贪吃鹭"(台州方言),一到夏日淡季就歇业旅游的店主,思念某种食物叫卖声的游子,为不上台面的小吃而落泪的归国华侨,人与食物,在乡愁滋味上互相纠缠,密切联结。"饮食文学的迷人之处,是以食物为景,以怀念为情而实现的情景交融"④,进一步而言,正是通过食物与情景的交融,王寒写出了江南地方食物的精、气、魂,又借食物的精、气、魂勾勒出江南"家园"的可爱可亲。当食物在与人类的交流中获得独立个性时,大地就呈现出人的劳绩,人类方能"诗意地栖居在这片大地上"⑤,大地则因提供人类栖养的环境与原料,才能成为真正的"家园"。

当代散文常常借殊异的边地之思,来塑造心灵与精神的"家园",如冯秋子的内蒙古,刘亮程、李娟的新疆,古岳的三江源、青海等。这些散文的写作对象,是平常人不太熟悉的自然。从人文地理的角度来看,位于胡焕庸线西北的边地人口比例远少于东南地区。边地散文将"边地"风景化,"后来有人走入这个环境,作为牧童,作为农夫,或单纯作为一种形体从画的深处显现:那时一切矜夸都离开看他,而我们观看他,他要成

① 王寒:《带鱼打蜡两头尖》,载《无鲜勿落饭》,浙江工商大学出版社 2015 年版,第 104 页。
② 王寒:《油菜花黄,昂刺鱼肥》,载《无鲜勿落饭》,浙江工商大学出版社 2015 年版,第 22 页。
③ 王寒:《跳来跳去的弹涂》,载《无鲜勿落饭》,浙江工商大学出版社 2015 年版,第 118 页。
④ 叶振富:《汪曾祺的饮食美学》,载徐国能编《海峡两岸现当代文学论集》,台湾学生书局 2004 年版,第 99 页。
⑤ [德]海德格尔:《诗·语言·思》,彭富春译,文化艺术出版社 1991 年版,第 186 页。

为'物'"①。那辽阔的草原、神奇的雅丹、咸湿的青海湖，对于生活在东南地区的人们来说，是一种迥然不同的风景。边地的地广人稀，更造就了一种停下来、慢下来的心境，"风景是和孤独的内心状态紧密联系在一起的。这个人物对无所谓的他人感到了'无我无他'的一体感，但也可以说他对眼前的他者表示的是冷淡。换言之，只有在对周围外部的东西没有关心的'内在的人'（inner man）那里，风景才能得以发现。风景乃是被无视'外部'的人发现的"②。"人不再是在他的同类中保持平衡的伙伴，也不再是那样的人，为了他而有晨昏和远近。他有如一个物置身于万物之中，无限地单独，一切物与人的结合都退至共同的深处，那里浸润着一切生长者的根。"③在刘亮程、李娟、冯秋子等散文家的笔下，边地"风景……是他们生活方式的一部分，因为风景总是同他们的谋生密切相关"④，不同于匆匆而过的游客，他们是"内在的人"，"外来人（尤其是游客们）都有明确的立场，他们的感知过程经常都是用自己的眼睛来构筑一幅图景，相反地，本地人所持有的是一种复杂的态度，其根源是他们浸淫在自己所处的环境整体中"⑤。颇具反讽意味的是，当代边地散文之获得认可，是源自书写者的内在与环境相融，引发的却是游人趋之若鹜的风景化旅游，这何尝不是一种权力化的风景书写与阅读呢？

与边地书写不同，王寒所居所写的地域既是今日中国重要的经济中心之一，也是人口最为稠密的地区之一，她笔下风物的日常化书写、食物的在地化书写，从来不追奇求异，而是融入日常、融入当地的"风景"。并不需要地理空间的辽阔才能获得孤独的审美体验，并不需要人烟的稀少

---

① ［奥］莱内·马利亚·里尔克：《给一个青年诗人的十封信》，冯至译，生活·读书·新知三联书店 1994 年版，第 201 页。

② ［日］柄谷行人：《日本现代文学的起源》，赵京华译，生活·读书·新知三联书店 2003 年版，第 15 页。

③ ［奥］莱内·马利亚·里尔克：《给青年诗人的信》，冯至译，上海译文出版社 2005 年版，第 113 页。

④ Katriina Soini，"Betwee n Insideness and Outsideness Studying-Locals' Perceptions of Landscape"，*European Rural Landscape*：*Persistence and Change in a Globalizing Environment*，Amsterdam：Kluwer Academic publishers，2004，p.94.

⑤ ［美］段义孚：《恋地情结》，志丞、刘苏译，商务印书馆 2019 年版，第 92 页。

才能衬出心灵的个性。红尘中自有性灵,烟火里包裹趣味,在热热闹闹的日常中,常见奇人奇事,在食物的声色滋味间,徜徉的是人与自然自在相生的动人图景。

三、趣味人间的知识化

王寒写地方风物、写食物与乡愁,都带着一种趣味。从物延展到人,将整个人间都做一种趣味性的观照。岁时节令、人间清趣、奇人奇事、地方性格都被这种趣味性的观照笼之。然而,要细究的是,趣从何来?《大地的耳语——江南二十四节气》收录了王寒写二十四节气的散文,并配以木刻画和以江南大地为对象的摄影作品,图文并茂地展现了江南二十四节气的行乐图。王寒在《自序》中写道:"古人从一朵花开、一片叶落中,感受到时光的变化,而大地上那些卑微的植物,在节气转换之际,帮助虔诚的古人完成敬地敬祖宗的仪式",并认识到"节气的内涵丰富得好像是百科全书"①,这说明王寒对岁时节气的认识来自农耕社会对时令的科学认知,同时也汇入了敬天法祖的宗教精神。她一一点数节气中的神灵、宗族、风俗、仪式、土地、气候、鸟兽、鱼虫、花果,感受"小确幸","倾听大地的耳语"②,来获得源自节气的人间趣味与诗意。《这种光芒,比金子更亮堂》一文中解释"小满",指"麦类等夏熟作物灌浆乳熟,籽粒开始饱满。这个时节,植物比以前丰盈许多,但还不是最茂盛、最丰满的时候,是谓小满"。紧接着,就将这朴素的农业科学解释推进为诗意的理解:"是花季少女刚发育的样子,带点青涩,也是花看半开、酒饮微醉的境界。它像是人生的某种状态,还没有到极致的圆满,有努力一把就能够得到的期盼。"③信手拈来的诗句、童谣,都在描摹小满时节的风情景物,农时

---

① 王寒:《自序:你与我的二十四节气》,载《大地的耳语——江南二十四节气》,浙江工商大学出版社 2019 年版,第 1—2 页。

② 王寒:《自序:你与我的二十四节气》,载《大地的耳语——江南二十四节气》,浙江工商大学出版社 2019 年版,第 3 页。

③ 王寒:《这种光芒,比金子更亮堂》,载《大地的耳语——江南二十四节气》,浙江工商大学出版社 2019 年版,第 60—61 页。

农作,家蚕结茧,油菜榨油,稻秧新绿,杏黄麦熟,又引家乡农谚来描述麦收季节的繁忙,乡村的农忙假,小孩子"送脚力"到田头,连牛都要进补黄酒打蛋,麦客们的劳作,是以一种知识性的画卷呈现的,这张画卷的点题之旨,则是麦熟的金黄,成就"金色的田野,我们的大地,才真正称得上锦绣大地。这种光芒,比金子更亮堂"①。《以荷叶为杯,饮一杯风雅的酒》写大暑消夏,先写童年乡间纳凉听讲故事,女孩子折番薯藤作项链,男孩子捉萤火虫照明,次写古人消夏的花样百出,竹林、空山、池塘、杨柳、荷花、长松、白鸟都得清趣,又引周密《武林旧事》中所记南宋宫廷以花销夏的避暑方法,从《竹妖入梦图》写到消夏用具,引《事林广记》中夏日冷饮,家乡方志中的荷杯饮酒法,写明末才子张岱、台州太守曾惇纵舟湖上,酒香伴荷香的风流,最后感慨与古人相比,"终究少了从容不迫的心境"②。小满之农忙,大暑之心闲,通过广闻博识,通过古今参照对比,考据穷究出人间趣味。惊蛰里"随春雷而生的地菜,是节气馈赠给我们的礼物"③,立春"是根秤杆挑开了春天的红盖头"④,"立夏食事,总是让人津液暗生"⑤,吃瓜"啃秋"⑥,"小雪腌菜、大雪腌肉"⑦,大寒备年货,一年到头,随时而动,承节而忙。这样的叙述的确点破了岁时节令之于百姓生活的密切联结,而在现代农业混乱了农作物生长时序的当下,王寒借由古书典籍与乡野实践重新恢复了人类与时令的关系,这种关系的还原,首先是

---

① 王寒:《这种光芒,比金子更亮堂》,载《大地的耳语——江南二十四节气》,浙江工商大学出版社2019年版,第63页。

② 王寒:《以荷叶为杯,饮一杯风雅的酒》,载《大地的耳语——江南二十四节气》,浙江工商大学出版社2019年版,第95页。

③ 王寒:《豪放的长啸》,载《大地的耳语——江南二十四节气》,浙江工商大学出版社2019年版,第23页。

④ 王寒:《一根秤杆,挑开春天的红盖头》,载《大地的耳语——江南二十四节气》,浙江工商大学出版社2019年版,第7页。

⑤ 王寒:《醉倒在夏天的第一个节气里》,载《大地的耳语——江南二十四节气》,浙江工商大学出版社2019年版,第53页。

⑥ 王寒:《一声梧叶一声秋》,载《大地的耳语——江南二十四节气》,浙江工商大学出版社2019年版,第103页。

⑦ 王寒:《味蕾上的乡愁》,载《大地的耳语——江南二十四节气》,浙江工商大学出版社2019年版,第158页。

知识性的,其次是趣味性的,是学理性与文学性并重的。

作为躬耕于乡土地域文化的散文作家,王寒对"吾土与吾民"的体认尤为深刻,她的《大话台州人》《山海之间的台州女人》《台州有意思》《浙江有意思》将吾土之上的"吾民"作为一个整体来书写,准确把握此乡"吾民"的精神结构与个性特征。颇具意味的是,对乡土"吾民"的整体性书写恰恰是以片段式的勾画来实现的。与其他记人散文不同,王寒写人,写台州人,不着重写某一个人,而是将台州人作为一个类来写,即使文中写到某个朋友的言行,也是作为台州人这个类中的代表来提及的。因此,王寒散文中具体的人是面目模糊的,但散文中作为类的台州人却性格鲜明,连台州下属各区县的人也分为各个小类,各具脾性与特点。台州北部为山区,南部为海边,于是,山海之间的台州女人便被细分为"秀外慧中的临海女人""自信大气的温岭女人""率真热情的天台女人""清新活泼的仙居女人""水灵秀美的玉环女人""质朴恬淡的三门女人""活色生香的椒江女人""刚柔相济的黄岩女人""麻利精干的路桥女人"①,下属各区县一个不落地写到,虽然这些概括地方性格的词语,因其形容女人,多为褒义词,且词义较虚,但细品这些词的区别,对应各地方女人的性格,还真有些道理。仙居山清水秀,仙居女人便如雨后淡竹;椒江女人能应时而变,逐潮而生,把日子过得活色生香;而海岛玉环的女人则水色最佳,独占花魁;路桥女人都是"生意精""门槛精"。在写一地女人之前,必先述其地的特点,因为一地女人的性格,恰由其地理环境与人文环境塑造成形。如写黄岩女人,先写黄岩蜜橘的热销使黄岩名声在外,黄岩蜜橘能让额角头朝上的上海人都立时转为笑脸。再写黄岩机场,是台州唯一的机场,也是乘飞机前来的外地人第一个接触的地名。而随着台州行政中心的转移,黄岩风光不再,这使黄岩人在惆怅茫然中变得争强好胜。黄岩女人是被橘子所滋养的,放橘灯、"打生"、"种橘福"等民间仪式趣味盎然,橘花诗会则很是风雅。历史上温黄平原风调雨顺,黄岩女人

---

① 王寒:《山海之间的台州女人》,浙江工商大学出版社 2016 年版。

过得安逸自在，有种随遇而安的性格。但作家又进一步写黄岩新城充满血气和激情，黄岩人性格具有两面性，一面安逸跟风，一面开拓创新，用黄岩俗语概括为"黄岩邪"，跟风做模具，跟风养兰花，跟风看桃花吃胖头鱼。黄岩的梅桩盆景有名，黄岩女人也如梅花一般清幽刚强。作家又用一句老句"讲功饭店嫂"来说明黄岩女人的口才好，说话调子温软。从地理环境，到人文历史，再到风俗习惯，产业经济，本地特产，方言腔调，无一事一物专指黄岩女人，又每事每物都揭开黄岩女人性格的一个层面。文章写尽黄岩女人的性格，又让人对黄岩的风土人情有了全方位的了解，而两者又是彼此相依、互为因果的。本来词义较虚的形容词，在这些实实在在的地方事物的叙述下，变得切实可感，此地女人的类的性格，也就如照相显影一般，渐渐清晰起来。

在描摹地方性格的同时，王寒散文也记事。与写人不写某个人而写一类人相适应，王寒散文的记事也不记完整的事件，而是选择事情颇有意趣的片段，记其要，记其能展现个性的精华。如椒江美女开黄牌大摩托车之"拉风"，温岭女人炒房团在楼市翻云覆雨，路桥富婆亲自卸货不觉掉价，凡此种种，都不是叙一件完整的事，而选择能够显现台州人性格特征的事，以三言两语做片段式的勾画，用的是记录轶事奇闻的笔记体写法。在《大话台州人》中，王寒将台州人的性格特征通过"台州本色""台州风情""台州味道""台州腔调"四个方面来呈现。其中"台州味道"离不开王寒擅写的美食，但前面所论的食物书写，是从食物的角度来写，是每种食物的专门志，"台州味道"却从人的角度来写，从大处概括台州人的饮食习惯，如台州人的豪饮、台州人的嗜咸重口味、台州人的每餐必醋、台州人的贪吃鸷本性。其中记事，也是片段式的勾画，如回温岭省亲的好友满大街找臭苋菜梗汁炖豆腐；老同事拿不锈钢茶杯拼白酒，用宁溪糟烧治拉肚子；拉车的苦力每日煨好酱肘子猪大肠之类出门，回家品酒吃美食，吃光用光却自得其乐；饭桌打赌的彩头是喝下一整碟的醋。笔记体的奇闻轶事写法，却并非如旧笔记一味求奇求怪，以显示笔记作者的广闻博识。王寒记事的目的在于，以事之奇来着力刻画"吾民"个性,继承的是笔记体的写法,灌注的是地方精神的血肉。

方言对地方性格的形成有着重要的作用。《大话台州人》专辟"台州腔调"篇章来写台州方言,还附录了《台州话专业六级测试题》,精心编制成四六级题型,煞是有趣。方言首先是历史文化作用的遗迹,但方言的语音及声腔、词汇的组织、特殊的句式又反过来形塑了方言使用者的心气脾性。《台州人说"普通坏"》写了许多因方言语音差异闹的各种各样的笑话,但台州人对自己的"椒盐牌""普通坏"依旧有语言自信,说普通话时腰酸背痛抽筋,说了台州话能一口气上五楼![1] 台州话中的俗语俗谚,更显示了台州人看待世界的方式。如形容人啰嗦是"种棉花讲到拆布碎",胆小人是"苋菜籽胆",高个子是"竹竿娘",无中生有是"柯日头影",不事农业劳动的人是"白脚梗",性子急是"茅草火性",脸皮厚是"牛皮凿洞",这些形容许多来自农耕社会的日常生活,异常生动。类似"龙""杀甲""死紧"这些台州方言中的百搭用法,更是非本地人难以心领神会,带出了台州人的野气、猛气和生气。《台州人对老婆的奇葩称呼》分明浸润着台州人对夫妻关系的理解,展示着他们既务实又浪漫的感情世界。《台州俚语中的海腥味》《台州人不可不知的俚语》介绍了大量的运用海洋生物和狗、鸭、鸟等其他动物来形容人和事的台州俚语,一种动物往往构成一系列的俚语,如说蟹,"死白蟹"指名头响却没花头的人,"大水蟹"指无主张的人,"倒壳蟹"是劫夺他人财物,"空壳蟹"外强中干,"软壳蟹"胆小怕死,"蟹血"是子虚乌有,醉汉的红脸是"落镬的红蟹",做人不要贪心是"一只手柯勿牢两只蟹"[2]等。这些动物俚语,源自台州人的生活经验,有着热辣辣的生活气息,仔细品味,还体现了台州人的生活智慧与处世哲学。"麒麟脚"指斤斤计较、没有好处不动手的人,"大虫眼点灯"指胆魄大的人,"开口大虫勿咬人,闭口大虫咬死人"指有本事的人低

---

① 王寒:《台州人说"普通坏"》,载《大话台州人》,浙江工商大学出版社 2016 年版,第 214 页。
② 王寒:《台州俚语中的海腥味》,载《大话台州人》,浙江工商大学出版社 2016 年版,第 228 页。

调，没本事的人反而高调①，不但形容得准确生动，而且暗含褒贬。

在《阳刚之城，阳刚之人》中，王寒将台州人比作一种味道鲜美、吃起来劲道的台州土特产——笋箬，然后对台州的地理环境结合地方志的记录、古今文人的描述、地方俗语的概括，对台州人的阳刚做了综合立体的点评。接下来回到现实，回顾改革开放以来台州人敢闯敢为，吃苦耐劳，创造了台州奇迹。最后旁及台州人的文艺生活，从高亢的台州乱弹，到国家级非遗——干漆夹苎的硬实，再到台州人喝酒、打牌的豪迈雄风。《实心眼的台州人》《头发空心的台州人》《爱撑牌子的台州人》仍然是夹叙夹议的写法，从历史上的"做会"到股份制的率先兴起，从喜欢搓麻将到麻将机生产基地，从废物炼银到白银市场，结婚的豪华车队绕行市政府撑牌子，以"老实"形容一切实实在在的人与事，从各个侧面展现台州性格。如果说过去散文"形散神不散"最终指向某种"曲终奏雅"的诗化套路的话，王寒以笔记体的叙事和点睛式的议论，纵横包纳历史与现实、地理与人文、典籍与俚俗，指向的却是身在乡土的怀乡之思，在农耕传统与现代经济间以和谐自然的姿态游弋，台州地域的草木山川、奇人趣事，由此转化为生动活泼的人间趣味，而这些趣味本身的叙出，有赖于文章无所不包的"散点"式知识，散文家王寒简直是将地方性知识趣味化的段子手。如"对这些贪吃鹭而言，哪天地球上要是只剩下了最后一滴水，那一定就是他们的口水"②，再也没有比这样的段子式议论更传神写照的表达。而在《台州有意思》《浙江有意思》中，王寒更进一步将段子手精神发挥到极致，打破了散文的篇章成规，对浙江 11 个地市，台州及下属各区县的种种奇闻轶事，进行笔记式、片段化的书写。联想、对比、夸张等手法构成了"段子"式的奇思妙想，并非纯粹猎奇式的诳语，而是基于对地方性知识的熟稔，对知识背后趣味的领悟提升。如结婚照上因马虎写成"执子之手，与子揩老"，引发作者"现在的小青年结婚，有几个不揩老人

① 王寒：《台州人不可不知的俚语》，载《大话台州人》，浙江工商大学出版社 2016 年版，第 234—236 页。

② 王寒：《爱台州，更爱美食》，载《大话台州人》，浙江工商大学出版社 2016 年版，第 194 页。

油的?"①的感慨;台州小偷也是有意思的,到海鲜店偷东西,竟忍不住馋在厨房生火烧饭,一番动静引来警察②;从绍兴的台门一点也不显山露水总结出绍兴人的低调内敛,从鲁迅、木心、王十朋、王思任等人的言语行为,点出绍兴人的骨头"实骨铁硬"③;从宁波人极爱吃甜食理解宁波多出慈善家④;说湖州像个富家子弟,后来虽家道中落,"但骨子里的那份安逸、那份精致、那份自傲,还是在的"⑤;金华的霉干菜称"博士菜",所谓"嚼得菜根,方能功成名就",而在金华十几个院士、数百名博士的味觉里,"世上所有的菜,都不如霉干菜好吃"⑥;"美国大选还没结束,义乌人就知道谁能当总统",而"没有义乌,外国人根本没办法过圣诞"⑦;舟山人连牙签的包装纸上都要灌输佛教思想⑧;温州人眼里,啥都能炒,炒煤、炒股、炒房地产、炒旺铺,炒完黄金炒大蒜,把虫草炒得比金条还贵⑨;嘉兴的名人都是一串一串的,像冰糖葫芦,嘉兴的情种有明朝项元汴怒烧沉香床,又有百岁章克标征婚,更有徐志摩风流倜傥⑩;衢州一面有南孔落衢而文风大盛,一面因是兵家必争之地而战事频繁⑪;丽水得意于好山好水会醉氧的生态环境,成立"养生办"⑫;为了推广缙云烧饼成立"烧饼办",丽水缙云的领导集体学做烧饼,手上汗毛也给烤没了⑬。这种段子手式的只言片语,一方面回到了古代散文传统的源头,正如苏轼所认可的文章境界,"如万斛泉源,不择地而皆可出,在平地滔滔汩汩,虽一日千

---

① 王寒:《台州有意思·387》,浙江工商大学出版社 2018 年版,第 150 页。
② 王寒:《台州有意思·411》,浙江工商大学出版社 2018 年版,第 159 页。
③ 王寒:《浙江有意思》,浙江工商大学出版社 2021 年版,第 222—223 页。
④ 王寒:《浙江有意思》,浙江工商大学出版社 2021 年版,第 91 页。
⑤ 王寒:《浙江有意思》,浙江工商大学出版社 2021 年版,第 139—140 页。
⑥ 王寒:《浙江有意思》,浙江工商大学出版社 2021 年版,第 283 页。
⑦ 王寒:《浙江有意思》,浙江工商大学出版社 2021 年版,第 289—290 页。
⑧ 王寒:《浙江有意思》,浙江工商大学出版社 2021 年版,第 355 页。
⑨ 王寒:《浙江有意思》,浙江工商大学出版社 2021 年版,第 123 页。
⑩ 王寒:《浙江有意思》,浙江工商大学出版社 2021 年版,第 194—195 页。
⑪ 王寒:《浙江有意思》,浙江工商大学出版社 2021 年版,第 303 页。
⑫ 王寒:《浙江有意思》,浙江工商大学出版社 2021 年版,第 422—426 页。
⑬ 王寒:《浙江有意思》,浙江工商大学出版社 2021 年版,第 433 页。

里无难。及其与山石曲折,随物赋形,而不可知也"①,一方面"在'实用'与'艺术性'之间形成的巨大的张力场",用现代的絮语文体、对话文体"与读者心连心进行促膝谈心"②。而在知识性段子的背后,充满了写作者的灵气与趣味,所谓"世人所难得唯趣","趣之正等正觉,最上乘也",③由此指向作家基于本土地域文化的深刻体察而产生的个性化的审美体验与独特的艺术创造,是一种真正"散文味"的审美情趣④。

从风物书写的日常化、食物乡愁的在地化到趣味人间的知识化,王寒的散文写作体现了知识性、地方性与趣味性的高度融合,她的创作有着广博的眼光、开阔的胸襟和智性的境界,这在江南散文作家中是不多见的。与常见的江南意象偏温柔氤氲不同,王寒散文写出了江南刚柔相济的文化特征,并在这刚柔相济中加上了智性的趣味。这一对于江南文化更深层更本质的体验与王寒本人的职业身份与创作经历有关。王寒出身于新闻行业,作为记者她曾接触过各行各业的人,甚至入监狱采访,她酷爱旅行,走遍了中国所有省份,曾经行走于罗布泊和柴达木盆地,到过世界上40多个国家,跨越亚、美、非三洲,还去过南极。她从第一部散文集《花事》,到《少见多怪王小姐》《刀子嘴豆腐心》《纯属戏说》等早期散文创作中,就已经显现了她对于日常生活、人与事物的敏锐观察与热心冷嘲的机趣之锋,而转向地方风物与地方文化写作,则是王寒从散文易写的日常生活中超拔出来,寻找到的立足于自身文化根基的自觉书写。得益于她之前的职业素养、眼界经历与一以贯之的智性写作,王寒散文的地方风物与地方文化书写,不落于考据的窠臼,不溺于学识的卖弄,而是基于之前的多样性体验与世界性眼光,形成了一种源于自身的反省式写作,由此,王寒散文的地方性书写不再是一种狭隘的地方性,而是一种与世界相连、与时代相通的地方性。

① (宋)苏轼:《自评文》,载李壮鹰主编《中国古代文论选注》,高等教育出版社2008年版,第317页。

② 王兆胜:《散文文体的张力与魅力》,《东吴学术》2020年第1期。

③ (明)袁宏道:《叙陈正甫会心集》,载李壮鹰主编《中国古代文论选注》,高等教育出版社2008年版,第404页。

④ 吴周文:《构建中国自主性散文理论话语》,《中国社会科学》2021年第3期。

现代散文在斩断桐城派文统的同时,也斩断了它与传统文章的联系,自觉不自觉地抛弃了传统散文对于经济、社会、物理、风俗、外貌、性情、口味、工具等的广阔表现,走向了追求诗意抒情的窄路。《礼记·王制》说:"凡居民材,必因天地寒暖燥湿,广谷大川异制,民生其间者异俗,刚柔轻重迟速异齐,五味异和,器械异制,衣服异宜。"①散文的及物书写,原本就是应用性的,"载道"有着比"抒情"更深更远更广的作用。在《重建这个时代的文章观》中,李敬泽呼吁:"我还是比较倾向于在当下语境中回到'文章'的传统,回到先秦、两汉、魏晋,这不是复古,而是维新,是在一种更有包容性、更具活力的视野里建立这个时代的文章观。"②王寒散文从对于草木等地方风物的日常化书写,到对于美食乡愁的在地化书写,再到趣味人间的知识化书写,打破了借物抒情的套路,打通了只在此乡无须别寻异地的审美空间,以笔记体叙事打开了固有的篇章结构,激活了存在论意义上的"家园"③。回到"写作的源头"④,"入乎其内,又须出乎其外"⑤,从基于自身地理区域的"处所"出发,建构地方性"原始意象"⑥,表现"一个民族对生活的挚爱,对'活着'所感到的欢悦"⑦,王寒的散文写作在风物与人的互动中,不拘一格,灵动自由,无远弗届,海纳百川,"重建现代散文与广大现实世界的联系,恢复其及物性功能"⑧,试图探索出一条散文作为"文化母体原型"的道路⑨。

附:王寒创作年表

《过酒墨鱼鲞,下饭龙头鲓》,《解放日报》2022-1-19

① 《礼记正义·王制第五》,载阮元刻《十三经注疏》(三),中华书局 2009 年版,第 2896 页。
② 李敬泽:《重建这个时代的文章观》,《中华读书报》2018-12-26。
③ 〔德〕海德格尔:《荷尔德林诗的阐释》,孙周兴译,商务印书馆 2000 年版,第 15 页。
④ 庞培:《我对于散文的理解》,《大家》1998 年第 1 期。
⑤ 王国维:《人间词话》,黄霖等导读,上海古籍出版社 1998 年版,第 15 页。
⑥ 冯川:《荣格:神话人格》,长江文艺出版社 1996 年版,第 95—96 页。
⑦ 汪曾祺:《谈谈风俗画》,载邓九平编《汪曾祺全集》第三卷,北京师范大学出版社 1998 年版,第 351 页。
⑧ 汪卫东:《文章传统与中国现代散文理论的重构》,《中国社会科学》2022 年第 2 期。
⑨ 吴周文:《构建中国自主性散文理论话语》,《中国社会科学》2021 年第 3 期。

《家乡的海鲜酒，最温暖的慰藉》，《解放日报》2022-2-23。

《江湖刀客与月下凤尾》，《解放日报》2022-3-16。

《春风十里，不如喂海蛳》，《解放日报》2022-4-6。

《美人纤手脍银鱼》，《检察日报》2022-5-15。

《江南初夏小白虾》，《解放日报》2022-6-15。

《鱿鱼妖娆》，《检察日报》2022-6-19。

《夏至杨梅满山红》，《解放日报》2022-6-24。

《海蜇水多，阎王鬼多》，《检察日报》2022-6-26。

《樱笋 鲥鱼》，《检察日报》2022-7-3。

《草木松阳》，《解放日报》2022-7-20。

《泥鱼滚豆腐》，《检察日报》2022-7-24。

《见黄岩甜瓜如见老友》，《解放日报》2022-8-3。

《莲子清如水》，《新民晚报》2022-8-7。

《荷叶为杯，不醉不归》，《解放日报》2022-8-10。

《小吃里的故乡》，《安徽商报》2022-8-10。

《小开渔，东海岸归来梭子蟹》，《解放日报》2022-8-31。

《秋风白蟹》，《新民晚报》2022-9-2。

《临海的 AB 面》，《解放日报》2022-9-21。

《橙黄橘绿江南秋》，《解放日报》2022-9-28。

《风情万种鸡头米》，《新民晚报》2022-10-1。

《海味》，《安徽商报》2022-10-22。

《毛手毛脚 山野一鲜》，《解放日报》2022-11-9。

《红美人如花隔云端》，《新民晚报》2022-11-21。

《海边的塞饭榔头》，《浙江日报》2022-11-27。

《山野一鲜》，《安徽商报》2022-11-26。

《山村流金：大地流金云出岫》，《解放日报》2022-11-30。

《一枚秋日小确幸 十年飞梦绕江湖》，《解放日报》2022-12-14。

《山楂果之恋》，《新民晚报》2022-12-19。

草白:"存在"视域中生命书写的多维向度

黄　金

浙江开放大学

生命话语作为中国现当代散文的诗性主体之一,融入生存本能与方式、生命整体性与可能性的探讨,表达了对生命的珍视和探索,具有深刻内涵和哲理价值。在生命向度多维探寻的旅程中,除了爱与美的真实感受,生命本真与生命价值也是作家们孜孜不倦追索的主题,如鲁迅超越个体存亡的生命哲学,史铁生直面命运与生死的深度体悟,90年代以来一大批作家丰富而深邃的心灵体验,都是基于现实情境而在曲折的生命经验之上阐发哲思,很具有代表性。直至今日,许多散文作家仍然不断探索以个性化的生命话语关注过往与当下,青年作家草白可以说是其中的佼佼者。

草白进入写作者角色已有12年,其散文和小说创作体量相当。她的写作最初缘起于散文,新人时期曾因获得联合文学小说新人奖短篇小说首奖而一鸣惊人,引起文坛的关注,但也因其技艺自然朴拙而被视作不成熟的"业余作者""有天赋的写作者"①。多年来,草白的文风愈渐沉稳,寻找到了属于自己的创作道路,尤其是散文独具一格,曾有论者高度评价其散文:"粉碎了几乎相沿成习的惯常的'泛散文写作',写出了一部纯粹的文学意义上的散文作品。"②截至目前,草白的散文创作已超过60篇,出版两部散文随笔集《童年不会消失》《少女与永生》,散文作品亦多

---

① 李昌鹏:《一篇不太像小说的好小说:评草白的〈木器〉》,《文学教育(上)》2012年第2期。

② 周维强:《少女与永生——2019浙江散文阅读札记》,载浙江省作家协会编《浙江文坛2019卷》,浙江文艺出版社2020年版,第62页。

次获奖。可以说,草白完成了"写作者"身份真正意义上的蜕变,她已经习惯于以作家的书写方式,运用文字寻找家园故土、阐释外部世界,探寻存在的真实与虚妄。她以家乡浙江台州三门为底本,从个人视角和经验出发,以碎片化的、隐喻的"小叙事"方式观照现实世界的种种过往和现实,在审视普通人群生存困境和精神处境的同时,也对生命的本真状态和存在意义展开反思。

一、存在之"常"

草白散文创作涉猎的主题丰富多样,从个人童年经历小叙与人生经验记述,到自然万物的随感随想,再到近年的绘画评述与画家生平追忆,都各有特色,她以发掘生活乐趣的初心展开对世界事物本质的探寻。在这些篇章中,基于个人生活、具有自传色彩的书写占据多数,她由个体经验出发,架构起一个充满困窘、灰暗与神秘的俗常世界,探讨包括身体、思想、情感、行为、关系、角色等在内的人之存在。草白采取理性主义视角,以自觉意识审视人生,发现其中虽不合理但人们仍习以为常的部分,她游历于种种"常"与"无常"之间,深究人生命运轮转的肌理脉络,于俗常中剖析存在的真实与残酷。

《少女与永生》《童年不会消失》集中书写草白童年时期以及离乡后的生活日常,在过去的时间里呈现可贵的记忆。《少女与永生》一篇叙写一人,以简约、自然的笔触有所侧重地记录下人物的大半生,14篇皆围绕自身及身边亲人、朋友的命运变化。这本随笔集原名《临渊记》,所载篇目曾刊于《野草》专栏《临渊记》,草白本来已感到写不下去,但是当她从自我经验回顾记忆中的困惑与苦难,又从中获得启发,重新激活了创作力。题名中的"渊"即为"深渊",指向伦常中所遭遇过的困惑、阻碍、苦难与罪恶。各篇章写人如何活着以及死去,将人的失败经历以及存在情状归结于"深渊"。《童年不会消失》则有意安排为碎片化的故事,以短篇的形式叙写乡间人事景观。除此以外,也有不少独立的叙事性散文篇目散见于各类文学期刊。这些散文故事彼此关联性不强，但将之串联可以见到一幅幅自成一体的乡村生存图景，真实地再现了写作者曾经身在的世界。从至亲、师友、邻里乡亲，到一些不为人注意的边缘人，草白以自我为透视点，将互相割裂的过去与现在进行重组，在模糊、晦暗的记忆中摸索个体生命的存在方式，细致地体察人生百态。

草白常常写家族至亲的故事，这些故事没有依循伦常亲情的刻板书写，而是直言不讳地表现人生的震荡、庸碌和不堪。《祖母》《带灯的人》中的祖母是一个值得同情的人，她经历了儿子、丈夫和哥哥的离世，依然自强、自傲地生活，即使年老体衰，还坚持烧火做饭、织网念经，固守着传统的习惯和信念，执拗地沉浸在自己的世界里，她的一生几乎没有离开过自己的屋宅，对外界和他人也没有过多的需求，祖母在这种以自我为中心、自我禁锢的时空中仿佛成为永恒的存在。《祖父的两次出走》《给死者食物》中的祖父一生历经战争、饥馑和天灾人祸，但他并不关心外部世界的变化，一心扑在田间地头，只对种地有着超乎寻常的执迷，在工厂兴起、土地被大量抛弃之后，祖父自发地成为一个田地看护人，在崇敬自然以外，祖父坚信着一些不存于世的事物，对亡者世界充满敬畏，遵照传统习俗默默践行自己的精神信仰，祖父瘫痪数年后离世，他的生死观念也继续影响着后人。《劳动者不知所终》讲述了父亲短暂、平凡的一生，在经营水果生意失败后，父亲变得懒散放纵、沉迷牌戏，在母亲的要求下，父亲进厂做工，走上正途，成为一个勤苦的劳动者，但最终因病不幸辞世，父亲的经历引发了作者对劳动异化与生活尊严的思考。《泉》写了母亲的故事，母亲曾经外出打工，在结束城市建设工作后，母亲没有留恋城市，而选择返回故乡。后来，母亲遭遇丧偶和疾病，与子女分开独自生活，在麻木、枯燥而忙碌的劳作中承受着孤独，她在所能及的范围内操持家业，尽可能地给予家庭庇荫，这种日复一日、逐渐失去意义的生活，具有一种西西弗斯式的荒诞感。长辈们的执着在表面上看似不可理解，显得愚昧而无意义，其背后隐含的是乡土社会所固有的生活秩序和行为规则。他们深刻地明白现代生活的艰难和局限，而愿意选择节欲修身、素朴本真的生活方式,尝试与自然生息规律保持一致,相应地产生了独立的生存哲学和生命观。草白在无形中也受到影响,她在《神性的大地》中写道:"生命不被干扰的自生自灭的过程,是世上最自然最高贵的事。"①于人而言,生命贵在自然和纯粹,不需要过度的物质填充也能获得其完整性。因而草白在理性揭示生活庸常的同时,也会执起批判之笔对异化的现实发出否定和质疑,她将父亲的早逝归咎于工厂日夜颠倒地压榨人的劳力,摧毁了父亲的身体;将《毒鱼》中以下毒方式捕鱼的故事写得格外丑陋,从婶婶鼓胀的身体到河边刺鼻的气味,突显人的贪婪丑态。草白试图发出警示,无论是人自身的过度消耗还是对外物的过度追求,都将给人带来灾难。

从至亲推及师友,草白没有以扁平化的抒情体来呈现其中动人的一面,而是一视同仁地以理性的审视对人的存在状态与意义发出追问。《写作者》中回顾了与同为写作爱好者的密友数次往来,草白发现友人因全副身心投入母亲的角色而逐渐退化了写作天赋,在为友人感到遗憾的同时,草白更加坚定自己的写作志愿以及对过往世界的探寻。《少女》中精致、温婉的少女小莫因爱而不得最终沉湖自杀,第一次如此近距离地直面友人生命的终结,在年少草白的心中留下难以磨灭的创伤,也成为她追问生死真相与漫长生命意义的起点。《老师》中原本羞涩、拘谨的普通教师,在成为公务员之后平步青云,也愈加暴露出庸俗物质的一面,这个见证了"我"少年青涩岁月、与之亦师亦友的知己,其内在品格都为时代的世俗庸常消磨殆尽,令人唏嘘。时间令一切人与事的变化都无可挽回,草白唯有在回溯记忆的过程中还原曾经的那份纯真与诚挚,以此对人性中消逝的部分进行确证。《男孩》中未能顺利毕业、物质富有而精神落魄的杨,《女房东》中曾经共处或共事、后来失联的女房东、酒店老板等,在这些熟悉的人身上,草白都感受过短暂的温暖与美好,然而随着时间的推移,各人对于自身与人生的情感态度也在悄然蜕变,彼此的生活

---

① 草白:《神性的大地》,《文学港》2016年第1期。

方式和价值观念渐行渐远。在日常世俗的标准中,他们只是如常人一般步入了平淡、庸碌的生活,但在草白看来,多数人身上那份难能可贵的本真、纯粹与崇高被沉重、繁杂的生活彻底剥夺,人作为个体存在的精神主体性在不知不觉中丧失,一些日常场景中的情感表达和伦常遵从也显示出异化特质,她为他人在"成长"意义之上的庸常化感到失落和无奈,因此更不遗余力地以自觉理性揭示浮躁生活表象之下人的心灵困境。

除了书写亲近之人的往事,草白对奔波劳作的普罗大众也给予了特别的关注,她从童年的记忆提炼素材,将普通人的真实面相展露在读者眼前。草白的童年时光大部分都在乡村度过,乡村生活有其天然有趣的一面,但城镇化的冲击加剧了乡村的颓败与社会的分化,道德崩坏、婚姻争端、家庭衰败等导致乡村社会固有的稳定性遭到破坏,乡村的丑陋、愚昧、落后和纷杂成为草白着重叙写的对象。草白少时记忆中的乡村,普遍存在陈规陋习、不良风俗,男女地位差距大,村子里作为丈夫的男性,捡女人、买女人做老婆,常有酗酒、家暴、出轨的行径,作为妻子或母亲的女性始终被轻视、孤立、掠夺与施暴,没有尊严地活着。《苏州女人》中远嫁村里的美丽女人深爱丈夫却被抛弃,变得疯癫,自杀而死;《鹅》与《一个叫芬芳的女子》中被几袋米换来的傻子媳妇,因为不会洗衣做饭被人当作笑柄;《讲鸟语的人》中歪嘴丈夫捡来的哑巴女人,怀孕后被村里人担忧生下小哑巴,被迫做人流、做结扎;《蒸发》中村里不明原因喝农药自杀的妻子和因出轨被丈夫杀死的妻子;《譬如朝露》中常年异地、夫妻关系疏离的小卖铺老板娘;《饥饿》中为改嫁不得已把儿子送走的婆婆,晚年经历儿女反目而无力维护家庭;《无声的呐喊》中东躲西藏最后还是被抓起来像阉猪一样绝育的婶婶……草白的回忆写尽了乡村女性无法逃离的悲剧。家族中的男性成员也显见的不靠谱,缺乏担当、无所作为、执迷发财却总是失败的小舅(《幻想家》),突然失踪另组家庭的表叔(《失踪者》),常年给家庭带来恐惧怨怒而后变得市侩庸俗的兄长(《浪子》)……都成为乡村文化分崩离析的丑恶注脚。乡土盘根错节的人情关系变得空洞、冷漠和麻木,一些寻常的生活景观也日渐衰退,诸如货郎、爆米花人、弹棉花人、阉猪匠等似乎不合时宜的古老职业者逐渐消失，接骨、占卜、捕蛇等也将面临消失或以更隐秘的面貌存在。在以童年乡村为背景的散文故事中，新近发表的《白云先生》是较为特殊的一例。与村子里老实本分的大多数人不同，白云先生常年在外，职业游移，做过各种杂工，状似神秘不羁的表面之下实则过着落魄潦倒而又别具个性的生活。他从不参与劳累的农活，所做的工作不合时宜，无法养活自己，无以为继时就前往儿女处谋食，他的性格、习惯与俗常乡村秩序中自给自足的生活方式格格不入。尽管并不被人认同，他仍然在尽力维持着最低尊严，讲究穿着，虽然贫穷却把自己拾掇得清清爽爽，脾性宽和，对孩童格外亲切。直至儿子去世，女儿一家逃跑，他逐渐丧失生活的希望，迎来可悲的晚年。作为乡村社会的边缘人，白云先生看似散漫无着，但本性纯真善良，是固化乡村生活的另类缩影。在乡村宁静的表象之下，涌动着一股堕落、倾颓的暗潮，旧有的组织秩序已经完全松散，价值观念的危机令传统秩序无法再约束人们的行为，盲目守旧的生活方式践踏着人的尊严，几乎没有人能完全体面地活着，一部分人自我放纵、彻底沉沦，另一部分则默默忍受现实与命运的欺辱，直至生命终结。草白的乡土叙述破除了田园诗情画意的虚伪与矫饰，反映出乡村众生的现实生存困境和无着的精神状态。

草白的散文故事即使叙述成年以后的经历，其背后都有一个"童年"的影子。童年对她来说如同一面镜子，里面装载着布满锈痕的故土记忆，这些记忆让她穿越时空，在内敛、隐晦的情感表达中将过往与现在深切地联系在一起，映照浮生世相的真实情态。即使多年过去，她依然无法对当时某一刻一时的情感或疑问释怀，自儿时产生的对人的困惑终于发展为对存在与生命本质的追寻。"一个稚童在懵懂之时，无意识时栽下的果树，往往有意想不到的收成。童年，越来越对一个人的一生施加影响，那种持久的漫长的释放力让人吃惊"①，这种影响力不仅仅停留于

---

① 草白：《旅舍里的猫（外一篇）》，《草原》2013年第4期。

单一的事件回顾或是表层的情感怀念,而在于美学旨趣上的追求——对人生"荒诞性、神秘感以及天真纯粹的面相"①的终极追问。因此,草白没有采用孩童视角去美化童年和乡村,而始终以冷静的目光和理性的省思注视往昔的某些细节与轨迹,运用陌生化的书写方式在不同身份、角色的人身上揭示存在之常,寻找个人生存意志与非理性之下的苦痛根源。《少女与永生》描述人们的生存状态:"……大多数人总是活着,他们无处可去,我们也是如此,活着,只是活着,无处可去。"生存论意义上的存在有其日常性,"活着"是所有人共同的话题,也是生命整体与诸形态的核心。大部分人都遵从世俗的、不成文的规则活着,每个人有着不同的"我执",而又自成一套生存体系,这体系中蕴含着人情世故的悲哀,但又表现出"活下去"的顽强意志,草白在竭力还原日常真实的同时呈现人世艰难,无论纯粹抑或不堪,都展现了"活着"的真实面貌,是生命现实的存在方式。在此意义上理解草白在访谈中所说的引领自己的"模糊的东西",可以看到其散文创作中某种自觉的超越性:穿透浮躁、繁复的生活表面,由存在方式上升到存在的终极意义,一种具有存在论意义上的人类价值关怀。

二、疾病、死亡与"无常"

草白致力于通过个体生存与生存境遇的互动探讨人生的整体情态,在生命的常态中体察世俗存在的有限性。在观察人生共在之"常"以外,她对死亡和疾病也"情有独钟",一方面是因为亲身多次的经历和体验,另一方面是感受到其中蕴藏的"情感浓度和人生重量",能够让她更好地表达"内心的困惑与荒芜"②。草白的创作围绕存在之"无常",从疾病、死亡的主题对生命的偶然性与或然性进行引申,探索人在生命瓶颈处的多

---

① 周伟达:《草白:如何与时代、与心灵赤诚相见,是写作者应该思考的问题》,https://www.cnjxol.com/23789/202106/t20210618_813744.shtml,2021-06-18/2022-12-12。

② 李菁:《草白:静女其姝,以温柔的凝视抵御荒凉与孤独》,https://cul.sohu.com/a/588651323_121119377,2022-09-28/2022-12-12。

重样态。

草白写过很多有关疾病的故事。《疾病回忆录》中记录了患病者的隐秘惨状，孤独游荡于墓园、出租房和诊所的主人公、患黄疸肝炎辍学在家的男孩、因工伤身心残损的女孩、患肺结核彻底消失的朋友、多病幸而痊愈的母亲，病人不仅要忍受身体上的病痛，还要承受精神上的颓丧和荒芜，这些都成为普通人必须面对的困境。在草白看来，疾病虽然不直接等同于死亡，却是生命"消失"的另一种形式。《疾病回忆录》和《毒鱼》都写到一个罹患黄疸病的少年，不仅自己承受着疾病的苦痛和与世隔绝的孤独，连同他的家人也没有办法过正常的生活，父亲无颜抬头，祖母烧香和母亲倒药渣都要避人耳目，常年不能上学的少年只敢躲在矮墙后面拿弹弓瞄准路人，他的举动并非完全出于顽劣和挑衅，而是在释放内心的恐惧以及对外界的渴望，为无能为力的自己作出一点微弱的反抗。《病人》写了堂姐命途多舛的半生，堂姐因患传染病休学在家，主动与人隔绝，躲进阁楼中生活，与人群的疏离使她长时间地处在巨大的孤独之中。病愈后，堂姐活力焕发，重新融入了集体生活，像正常人一样嫁人生子。然而命运如同轮回，堂姐的儿子幼年身患白血病，为救治孩子，堂姐再次消失。所幸故事的结局尚算美好，堂姐生了二胎，生病的男孩也被保护起来。草白对堂姐的经历赋予同情和理解，相比于病痛的折磨，她更在意疾病者置身的孤绝状态，堂姐反常态的生命活力也由此衍生出几分积极意味。草白真实地记录下疾病带来的无可奈何而又必须承担的后果：《劳动者不知所终》中病入膏肓、无法挥动狼毫的父亲，被生活也被他人抛弃，成了"一个失意者，身体与精神的双重挫败者，一个惨遭出局的人"。《十月的罂粟花》中生病或家中遭遇意外的同学们消失了，再也没有回到学校；"我"后来因受到同学自杀的刺激生了病，借宿在异乡的出租房，到医生家看病却要谎称学裁缝，病中的孤寂让"我"感到"像躺在一个完全陌生的旷野里……身体与灵魂成了这个世界孤零零的存在"。《迷人的骨头》中的数个片段，从供人学习使用的各类标本，到麻木治疗的致命疾病，再到小白鼠的实验性死亡，都强烈映射着人对自身身体及至命运无法自主的无力感。疾病不断侵扰、损毁人类的身体,象征着生命的阴暗面,使人陷入一种"异常"的状态。疾病本身已经让人痛苦,加诸病人的苦痛、孤独与无助之上的,是自我污名化的病耻感,公开或隐形的歧视、偏见、排挤和隔离,使得生病的事实遭人忘却,从精神向度加剧了病人的生存困境。疾病在消耗人类肉体的同时,也在掠夺生存的尊严,压迫和摧毁人的精神,成为一种隐在却显形的标签:"给人群划分了界限,这丝毫不比阶层、种族、肤色带来的界限更容易逾越。"①草白笔下的疾病无疑带有隐喻性质,疾病的生存体验最终指向的是人的存在困境,在一定程度上更为直观地揭示了存在的孤独本质。

　　死亡与疾病如影随形,都是生命无可回避的话题。吴文君曾用"对死亡的永恒凝视"来形容草白的写作特色,认为她的创作能够穿透死亡的巨大阴影而极具力度②。草白经历过太多场死亡,此中感触也最是深切。她最早一次接触死亡是少年时好友小莫为爱情沉湖自杀,最熟悉最亲近的父亲也因病过早离世,经历过生命绝望真相的草白的确拥有讲述死亡的话语权,命运的无常驱使她以一种永恒的追索姿态寻找生命的终极答案。作为死亡活动的参与者,草白忠实地描述临终和葬礼的情景。《庇护所》写爷爷生病离世前亲戚们前来探望的场景,亲戚们嫌弃臭味的举动和花团锦簇的慰问品形成了强烈的反差。《带爷爷回家》写了爷爷安葬后举行的一系列烦琐仪式,孩童时期的草白尚不能真正理解死亡,反而觉得喊魂、放焰口、奏乐等仪式新鲜有趣,整个过程仿佛是一场专为爷爷安排的好戏,各人各司其职扮演好自己的角色,将爷爷安心送走。《一场婚礼和两场葬礼》写了表哥和外公的葬礼。表哥因为车祸意外丧命,丧礼期间除了不幸丧子的舅舅和舅妈、孤独的外婆为这场死亡感到悲恸,包括"我"在内的众多亲戚都只是麻木的旁观者。外公瘫痪三年后弃世,人们按部就班地举行送葬仪式,筹备吃席、焚烧遗物、送别逝者,只

---

　　① 草白:《疾病回忆录》,《湖南文学》2021年第9期。

　　② 吴文君:《对死亡的永恒凝视——草白〈少女与永生〉》,《上海文化》2019年第11期。

有外婆和母亲在发自真心地悲伤。对于这些亲属的死亡,草白尚未有很深的触动,只是以旁观视角冷静而疏离地做出叙述,从集体性的生存经验中揭露生命礼仪的温情与虚伪。但当死亡切身冲击着作家的心灵,死亡才真正纳入其个人生命体验,促使作家以更高的自觉将自我主体纳入叙述,同时这种深入的介入姿态也更有力地激发了读者的情感认同和作品的感染力。在有关死亡的记忆中,草白最难以割舍的是中年离世的父亲,关于父亲去世的回忆,草白曾写过一篇短散文《无边的寂静》,后来在此基础上写成《漫长的告别》,收入随笔集《少女与永生》时更名为《生者与死者》,这是一篇真挚的回忆录,也是一份残酷的自白。文中忆述了父亲临终前的诸多细节,身在外地的女儿赶回家为弥留的父亲买鞋、穿鞋、陪伴看护,所有人都在等待最终的结局。当死亡真正降临,一切仪式已经执行,女儿仍然无法面对失去至亲的现实,无从宣泄的逃避、怨恨和愤怒远远超过了对死亡的恐惧和悲痛。父亲过早的离世成为家人永远的心结,也让草白深感命运之荒谬,长久以来她都未能真正接受父亲的离去。或许是因为无解而执迷,自父亲死后,作者开始关心死亡,与母亲的交谈中死亡成为常常谈起的话题,例如父亲墓地新来的住客及其各自的死亡缘由,她也曾试图通过一些祭祀仪式向父亲传递信息,甚至在不同的创作中虚构出无数个父亲、不同时期的父亲,让父亲得以在意念中继续活下去,以作内心的疗慰。直白的抒情在沉重的死亡面前显得浅薄,草白对死亡过程的叙述总是呈现一种钝感和距离感,她所表达的那种由外侵蚀到内的深切痛感因为真实而无比动人,其死亡书写客观揭示了自然生命的孤独、痛楚与挣扎,在根本意义上是对人的精神以及境遇的反思。

尽管现代化进程逐渐打破了乡村生活的种种细节,但在与死亡相关的活动中仍可见到传统观念和风俗的遗留。年轻一辈对生与死之间的隐秘联系并不敏感,但对于老一辈来说,生死问题关切人的根本问题,杂糅了传统儒释道文化的灵魂信仰,构成其生死观念的基本内容。这些在现代观念里被视作愚昧和迷信的意识行为,对他们来说却是填充空虚的时间、维系生命意义的一种手段。草白的乡村记忆中,人们普遍沿袭送灵、哭灵、诵经、烧经、点天灯等祭祀和殡葬习俗,寄托对亡者的哀思。尤其是承袭祖辈灵魂信仰的老人们,将亡者世界看得格外重要,有些还将自己隔离在人群之外,墨守着那些古老而神秘的行事方式。比如用天灯连通亡者世界,向彼岸传递信息,相信逝者也可以通过天灯看到人的世界(《天灯》);找关魂婆把死者的灵魂关进身体里,然后以肉身与死者的亲人进行交流(《关魂婆》);烧经文时要在火焰外面画圈以防被冒领(《阁楼上》);相信关于灵魂出走后到河边散步、变成动物游荡的传说(《在河滩》)……人们通过各种形式与未知的、自我构想的亡者世界保持沟通。当然,死亡对老人们来说是迫近自身的现实问题,他们也要提前为自己做好准备。老一辈虔诚地完成各种仪式和程序,在生命的最后阶段寻找存在的支撑点。《带灯的人》中祖母跌断腿也不愿去医院,她放弃治疗在老家等待死亡降临,并早早为自己准备了一盏灯,连同经文一起作为离世后的“盘缠”和礼物,这盏灯对生者来说是安息和宽慰的象征,对行将就木之人却代表了往生的指路明灯。《给死者食物》和《给自己扫墓的人》两篇写爷爷对吊祭和扫墓的重视,爷爷不仅为祖先准备祭桌和食物,也会招来孤魂野鬼分食,并在路遇陌生坟墓时也准备祭品,爷爷还提早为自己选好墓址、点上油灯,常来扫墓,并带上孙女认路,这些仪式都蕴含着爷爷对生命的最高敬意。死亡可谓是人类最原始也最终极的恐惧,在祖父母那一辈眼中,生者世界与亡者世界在物质和精神上相通,他们有所准备地接纳死亡,将生与死视为恒久连接、由此及彼的存在,同时也在时间流逝中自我疏解、自我确证——老一辈以一种“事死如事生”的态度为生命确立另一种价值与意义。他们的坦然赴死体现了对生命的尊重和敬畏,背后附着的是伦理道德层面的永生观,在此意义上,死亡成为生命延续的另一种隐在形式。受到这种观念的影响,草白才为主动赴死的年轻男女赋予另一种解读,《少女》为少年伙伴送上了面向永生的致敬,《爱与死亡》则将死亡视作一种逃离“难堪与煎熬”的方式,赴死的冲动与潜藏的人类本能息息相通。在生与死的体验中,相比于年轻人从死亡这一无解的命题中感受到的是虚妄和绝望,老一辈慎重、从容面对死亡的坚毅品质反而展现出可贵性,为丧失生活信仰的人们提供某种精神出路,具有一定的启示意义。

海德格尔指出:"死不是一个事件,而是一种需从生存论上加以领会的现象,这种现象的意义与众不同。"[①]死亡是一个永恒的话题,草白通过自我介入的死亡书写来拷问人的存在。她的故事常常表现个体与他人的隔膜,即使是最亲密的亲人、伴侣和朋友,在心灵上也难以完全真正地靠近,同时人总是不断地在与过去离别、与熟悉的人分别,人恒常地身在一种孤独的处境中。如果说人与人之间固有的隔离感尚且可以忍受,有时通过自我调节也不至于太过突兀,那么死亡带来的空虚则让人陷入更大的失落和绝望,在更深层次触及存在的孤独本质。《带灯的人》中祖母在独子和丈夫相继过世后,紧闭房门,独自在阁楼生活,将自己藏匿起来,夜以继日地念经。《劳动者不知所终》中母亲在丈夫死后,昏天黑地地劳作,不让自己闲下来,好像被控制了一般,无法再开启新的生活。草白自己也同样是被围困其中的一员,但她没有为笔下人物赋予过多的反抗性或超越性,而是顺从人物的境遇回忆和表达死亡本身,探寻他们赴死的动机与将死的意义,借此找到那些在生命中丧失的可能性。她还曾试图让存在过的人们在文本世界中消失,抹除人存在的印记以消解死亡的幻灭感:"每见一次面,都感到离过去的自己更远了……连河流和河边遇见的人,都有可能是不存在的"(《老师》);"而关于那个死去的女孩,我唯一能想起的是,或许她根本就不存在"(《爱与死亡》);"有时候,我觉得那片杨梅林根本就不存在,它是被悲伤的人们杜撰出来的"(《杨梅林》)……但显然这并不成功,她终究无法彻底遗忘和轻易接纳遭遇的一切。生命向人们展示了存在的虚无,但仍可以从中获取意义:"一个生命真正能够拥有的也不过是'过程'本身,舍此别无他物,哪怕它最终被证明纯

---

① [德]马丁·海德格尔:《存在与时间》,陈嘉映、王庆节译,生活·读书·新知三联书店 1987 年版,第 289 页。

属无稽和虚妄。"①于是作家唯有更执着地投入书写人生,在文本的时空里与时间抗衡,让离开的人们不至于很快被人遗忘,也让生命本身的孤独得以稍许平复。

疾病和死亡天然地笼罩着一层神秘的面纱,无法逃避也不可逆转,这些创伤体验显示出生命的不确定性,也印证了生命本是一段充满残酷和虚无的旅程。草白对生命的极端状态有着敏锐的洞察力,也正是这份探索未知事物的执念,推动了她对存在的领会和理解。面对生命的脆弱与存在的虚妄,草白真诚地表达困惑与彷徨,在生与死的裂缝中观照人的存在本质,从命运之无常反观存在的意义,努力发掘生命的奥义、命运的玄机以及生存背后的萧索。

三、微观的自我

文学创作是作家精神意识活动的产物。如果说外在人与物的书写主要表现的是他者化的客体意识,那么文本内部的作家自我与叙述者自我可以说是主体意识的体现。散文往往通过第一人称进行叙述,因此被视作作家个体真实经验的艺术化再现。王兆胜指出:"散文与小说、诗歌的一个最大不同在于,散文家通过自我形塑,达到精神与灵魂的洗礼和升华,这既是实用价值,又具有审美作用,以达到思想和智慧的提升。"②散文强调自叙性,"……是表现'我'的,而且是'我'的特殊性:'我'的特殊经历,私人感受,个人观点等等"③。一般来说,散文的文体特质讲求作家主体自我的介入来抵达艺术的真实,自我书写某种意义上成为考察作品真实性的一个标准。这里的真实,不仅包括外在的、非虚构的现实真实,也指涉内在的、主观的心理真实,蕴含着客观与主观双重审美的价值。就此而言,散文文学中的自我一方面是经验的、社会的自我,能够从

① 草白:《通往圣维克多山的路上》,《江南》2022年第1期。
② 王兆胜:《散文的文体价值及其魅力》,《名作欣赏》2022年第22期。
③ 张一玮:《当代散文批评:以话语分析的方式》,《河北大学学报(哲学社会科学版)》2003年第4期。

自我与家庭、社会和世界的联系中体悟人生,发掘永恒的人性深处;另一方面是精神的、心灵的自我,包含自我情感的抒发和自我存在意识的深化,需要作家勇敢地将自己内心的精神生活向读者敞开。从中国散文发展历程来看,散文素来有自我表达、剖析的传统,承继五四新文学"人"的发现与自我个性解放的文学理想,现当代散文"表现自我""自我解剖"的形式十分多样。瞿秋白"旧我"与"新我"对立统一的"心史"书写,鲁迅由批判国民性转而批判自己阿 Q 性的灵魂启蒙与再塑、自我暴露与批判,巴金从"自我燃烧"式的精神分析和忏悔反思上升到民族文化心理和丑恶人性的批判,都显示出无与伦比的精神反省力和自我批判的勇气[①]。90 年代所盛行的"在写作上倡导个体生命体验,强调身体欲望,自觉疏离宏大叙事,突出日常生活中个体生存的意义"[②]的"个人化写作",将自我附着于身体和私隐的书写,在张扬个性、自我释放的表现过程中达到自我批判以及自我认同的目的。此外还有赵丽宏、贾平凹、韩小慧、刘亮程、庞余亮等人,运用社会学、历史学、人性学等知识和文化批判的精神讲述个人的经历和生活故事,赋予自我书写新的诗学意义[③]。作为 80 后作家,草白没有经历过多的时代动荡,她对生命的体悟更多地来自凡俗生活。相比于前辈作家们对时代意识的强大反叛性或生命文化的诗意追寻,草白的自我书写有其独特性和自觉性。"而我思索的是,我该如何用自己的方式去表达经验,而不是大众的方式,陈旧、过时的方式(当然也包括自己习惯化的表达),我们应该有自己的语言,自己的世界。我在寻找它们,不知道能不能找到,找到之后是否有认领的勇气……"[④]草白始终致力于用自己的方式去表达大众所熟知的事物,她的自我书写回归日常的自我理性,聚焦个体存在的生命意识,对自我主体本身及其叙述

---

① 陈剑晖、吴周文:《"自我解剖"及经典文本的重新史识——以瞿秋白、鲁迅、何其芳、巴金为中心》,《海峡人文学刊》2022 年第 3 期。

② 洪治纲:《有效阐释的边界——以 20 世纪 90 年代的"个人化写作"研究为例》,《探索与争鸣》2020 年第 6 期。

③ 吴周文:《文体自我性:散文家个人的生命形式》,《天津社会科学》2022 年第 3 期。

④ 草白:《我有一面镜子可以看云》,《滇池》2016 年第 7 期。

方式进行深入探寻。

　　人的自我意识意涵丰富,是人的意识的本质,包含人类对自身存在、存在状态、心理活动以及和外部世界的关系等方面的认识,反映到散文创作中,可以理解为人的自明意识的袒露。这种自明意识具体表现为"意识到自己的存在,并对这存在的两极('生'与'死')展开的反思与追问",书写"生命走向死亡之途中的惊喜、颤栗、希望、恐惧、悲悯与关怀"①。草白无疑拥有书写自我意识的灵性自觉,她提出散文的写作路径:"作为一种语言艺术,创作者唯有从最独特、最有效的自我出发,方能寻求与他人的共鸣。"②在表现手段上,草白的散文直面心灵真实,直观地呈现自己的直觉、困惑、感悟和想象,通过自白的形式展露与自我的对话过程,从自我的层面还原人的感觉、感受与想象等复杂的意识活动,对自我进行深刻的精神省思。赵丽评价她的写作具有"遵从内心"③的特质,是十分准确的。作家将自我分裂为多重身份,其中有真实的作家草白,也有另一个"在纸上生活"的叙述者草白。"我好像从来没有真正地生活过,从出生到死亡,我不能拥有任何生活,只有纸上生活,被虚构出来的一切"④,对于作家来说,文本世界是一个集现实、想象与虚构于一体的,内在自我生存其中并掌握主导话语的世界。草白回忆性质的散文中,几乎大部分都有一个具体存在并且自我审视的"我",其情感流露、内心活动以及价值判断都具有显见的主观性。与那些严苛拷问自我灵魂的作家相比,草白笔下作为叙述者的"我"更像一个在心灵与现实之间往复游离的漂泊者,她的自我透视与辨析尽可能地向心灵真实靠近,在居无定所的生命旅途中搜寻人心、人性与人伦背后的真相,找到人类自我存在的普遍性依据,其自我反省而又身在局外、既渴望又疏离的书写姿态显示出一种超越主观局限与常俗意义的特质。

---

① 周伦佑:《散文观念:推倒或重建》,《红岩》2008 年第 3 期。
② 《新媒体与散文写作》,《文艺报》2020-06-01。
③ 赵丽:《遵从内心的写作:草白小说评析》,《创作与评论》2013 年第 17 期。
④ 草白:《为了告别的写作》,https://book.douban.com/review/8902784/,2017-11-04/2022-12-12。

草白有意识地在书写中主动表达和剖析自我,通过叙述者之口传达自己内心的真实感受与想法,探求现代人在矛盾交织中呈现自我的方式与意义。她的随笔集《童年不会消失》演示了"各种自我的搭建和拆毁"①,《少女与永生》的内里是"写'我',写'我'与他人的关系,'我'与这个世界的关系',其目的在于通过与他人的关系发现'永恒的自己'"②。《少女与永生》的前两篇,分别为自述作家身份的《写作者》和自陈心灵困境的《我》,可见其自我探究的强烈意愿。《写作者》对作家自我的职业身份进行体认与审度,反思了作者自身的困境与追求,反映出一个真实的写作者形象。另一篇《我》最初刊于《野草》杂志时,名为《耻》。草白在散文集中以《我》为之重新命名,指涉青年时依然对生活和他人充满郁怒的自己,是叙述者自我的一次完全暴露。《我》讲述自我内心某些无法与人言说的"羞耻",他人带给"我"窘迫、隔膜和幻灭感,令"我"时常感到人生的孤独、荒诞:"我是一个异常之人,一个不懂得生活的人,所有的纠结与苦痛都显得滑稽可笑,毫无意义。"在其他篇章中,草白始终保持与心灵赤诚相见的书写方式,在众声喧哗之下捕捉内心的声音,呈现心灵自我在情感、个性、心理上的冲突、创伤与痛苦。由此,作家的心灵自我有效地介入文本,形成了一个常在的自我,丰富了自我书写的意蕴。

"古老的经验永远不在事故发生的现场,而在我们的回望里"③,草白的散文展现了此刻的"我"如何与过去的"我"重逢。她对于乡村与童年的感情复杂而矛盾,并以此作为文本世界的立足点,借助少女的"亲历者"身份重新回溯童年乡村现场,又在记忆中进行想象和虚构。《十月的罂粟花》中写道:"我再也没有故乡,我在纸上寻找它,我到处找它,我所能找到的只有不确定与虚无……自从离家后,我不再拥有固定的口音和住址,我成了一个不停地从别人身边走过的人,面目模糊,失去合法身份。"离乡者身份的自我认同令她对故乡过往的源溯愈加坚持,对所闻所

---

① 草白:《为了告别的写作》,https://book.douban.com/review/8902784/,2017-11-04/2022-12-12。
② 草白:《少女与永生》后记,https://book.douban.com/review/10298842/,2019-07-10/2022-12-12。
③ 草白:《为了告别的写作》,https://book.douban.com/review/8902784/,2017-11-04/2022-12-12。

见更加敏锐与细致。乡村作为草白童年的见证之处,是其人生初起之地,也是情感牵系之地,但因为人、事、物于各种形式与意义上的"变化"与"消失",已无法再作为精神依归之处。虽然再也不能回到家乡熟悉的环境里,但还乡的夙愿在中国人的内心深处几乎是不可遏制的,无从摆脱的故土羁绊令草白更深切地怀念那个再也无法返回的家园,从而产生对城与乡的双重疏离,由此悖反性地敦促她不懈地在生命旅途中寻觅精神的附着之地。值得注意的是,虽然文本主体叙述的是童年遥远的记忆,但大多时候的叙述者都是成年、理性、自主的"我",而非孩童时期那个天真、无知且被动的"我"。时空穿梭、变幻、轮转,过去与现在通过"我"这一亲历者得以自然而真切地联系在一起。作为叙述者的"我"甚至已经记不清记忆中那些人物和事件的原本面貌,只留下一段模糊的印象,但"我"赋予人物具体的语言和情境,让他们在文字世界里变成真实的存在,其真实性是艺术与审美意义上的真实——草白由此实现与往日自我的重逢,完成了今与昔的跨越。

人不可能孤立地存在,草白善于从他者经验中观察自我,探求个人与家庭、异性、族群、社会和世界的外部关系。她将熟悉的人物作为写作载体,从他者经验里的阴影与伤痛,"去认识自身,认识自己的来处"①,激发书写的可能性。在草白看来,努力接近和理解这些人物,有助于"对他人命运设身处地的理解",并且构成人"自我理解"的一部分,由此实现"对过去的改变和拯救"②。一方面,草白致力于做外部世界的侦查者,尽力刻画周边人物的情绪、态度,推度人物行为背后最真实、最深层的情感或想法,对生活尽可能地注入思考和理解。她运用散文化的语言对人的内在世界进行工笔描绘,将不同人物完完全全的内心细节摆在读者眼前,这些人物在个性上或许并不突出,与现实原型也有一定差距,但他们

① 草白:《散文创作中的"虚"与"实"》,https://book.douban.com/review/10516979/,2019-09-20/2022-12-12。
② 草白:《后记》,载《少女与永生》,https://book.douban.com/review/10298842/,2019-07-10/2022-12-12。

以真诚和直白打动人心。另一方面,草白也在他者的写作中不断确证自我的存在。"有时候,我甚至想说,我本人就是那个幻想家小舅,浪子哥哥,以及失踪者表叔,我身上有这些人的影子,很多时候,我就是他们……"①草白将"我"放置于叙述中,与人物一起经历成长变化,从而更接近艺术真实,也能够更好地理解人的命运和处境:"我让自己和他们在一起,我让自己成为他们。某种意义上说,我就是他们……这些他者的命运也属于我,是不同年龄,不同性别,不同人生遭际里的'我'的命运的呈现。"②草白笔下的自我与普通大众是平等且共存的,两者同根同源共生于文本世界。在叙事上,她注重把握写作的分寸以及平衡叙述主客体的关系,将叙述人的主导身份掩藏在经验和事件历时性的叙述之下,以避免自我话语的喧宾夺主。不过,这并不意味着叙述者自我要放弃主动的话语权。草白对人物客体的介入,会加入自己的"偏见"和主观感受,也会对现实提出质疑和批判,并运用虚构予以解构。她在叙述中一再表明回忆的不可靠,因人物境遇的不合理甚至荒谬而对"我"的记忆表示怀疑,于是虚构出数个父亲、叔叔、舅舅……以"消失"来揣测或改写他们的结局,抵消现实意义上的"离开",草白在此借助"我"的主话语,以一种更为虚妄的方式去表达存在的反面。

对存在于众人之间的"我"来说,审视自我与他人的关系,是认识他人、认识世界的过程,同时也是自我探索与发现的过程,是获得自我认同的一种方式。但这个过程并不容易,正如陈嘉映所说:"自我认知并不都像照镜子化妆那么轻轻松松满心愉快,它可能撕心裂肺,是一个自我鞭挞的过程。"③草白经过成长的试炼,将"小我"融入家族和社会记忆,批判地接纳人的羞耻与苦痛,让"作为一系列角色的自我"与另一个"作为本质的自我"彼此和解,而不是任意放逐自我于精神的荒原,从而完成自我

---

① 草白:《很多时候,我就是他们——〈少女与永生〉创作谈》,《中国艺术报》2019-11-13。

② 草白:《散文创作中的"虚"与"实"》,https://book. douban. com/review/10516979/,2019-09-20/2022-12-12。

③ 陈嘉映:《感知·理知·自我认知》,北京日报出版社 2022 年版,第 53 页。

疗愈、更迭、重建的蜕变过程,也走向了一个更为成熟的自我。草白的书写构筑了一个完整、丰富的"我"世界,她自始至终对自己所书写的事物有着清晰的把握,在自我呈现、疏解与重构的过程中,从灵魂深处引发情感和思想共鸣,具有普遍意义和广度。

相比于传统散文观念中所强调的"再现"式的"绝对真实,一种综合杂糅乃至超越个体经验的艺术表达进入散文创作。90年代以后,放松的文学环境带来作家心态和生存方式的改变,小说戏剧技法的移植、虚构和想象的增加等使散文创作也变得越来越自由开放"[1]。贺绍俊在论述散文真实性时曾提出,散文写作的真实,其本质不在于客观事实的真实,而在于"作家内心的真实,以及作家情感的真实和精神的真实"[2]。草白的自我书写构成了其散文视角与内容的基础,让读者在文本世界内部能够直观地感受到一个名为"我"的亲历者及写作者形象,使得过去的追忆与当下的思索让人感到亲切可信,增加了散文的真实感。但文本自我与真实的作家本人并不完全一致。草白对散文采用虚构之笔是比较宽容的,她擅长使用想象与重构来处理记忆素材,在个体日常中挖掘充沛的文学生命。通过语言与现实各自独立及彼此交互的通道,作家有意识地将自身作为被叙述或观察的对象,在虚实之间进行个性化的艺术表达,从而实现"发明另一种'现实'"[3]——一种更接近作家内心真实的现实。另一方面,写作实践本身令文本与现实发生连接,承载着作家的认知、情感与行为,是体悟人生与生命的渠道,也是平衡自我内部与外部世界的方式。在文珍的印象里,草白瘦弱、沉默、宁静、内向而自我约束,但她的文字却显示出十分坚定的信念,她将无法消化的人世苦痛诉诸笔端倾泻而出,平静如水的笔调之下,是敢于自我承认的灵魂与虽千万人吾往矣的勇毅,震撼人心[4]。李菁用"静女其姝"来形容作家草白,这位在生

---

① 陈剑晖:《中国散文理论存在的问题及其跨越》,《中国社会科学》2005年第1期。
② 贺绍俊:《内心真实是最大的真实》,《文艺争鸣》2021年第5期。
③ 草白:《发明另一种"现实"》,《青年文学》2022年第12期。
④ 文珍:《临渊而立的少女草白》,《文学报》2019-07-18。

活中让人如沐春风、性格开朗幽默的知心大姐姐,她的文字和主题却多为暗色调,处处展露出直面生活"血肉模糊"的魄力①。于草白而言,写作如同一场自我心灵的探索与纾解,"一旦写完,人就变得开朗",同时也是一场自我与外物的浩大抗争,不至于让敏感的内心为深渊般的痛苦吞没。正如穆涛所简括的"浙江籍的作家多是以警醒力见世面的"②,草白对写作始终存有敬畏,但又满怀真挚,她在写作中几乎完全放下了对人、物乃至世界的戒备心理,彰显了另一种独往幽暗处的热情和勇气。她的自剖式写作同时也是现代人在矛盾交织中呈现、探求、调节自我的投影,在这趟自我关注、自我发现的无尽旅程中,她由自我延展至广阔人生,获得了源源不断的创造力,更进一步抵达艺术上的美善与真实。在此意义上,草白的散文创作体现了文学自我与人的存在方式的耦合,一种时而割裂而又深切关联的复杂因缘。

小　结

草白的散文提供了很好的样式,向人们展示了如何以新的观感将熟悉的经验予以呈现,如何以一种文学的方式接近人的"存在"并赋予这种存在以意义。她在访谈中指出:"写作者需要具备强大的共情能力,对他人痛苦的感同身受,对时代和人类整体命运的洞察力。"③草白以一种"在场"姿态,在平凡生活的往复之间找到人生问题之所在,在人类的普遍生存困境中领会生命的辩证法。草白徜徉在"常"与"无常"的边界,在回溯、修复、延展个人经验的过程中展开对人本身的认知、剖析与审视以及对于存在、对于外部世界的质疑,探寻生命的过程与终极。后现代式的追索到最后获得的也许是缥缈、无序、存在无意义的结局,但在这个过程

---

① 李菁:《草白:静女其姝,以温柔的凝视抵御荒凉与孤独》,https://cul.sohu.com/a/588651323_121119377,2022-09-28/2022-12-12。

② 穆涛编著:《散文观察》,西安出版社2009年版,第199页。

③ 草白:《文学能让一个人变得更加勇敢》,https://cul.sohu.com/a/627332205_121124733,2023-01-09/2023-02-07。

中草白始终没有放弃对美的价值探寻,她对过去、对自我、对人生仍然有所坚守,有意在冲突和异化中达到某种和解,这赋予她的文字一种形而上的气质,也使得她的作品读起来少有激烈的批判,常有一种隐晦而深沉的悲悯感。写作者之路长漫漫,从童年出发的草白依然走在探问存在之目的与意义的路途中,她的终点仍在远方。

附:草白创作年表

2010 年

散文《月光》,《散文》2010 年第 6 期。

散文《出神的速度》,《散文》2010 年第 9 期。

散文《居住地》,《散文》2010 年第 12 期。

2011 年

散文《遇见》,《散文》2011 年第 2 期。

短篇小说《你闻到了什么》《墨绿的心事》,《西湖》2011 年第 9 期。

短篇小说《木器》,《联合文学》2011 年第 11 期,并获第 25 届《联合文学》小说新人奖短篇小说首奖,入选《岩层书系:2012 青春文学》。

2012 年

短篇小说《土壤收集者》,《江南》2012 年第 2 期。

散文《逐日记》,《散文》2012 年第 3 期。

短篇小说《你的身体里有一架飞机》,《福建文学》2012 年第 5 期。

短篇小说《墙上的画像》,《山花》2012 年第 5 期,成为中国文学现场月度推荐作品。

散文《食素》,《散文》2012 年第 8 期。

散文《花事》(外三篇),《散文》2012 年第 9 期。

短篇小说《锦衣》,《雨花》2012 年第 9 期。

短篇小说《音乐卡片》,《当代小说》2012 年第 10 期。

散文《面容研究》,《百花洲》2012 年第 6 期,《新华文摘》2013 年第 3

期转载。

2013 年

散文《乡村医生》，《天涯》2013 年第 2 期。

短篇小说《医生家的晚餐》，《创作与评论》2013 年第 17 期，《小说选刊》2014 年 1 月转载。

2014 年

短篇小说《像秋千那样荡来荡去》，《野草》2014 年第 1 期，《长江文艺·好小说》2014 年第 8 期转载。

散文《带爷爷回家》，《北京文学》2014 年第 4 期。

散文《在青鱼街》，《文学港》2014 年第 9 期，获储吉旺文学奖优秀作品奖。

散文《秋日随笔》，《散文》2014 年第 10 期。

2015 年

短篇小说《惘然记》，《文学港》2015 年第 1 期，《小说选刊》2015 年第 2 期选载。

短篇小说集《我是格格巫》，浙江文艺出版社 2015 年版，获 2015 年度"浙江省青年文学优秀作品奖"。

2016 年

散文《须臾记》，《散文》2016 年第 1 期。

短篇小说《他的坐骑是鲸鱼》，散文《深渊》，《青年文学》2016 年第 2 期。

散文《一场婚礼和两场葬礼》，《山花》2016 年第 3 期。

短篇小说《看云记》《密林深处》，《滇池》2016 年第 7 期。

散文《漫长的告别》，《广州文艺》2016 年第 7 期，入选中国作家·雨花读者俱乐部发布的 2016 年度散文排行榜。

散文《渡海记》，《散文》2016 年第 9 期，入选《浙江散文精选（2016）》。

2017 年

短篇小说《空中爆炸》，《天涯》2017 年第 1 期。

散文《劳动者不知所终》,《广西文学》2017年第4期,获2017年度广西文学奖。

中篇小说《山丘》,《山花》2017年第5期。

短篇小说《花语》,《上海文学》2017年第7期。

短篇小说《炎夏》,《青年文学》2017年第8期,《小说月报》2017年第10期转载。

散文集《童年不会消失》,广西师范大学出版社2017年版,获浙江省2015—2017年度优秀文学作品奖。

短篇小说《雪人》,《作家》2017年第11期。

散文《镜中世界》,《上海文学》2017年第11期。

短篇小说《寒枝雀静》,《文学港》2017年第11期。

《野草》专栏《临渊记》:

散文《无声的呐喊》,《野草》2017年第1期。

散文《十月的罂粟花》,《野草》2017年第2期。

散文《走过一些树》,《野草》2017年第3期。

散文《幼鹿》,《野草》2017年第4期。

散文《耻》,《野草》2017年第5期,《思南文学选刊》2017年第6期转载。

散文《幻想家》,《野草》2017年第6期。

2018年

短篇小说《明月夜》,《钟山》2018年第2期。

短篇小说《回归》,《南方文学》2018年第5期。

短篇小说《在山上》,《作家》2018第11期。

散文《伴侣》,《散文》2018年第11期,入选《2018散文精选》。

《野草》专栏《临渊记》:

散文《失踪者》,《野草》2018年第1期,入选《2019年中国散文20家》。

散文《少女》,《野草》2018年第2期。

散文《病人》,《野草》2018 年第 3 期。

散文《男孩》,《野草》2018 年第 4 期。

散文《女房东》,《野草》2018 年第 5 期。

散文《祖母》,《野草》2018 年第 6 期。

2019 年

散文《关于我与 M 的三次见面》,《青年作家》2019 年第 1 期。

短篇小说《欢乐岛》《一次远行》,《十月》2019 年第 2 期;短篇小说《一次远行》,入选《2020 女性文学作品选》,获浙江省优秀文学作品奖(2018—2020)。

散文《少女》等,《中华文学选刊》2019 年第 3 期。

短篇小说《歌声》,《青年文学》2019 年第 4 期。

短篇小说《新年快乐》,《湖南文学》2019 年第 6 期,《小说月报》2019 年第 8 期转载。

散文集《少女与永生》,长江文艺出版社 2019 年版。

2020 年

散文《美的想象》,《天涯》2020 年第 1 期。

短篇小说《艰难的一天》,《大家》2020 年第 1 期。

短篇小说《孤岛来的人》,《湘江文艺》2020 年第 2 期。

散文《轻逸与梦幻》,《南方文学》2020 年第 2 期。

散文《常玉,以及莫兰迪》,《上海文学》2020 年第 3 期,获《上海文学》奖散文奖。

散文《感觉与物》,《散文》2020 年第 3 期。

散文《致无尽空间》,《福建文学》2020 年第 3 期。

短篇小说《河水漫过堤岸》,《黄河》2020 年第 5 期。

短篇小说《明亮的归途》,散文《静默与生机》,创作谈《下山途中,唱一支歌》,《文学港》2020 年第 6 期;散文《静默与生机》,《中华文学选刊》2020 年第 8 期选载,并入选《散文2020》(人民文学出版社)。

短篇小说《等这个夜晚过去》,《山花》2020 年第 9 期。

2021 年

短篇小说集《照见》,中国言实出版社 2021 年版。

散文《带灯的人》,《人民文学》2021 年第 3 期,被《散文选刊》2021 年第 6 期转载,获三毛散文奖单篇散文大奖。

散文《风景的辉光》,《黄河》2021 年第 3 期。

散文《蓝色博物馆》,《散文》2021 年第 5 期。

散文《泉》,《中国作家》2021 年第 5 期。

散文《舞蹈与絮语》,《山花》2021 年第 8 期。

散文《孤往》,《广州文艺》2021 年第 9 期,被《散文海外版》2021 年第 9 期转载。

散文《无有之间》,《上海文学》2021 年第 9 期。

散文《疾病回忆录》,《湖南文学》2021 年第 9 期。

散文《沿河而下》,《福建文学》2021 年第 9 期。

短篇小说《照见》,《广西文学》2021 年第 11 期。

2022 年

散文《通往圣维克多山的路上》,《江南》2022 年第 1 期,《散文海外版》2022 年第 3 期转载。

短篇小说《茶树王》,《文学港》2022 年第 2 期,被《小说月报》2022 年第 4 期转载。

散文《祖父的两次出走》,《北京文学》2022 年第 3 期。

短篇小说《嘤其鸣矣》,《作家》2022 年第 3 期。

散文《乔治·莫兰迪的画室》,《青年作家》2022 年第 4 期。

散文《山野游荡的人》,《湖南文学》2022 年第 4 期。

散文《浮世即景》,《散文》2022 年第 7 期。

短篇小说《应许之地》,《芙蓉》2022 年第 4 期。

散文《深渊、城堡与白日梦》,《黄河》2022 年第 5 期。

散文《无限深渊的入口》,《上海文学》2022 年第 10 期。

2023 年

散文《高处的窗》,《福建文学》2023 年第 1 期。

散文《流水今日》,《十月》2023 年第 1 期。

短篇小说《橡皮擦》,《天涯》2023 年第 1 期。

散文《雕塑家》,短篇小说《暗潮汹涌》,《文学港》2023 年第 2 期。

短篇小说《流水之上》,《广州文艺》2023 年第 3 期。

短篇小说《沙漠引路人》,《长江文艺》2023 年第 3 期。

随笔《城市里的荒野》,《文学报》2023-3-30。

随笔《心灵的回溯与对话》,《文学报》2023-6-15。

散文《一朵秘色花》,《黄河》2023 年第 4 期。

散文《与流水为邻》,《散文百家》2023 年第 7 期。

于《散文》开设专栏《山水复调》。

散文集《静默与生机》,黄山书社 2023 年版。

周华诚:地方风物志散文的时代突围

郭　垚

温州大学人文学院

早在 2005 年,就有学者关注到了图像与语言文字之争:"从学理上说'读图时代'的到来可以采用一种转型的表述,那就是我们当下的文化正在经历一个告别'语言学转向',进入一个'图像转向'的新的时期。"[①]更有人指出图像对文学的负面影响:"图像时代的来临促使文学边缘化的同时,也从内部颠覆着文学,这就是文学对于语言的背离,这种背离的突出表现即语言的失范和暴力。"[②]随着 2010 年以后无线网络的全方位覆盖,便携智能电子设备(手机、平板电脑等)的大范围普及以及短视频的无限度扩张,名副其实的"读图时代"来临了。

根据第 50 次《中国互联网发展状况统计报告》:"截至 2022 年 6 月,我国短视频用户规模达 9.62 亿,较 2021 年 12 月增长 2805 万,占网民整体的 91.5%。"第 48 次《中国互联网络发展状况统计报告》显示:"截至 2021 年 3 月,短视频 APP 的人均单日使用时长为 125 分钟。"2022 年 4 月,中国新闻出版研究院发布了"第十九次全国国民阅读调查"成果,"人均纸质图书阅读量为 4.76 本,高于 2020 年的 4.70 本;人均电子书阅读量为 3.30 本,高于 2020 年的 3.29 本"。也就是说,有 9 亿多人观看短视频,且每天可能花费两个小时左右。但国人全年平均读纸质书不到 5 本,读电子书不到 4 本,花费在文字图书上的时间是无法与短视频相比拟的。与此同时,新的阅读形式逐渐发展,"听书""视频讲书"的比例分

---

① 周宪:《"读图时代"的图文"战争"》,《文学评论》2005 年第 6 期。
② 徐巍:《图像时代文学创作的危机与选择》,《社会科学》2011 年第 9 期。

别为 7.4％ 和 1.5％，也就是说图书阅读也开始视像化，越来越多的人选择通过"听"和"看视频概括"了解书的内容。

侧重"读图"的时代，以语言文字为主要载体的文学自然会受到冲击。最显著的冲击莫过于文学读者数量上的萎缩。不过这种萎缩不是无限度的，当文学逐渐"边缘化"到一定程度后，它反而有了相对稳定的生态圈层。尽管文学的影响力已大不如前，现在也越来越难出现打破圈层为大众熟知的"大作家"，但文学并没有因此而停止发展或者断绝。以早已高度圈层化的现代诗为例，现代诗保持住了语言文字中心主义，体现出了高度的形式独立性。即使人工智能写作，可以利用识别图像作诗（比如微软小冰），但它并没有挑战诗自身的形式。至于设计诗、图像诗，更被视为现代版诗之余。口语诗、歌词等形式则是在诗歌内部冲击诗歌，在"读图时代"并没有产生新的形式取代诗歌。

不同于已经完成"分化"的诗歌，小说面临的挑战更为复杂。20 世纪 90 年代已经尝过"影视化"甜头的小说，在互联网盛行的年代娴熟地做起了"IP 源头"。无论是深谙"IP 生产"的网络文学还是"纯文学"，都通过主动加入制造影像的生产线，积极寻求影视、动漫、游戏等形式的改编，让自身成为视觉工业流水线上的初级产品。在拥有足够影响力之后，也会吸引一部分读者阅读原著，形成反哺。不过，并非所有类型的小说都能够成为 IP。不拘通俗还是严肃，题材较为新颖、故事性较强、语言相对平实的作品往往更容易进入视觉工业。一方面，小说可以适应"读图时代"甚至积极拥抱视像化；另一方面，视像化盛行也束缚了小说形式边界的开拓——越来越多的小说作者讲求故事曲折，并以用文字写出画面感为高。"读图时代"的到来，既给了小说获取更大声量与读者群体的机会，也在挑战解构着小说的技法，使之越来越"脚本化"。

诗歌向着"纯诗"发展，小说与视像化配合默契，而散文在"读图时代"就显得有些尴尬了。首先，当下散文的文体边界无限扩张。从"杂文""美文""文化大散文"到"新散文""在场主义散文""非虚构散文""科技散文"，越来越多的概念，越来越多的"跨界"，可谓达到了"我手写我口,文体无拘牵"的境界。文体的无序虽然赋予了散文极大的写作自由,但也给写作者带来了挑战——如何建立文体自觉?正因为人人可写,无所规范,导致进入互联网时代后,散文失去了文体独立性,愈发模糊成了"一段文字",而非一种文体。

其次,散文的发表平台也日益多样。随着移动网络的发展,散文的发表平台逐渐从网页端博客发展为移动端 APP,人们更多地从个人社交平台阅读散文。移动媒介为读者提供大量的阅读选择,使其很难进入单一的阅读情境,阅读过程极易被打断。所以尽管散文文体发展十分多元,选择很多,但媒介带来的阅读习惯制约了散文的突破。

最后,"读图时代"让读者越来越倾向于接受经过视像化处理的文字,可散文却与视像化结合不佳。散文曾拥抱过"电视",孕育出了所谓"电视散文",即为散文配上影像,加上字幕,辅以优美的人声朗诵,作为电视节目播放,这是一次"文字视像化"的尝试。可惜,即使电视媒介如日中天之际,电视散文也是相对小众的节目,从未"火爆",遑论如今电视媒介本身也日渐没落,散文视像化并不像小说那样水到渠成。况且,在如今高速发展的互联网工业面前,散文的诸多题材都有了影像版替代品,照片、视频、动画解说……甚至语文课堂教学都在积极推行多媒体。通过影像素材而非文字本体带动学生学习。青少年从小接受多媒体教学,自然而然也有了偏向图像的习惯。擅长以文字造境、说理、传情的散文正不断失去自己的基础读者。

在这样的时代背景下,需要重新思考散文的文体定位,使散文"散文",探索出属于自己的道路。地方风物志散文,作为一种传承不断的散文类型,具备时代突围的潜质。在散文写作日益泛化、分散的今天,依旧有大量的地方散文作家致力于本土风物志散文写作,并表现出了极强的韧性以及与时俱进的能力。浙江作家周华诚的散文,就有着鲜明的风物志特征,不仅接续了"京派"散文传统,更做到了融入时代而不失独立。或许可以借由他的散文创作,一探当代地方风物志散文的限度。

一、被文学史"忽视"的地方风物志散文

在文学史叙述中,20世纪90年代之前的散文发展基本都有中心化性质的描述。到了90年代之后,散文史的论述往往十分分散,很难做整体论。这与散文的"入门"门槛较低、写作数量巨大有关。虽然改革开放时期的文学,凭借"反一体化"形成一定聚力,但这种聚力很快就因反对者的退场而消散。在孕育出了"文化散文",于80年代末90年代初掀起了"散文热"后,散文好像逐渐淡出了人们的视野。

20世纪90年代末至21世纪初,陆续出现了"新散文"和"在场主义散文"等提法。"新散文"主要对标"先锋小说","指那一类带有明显的文体探索意识,将文体创新作为主要目标的散文写作"[①]。"它打破了各种文类彼此相隔的疆域,在散文文体中普遍植入诗歌和小说的因素,使之相互渗透、相互交叉,冲毁了传统散文文体的阅读期待,从而形成某种偏离,达到重建散文阅读张力场的效果。"[②]可以说,如今散文文体"跨界"如此自由,"新散文运动"功不可没。"新散文"的提倡者祝勇更是在《一个人的排行榜》序言中,将过去种种散文都归结为"体制散文",在此基础上,他提出固有的散文概念都是可质疑的:长度、虚构、审美、语感、立场,这些陈规都需要被打破,散文写作者应该大胆实验,散文不一定要短,不一定要非虚构,不一定要审美,也不一定要有常规语言搭配,甚至可以有多重主题,用不着"形散而神不散"。祝勇的宣言,与胡适的新诗革命遥相呼应,为开拓散文的文体边界贡献良多。然而当上述种种突破都已经实现,散文确实不再有"文体规范"束缚了之后,似乎并未让散文变得更有力量,反而使散文逐渐"去文体化"。有学者指出:"从某种意义上说,当前散文的困境,并不在于散文过于陈旧保守、老气横秋,而在于文体上的标新立异掩盖了散文内容的空洞和精神上的苍白,在于缺乏心灵性、

---

① 陈慧:《论90年代散文的几种类型》,《当代文坛》2001年第6期。
② 刘军:《"新散文"跨文体写作现象探微》,《扬子江评论》2009年第5期。

诗性以及与大文化背景保持一致的文体探索的滥用。"①

注重"散文性"的"在场主义"散文可以弥补"新散文"在散文精神方面的缺失。"'在场'就是去蔽,就是敞亮,就是本真;在场主义散文就是无遮蔽的散文,就是敞亮的散文,就是本真的散文。"②"在场主义"认为散文有四大文体特征:非主题性、非完整性、非结构性、非体制性。"在场主义"强调,散文必须介入社会,"毫无疑问,对人类个体生存处境的介入或逃避,是衡量一个散文作家是否真正'在场'的试金石之一。一个严肃的作家,总是在对个人生存处境的真实揭示中,揭示出一个民族甚至整个人类的生存处境的"③。可惜的是,随着网络平台的高速发展,在介入现实、关注社会方面,适配新媒体的时评写作似乎占据了上风。有发表时差,注意沉淀思想而非迎合情绪的散文反而囿于出版发表等因素,处境尴尬。

可以说,"新散文"和"在场散文"之争,是小说界已发生过的"先锋"和"去先锋"之争的又一次演练。小说的"文体霸权"使得其他文体的发展变化总是处在一种"紧随其后"的状态。就小说而言,即便小说家们都有意识地追求个性化,不愿意自己被归类为代际写作或者地域写作,评论家和研究者们也要持之以恒地为小说做着编年史:"50后""60后""70后""80后""90后"一应俱全;地域集聚要素也必不可少,如"陕军东征""河北三驾马车""深圳城市文学""江南文学""东北文艺复兴""文学桂军""南方写作"。然而实际上,散文的地域要素比小说更强,其与乡土的关联性尤为突出。

首先故乡是大多数散文家一定会涉及的描写对象,并且几乎是每位散文书写者的入门题目。贾平凹、余秋雨等作者自不必说,刘亮程更是凭借《一个人的村庄》开拓了乡土散文美学范式,近年来李娟的北疆书写也十分热门。其次,在书写故乡之余,有一部分写作者会扩大视野,拓宽

---

① 陈剑晖:《新散文往哪里革命?》,《文艺争鸣》2006年第5期。
② 周闻道主编:《从天空打开缺口》,花城出版社2008年版,第4页。
③ 周闻道主编:《从天空打开缺口》,花城出版社2008年版,第7页。

广度,变换对象,从乡土书写扩展到地方书写。比如王蒙书写自己的"第二故乡"伊犁,阿来的书写覆盖川藏地区,迟子建的笔触遍及东北三省等等。即便部分散文家并不聚焦乡土,也会注重写作的区域性,比如贾葭的《我的双城记》,蔡崇达的《皮囊》。就散文写作而言,地方性有着庞大的基础——在生产端拥有源源不断的作品供给,消费端也保持着一定数量的读者。然而,这一现象由于太过普遍,人们习焉不察,反而没有给予应有的关注度。

散文的地方性写作,除了书写个人成长经历外,剩下的大部分是地方知识。这些知识包括山川地貌、气候物产、风土人情、历史古迹、民俗文化等等。如果需要一个概念将这一类写作进行总括,那么"地方风物志"比较合适。风物,原指风景与物品,后发展出风俗物产、地方文化等意思。日本的风物诗,还会将风俗景物与特定的季候联系起来,在地域维度上增加时间维度。地方风物志散文以某地的自然物候、风土人情、人文历史为主要描写对象,通过书写地方知识表现地方精神,表达人情人性,留存、延续地方传统。这种散文类型,并非新事物,而是对当下普遍的散文写作事实进行归纳,重新发现未被"发现"但其实早已形成传统并极具生命力的散文类别。

地方风物志散文融贯古今,具有极强的文体生命力。这种关注地方风物、风土人情的散文,向传统溯源,可以追溯到地方志、游记、笔记写作;向现代溯源,可追溯至"京派",如周作人。周作人深受日本文学影响,十分欣赏永井荷风的散文笔记。永井荷风的《日和下驮》就有非常显著的风物志特征,通过专注在地物产、风俗的书写,抵抗日益侵入的"异国情调"。备受周作人推崇的清少纳言的《枕草子》也是以山川四季、风物生活为主要内容。周作人本人的散文创作更是如此,名篇《故乡的野菜》《乌篷船》《关于送灶》等等都具有极强的风物志风格。他认为,有必要将各时代各地方的风物搜集整理,以作史料:"我们各时代地方的衣食住,生计,言语,死生的仪式,鬼神的信仰种种都未经考察过,须要有人去着手,横的是民俗学,竖的是文化史,分了部门做去,点点滴滴积累起来,尽是可尊贵的资料。"①

如果说周作人搭建了一个风物志写作雏形，那么沈从文则更加贯彻地方性，完成了地方风物志散文的构建。无论是《从文自传》还是《湘行散记》，无论是叙事还是抒情，无不围绕地方风物，由景入人，人与"风物"相合。散文无疑也是沈从文"湘西世界"不可或缺的一部分。受他影响的汪曾祺，更是为改革开放以后的散文写作贡献了范本。"汪曾祺热"背后，既潜藏着建立本土文化的强烈渴望，又包含了对传统文体的重新审视。与其说汪曾祺拓展了小说的跨体裁写法，不如说他完成了游记、笔记等散文文体的现代化，这种现代化的结果就是地方风物志散文。《昆明的花》《昆明的雨》《故乡的食物》等代表作，均以介绍地方风物为表征，内含对人世变幻的感慨、对故人故土的感怀。借由他的笔触，人们也对高邮、昆明、成都乃至北京等地的风俗文化、地貌物产有了更多认识。作为文学现象的"汪曾祺热"，在无形之中推广了地方风物志散文，使其"有本可依"。在汪曾祺的作品被不断经典化的过程中，地方风物志散文写作队伍也逐渐壮大。拥有传统文体基础，经过现代化锤炼，又有经典作品的地方风物志散文本该在文学史中留有一席之地，然而可能是因为题材太过基础，导致读者与研究者并不以这一脉散文为"类"。

除了题材强调地方风物，地方风物志散文在形式上也有自己的特点。第一，地方风物志散文篇幅较短，延续了传统游记、笔记的特征，并向现代随感、小品回归。第二，地方风物志散文通常追求语言雅驯，简洁有韵致，但并不避讳方言俗语，有时会故意使用方言要素，以增加语言的耐读性。第三，地方风物志散文虽时有或志怪或志人的虚构故事，但总体而言不追求故事性，更侧重书写知识，体察情感，表达态度。就文体而言，地方风物志散文基本保留了散文的边界，不排斥形式实验但并不以之为目的，具有一目了然的"散文特性"，不会因适应媒介或叙事的需要随意改变形式基础。

---

① 周作人：《药堂杂文》，十月文艺出版社 2012 年版，第 70 页。

进入21世纪，地方风物志散文的广泛性、集群性逐渐显现。题材新奇的边地风物写作如李娟、阿来、迟子建的散文作品，已为人熟知。与此同时，具有深厚文人传统的江南地区，风物志散文也已形成气候。江苏的黑陶，著有"江南三书"：《泥与焰：南方笔记》《漆蓝书简：被遮蔽的江南》《二泉映月：十六位亲见者忆阿炳》，叙写江南几十座乡镇的风俗物事。其中《泥与焰：南方笔记》具有典型的地方风物志写作特征。江西散文家江子的《赣江以西》，以故乡自然风物、历史文化为经，以个人生活经历为纬，融地方知识、个人情感、历史记忆于一体，风格突出。浙江的地方风物志散文写作，以周华诚为代表。

周华诚，浙江常山人，也出版过"江南三书"系列散文集——《春山慢》《寻花帖》《廿四声》。在"总序"中他自述："《春山慢》多在山水之间，《寻花帖》切近日常吐纳，《廿四声》则是一人一湖一年。"另有《草木滋味》《素履以往》《陪花再坐一会儿》等散文集。在他的笔下，浙江的一草一木、一山一水、万物万灵、吃食住行、时令节气、风俗文化汇合在一起，构筑成了生动的江南天地，以地方风物，达精神故乡。用极具特色的散文写作，为地方风物志散文再添一笔。

二、周华诚散文——地方风物的"金钉子"

周华诚的散文专注于地方风物描写，题材集中，风格鲜明。有的介绍地方物产，如《垂丝海棠，野草莓及阿拉伯婆婆纳》《木槿》《纸上的故乡》《鱼鳞瓦》等等，有的介绍地方小吃，如《我要歌颂粉干》《生煎包子》《笋干、笋油与火锅底汤》等，另有一些书写生活方式，如《住山指南》《立夏杂志》《我让萤火虫去接你》……这些文章乍看并没有超出乡土散文的叙述范围，不过，周华诚会有意识地将地方植物"博物志"化，在诸多文章中都会特意列举出自己所参详的《浙江野菜100种精选图谱》《浙江野果200种精选图谱》《论农业》等现代专业书。如《虫子比人更懂得一枚果子的甜》：

什么是觅菜桃？菜园有块地，地里有觅菜；园里还有一棵桃，桃子落在觅菜地，就叫觅菜桃。非也。觅菜桃，是桃子的浙江地方品种。2001 年 2 月中国林业出版社出版的《中国果树志·桃卷》，就有觅菜桃。[①]

《行旅书》谈到"蚁墙蜂"：

它的学名直译过来是"尸骨屋蛛蜂"。如果再告诉你，这个小昆虫被美国纽约州立大学环境与林业学院列入了 2015 年发布的"十大新发现物种"排行榜，你会更加一愣吧？此前一年，科学家总共发现了 1.8 万多个新物种，而"尸骨屋蛛蜂"能够入选，是不是很神奇？[②]

《春江记》写森林，推荐了《看不见的森林》和《一平方英寸的寂静》以赞森林之美。尤嫌不够，引用了一段麦克斯·皮卡德在《寂静的世界》里关于寂静的论述。写观鸟，则特注《钱江源国家公园鸟类图鉴》，列出不少常见鸟。《雷峰塔的倒掉》使用了王映霞、郁达夫的传记、日记以及鲁迅、徐志摩、庐隐的文章以作佐证。与其说是写雷峰塔，不如说在写民国文人之情。《生生不息》里写中国水稻研究所的副所长到自己创办的"父亲的水稻田"项目结对，特引《科技日报》的调查数据。这种查证论文的方式，也是周华诚喜用的。《吃米还是吃面》里提到自己为弄清不同人群的思维方式问题，专程阅读了硕士学位论文《中国水稻区与小麦区人群思维方式的比较研究》，《六月槜李》干脆引用了相关论文。

一方面，这种写法强化了风物志散文的风格性；另一方面，周华诚喜欢使用现代性工具书，强调"博物"感和知识性。这种方式其实是对"抄文""用典"等技法做了现代化改造，散文的"风物志"特征也就愈发强烈。更为可贵的是，这种写法没有动摇散文的文体边界。《一日不作，一日不食》里有大量关于种稻的知识内容，但都与周华诚本人的稻田种植经验

---

① 周华诚：《草木滋味》，广西师范大学出版社 2017 年版，第 94 页。
② 周华诚：《素履以往》，广西师范大学出版社 2020 年版，第 75 页。

紧密结合，取得了知识传递性与叙事趣味性的平衡。

《苹果与梨与"花姑娘"是平等的》里写道："回来查《浙江野菜100种精选图谱》，没找到；又查明朝鲍山编的《野菜博录》，翻到了'姑娘菜'条目，惊喜……""又查《中国野菜：319种中国野菜图鉴》，也找到了'姑娘菜'，这回清楚多了……"①这种寻找，为的是"溯源"与"辟谣"。溯源，是因为被北地常见之物唤起了思乡之情；辟谣，则是因为俗名的由来不甚雅观。查明事实，方知自己的南方老家竟也产北地之物，尤为珍贵，方破除世人对水果的分别心。这种散文并不是论文或者说明书，其重心不在物而在人与情。《总有一些事物会记住曾发生过的一切》，列举了不少研究地质的学术书，但文章落点却在区别岩石地层的"金钉子"上，尤其是作者老家附近的"金钉子"——1997年在浙江省常山县黄泥塘确认了达瑞威尔阶"金钉子"，这是我国第一枚"金钉子"。"他们的工作，就这样跨越了时空，跨越了物种，跨越了一般人的认知局限，打开了一扇通往远古时代的大门。他们把光线照进那个遥远的时空里，让逝去的世界重新变得鲜活起来。"②

"金钉子"也适用于描述地方风物志散文写作。关于风物，可能不同时代、不同作者都有同题书写，但这并不意味着风物志散文重复、没有价值，反而说明了它自古而今的生命力。每一次作者对地方风物的梳理，都构成了一层时代的"岩层"。比如江南，就并不仅仅是一个地理实体，更是观念、价值的总集。这些地方知识，作为"小传统"，必须也必然会被一次次记录起来，通过散文传承。从《梦溪笔谈》到《陶庵梦忆》，从周作人再到汪曾祺，每个时代的作者，都会留下"岩层"，组成"大地之书"。周华诚笔下的江南风物，并非对20世纪乡土散文的简单重复，它反映了"乡村重建"的独特时代风貌。随着经济发展，地区财富不平衡日益加剧。不少地方作家在描写在地风物时，往往会夹携乡村凋敝失落之思。

---

① 周华诚：《草木滋味》，广西师范大学出版社2017年版，第136—137页。
② 周华诚：《陪花再坐一会儿》，江苏凤凰文艺出版社2022年版，第85页。

但是江南地区的乡土世界,在乡村凋敝的主潮外,也有自己的新特色萌芽。江南地区已经从"流失劳动力"的第一阶段,逐渐进入"发展文旅经济"的第二阶段,全国大量的劳动力和财富涌向江南地带,其乡村风貌也与其他地域不同。周华诚的散文就以乡村新变的"参与者"姿态,书写了这些变化。

《山中月令》写老林,原来在深圳背水泥,"他和工友一起,八个人,一天要背六车皮的水泥,总共四百八十吨,一人一天六十吨。一袋一袋水泥,靠肩膀扛出来"①。进城务工是典型的乡村"流失"阶段,一般而言行文到此,要顺势写老林家中如何荒芜凋敝,控诉城市对乡村的掠夺。但是老林在务工一年多之后,选择回归乡土,进山种猕猴桃。文章按一年12个月的顺序,不乏韵致地写了老林如何授粉、如何施肥、如何除虫。虽然工作量不比背水泥少,不过与从事重复的工业基础劳动相比,老林无疑更爱务农,并且享受务农生活。散文写:十一月,老林用猕猴桃蒸酒;十二月,老林邀朋友围炉煮酒,聊聊山中事,日复一日,自己就成了"桃仙人"。老林既不是拥有一定资产后"隐居"的中产人士,也不是没有试图"进城"的农民,而是主动选择了拥抱乡土的"建设者"。

《人生果实》里的老徐,也是如此。他在退休后选择回老家种植当地特产胡柚,将其做成知名水果,"现在一个县的胡柚面积十万亩,说百里飘香也不过分"。《山里有座榨油坊》写黑孩本来已经走出山村读书了,只因新婚时回乡看到村中代代相传的榨油坊要被拆除,毅然决然将其买下,同时一并买下了一座因村民搬走几近荒废的民宅,开办民宿,让古老的乡村文化重获新生。

这些人返乡,不仅仅出于情怀,还因为当下的江南乡村提供了相应的发展空间。贾平凹笔下的乡村,是缺乏明确的时间感的,无论是《静虚村记》还是《月迹》均是如此。刘亮程虽写乡村风物,却也是集中描写乡村的"乡村性",无论是狗、驴、牛、猫、老鼠乃至村人,都是具有"乡村性"

---

① 周华诚:《陪花再坐一会儿》,江苏凤凰文艺出版社 2022 年版,第 5 页。

的。他所要表达的,是"我最后望见你的那束目光将会消失,离你最远的一颗星将会一夜一夜地望着你的房顶和路"①的离乡之思。而李娟的边疆之地,就更充满了与自然抗衡之苦。然而江南地区的情况不同,尤其是江苏与浙江,作为改革开放的先头部队,这里的乡村已经从"山中岁月长"的封闭地带逐渐变成了与城市高度联系的"后花园"。靠近城市平原地带的农村,逐渐变成新的工业园区;而边缘的山中村落,也开始受到城市反哺利用地方文化、民俗发展旅游休闲经济。周华诚的散文里,种果树、开民宿、种茶炒茶,都是江南地区新的农业生产方式的反映。农民的主业可能依然是耕种,但是销售渠道和销售模式却发生了变化。由此衍生出一系列生产关系、乡村伦理变化。这是继 20 世纪 90 年代,城市通过虹吸效应改变乡村后的第二次变革,它和第一次变革一样,率先发生在江南地区,作为地方经验,自然也被江南的风物志散文作家记录。

侨寓在城市的人,总希望故乡具有某种"永恒性",尤其要与自己的童年经验结合在一起,以便在快速变化的世界之外,永远拥有一片可供栖息的精神家园。这些具有怀旧性质的情思,加固的是过去的"金钉子"。周华诚并没有将个人经验停留在童年,他的个人经历与地方经验是同步的,且高度同构。2014 年前后,他发起了"父亲的水稻田"项目,号召人们关注乡村,关注农耕。经过六七年的发展建设,目前已与农业企业合作,正式市场化运营,借由水稻种植,开展旅游、研学等各项城市与乡村联动活动。周华诚的散文使用的是乡村"建设者"视角,展现的是随时代发展出现的新的面貌。除了家乡常山,他笔下还有其他江南山水乡村:雁荡山、钱江源国家森林公园里的茶园、富春江、莫干山、舟山、如皋、乐清、嵊州……如果说,之前很多散文写的是乡村的"常",那么周华诚写的则是乡村的"变"。在《一日不作,一日不食》里,这种建设性体现得最为具体。虽然周华诚并未如他的父亲一样日日耕种,但是如何选育良种,如何进行宣传,如何组织文旅,这些让乡村与城市实现联通的事

---

① 刘亮程:《一个人的村庄》,春风文艺出版社 2006 年版,第 280 页。

务,都由他负责。他的散文,既记录了田间趣事,也记录了乡村的改变。他写以水稻为"情人"的沈博士,一年有三分之二时间蹲在田里帮农民育种;热爱土地的许诗人、画家丁老师,都来到田间进行艺术创作。现代的隐逸者,从形式和精神诉求上,都与传统士大夫有所差别。他们之于乡村,也不再是"寄生者"而是"建设者"。

通过地方风物志散文留存地方知识、经验与通过写作表达个人经验、个人情感未必冲突。自 20 世纪 90 年代以来,书写具有整体性、普遍性的内容时总是要格外小心,否则很容易被定义为"宏大叙事"从而丧失"审美性"。介于宏大与个人之间的地方知识与经验,更像是一种"弹簧"。面对个人它可能扮演了一种下压的力量,但面对更具有法定性的官方话语时,它又会与个人站在一起。"地方知识之所以重要,首先是因为任何文化制度,任何语言系统,都不能够穷尽'真理',都不能够直面上帝。只有从各个地方知识内部去学习和理解,才能找到某种文化之间的差异,找到我文化和他文化的特殊性,并在此基础上发现'重叠共识',避免把普遍性和特殊性对立起来,明了二者同时'在场'的辩证统一。"①

周华诚的散文,没有激烈的"解释欲"。比起乡村的"永恒性"是如何被破坏掉的,他更关注地方的经验与知识该如何被留存,这些经验与知识,现在又经历着怎样的变化。当然,地方并不意味着只是乡村。周华诚的《廿四声》整本集子,以传统二十四节气为轴,书写了西湖一年的风光与人事,记录自己的杭州生活。西湖是杭州的地标,也是一种象征,它帮助杭州构建了属于自己的完整的城市语言。西湖也是实时变化的,"我意欲所为,只是从个人化的视角,来观察一时一地的变化,草长花开,鸟语人间,我眼之所见毕竟只是西湖这个庞大命题里极其细微的一小块,如此局限的记录和写作,真的有意义么?""无论何等微不足道的举动,只要日日坚持,从中总会产生出某些类似观念的东西来。"②

---

① 〔美〕克利福德・格尔茨:《地方知识——阐释人类学论文集》,商务印书馆 2014 年版,第 16 页。
② 周华诚:《廿四声》,浙江摄影出版社 2021 年版,第 183—184 页。

三、突围：坚守文体，保持审美

作为文体的散文，如何应对"读图时代"？是像诗歌一样，走向"纯粹"的道路，还是效仿小说，积极拥抱图像，甘当图像工业领域的初级产品？周华诚及同类地方风物志散文，提供了较为有效的实践经验。

（一）保持文体的独立性

地方风物志散文有比较独立的文体边界，但也并不排斥多元媒介。比如周华诚的另一身份就是摄影师，其散文集里也多有自己的摄影作品作为配图。图像同样是一种个人创造，"读图时代"作家自身也受到影响。不过周华诚的摄影作品，通常只作为文字的佐证，点缀穿插，有时会"图文无关"，并不是以图代文。散文发表媒介也是多元的，既有传统发表方式，也借助微信公众号等平台进行传播。

媒介赋权的时代，散文的边界被无限扩大，众多在互联网上无法被归入诗歌、小说、戏剧的文章，有很大的概率会被归类为散文，甚至一些只是随手发在个人社交平台的心情感悟，也会被称为散文。当然，散文的边界本来就比较模糊，具有游离性，当它与诗歌结合，就成为散文诗；与小说结合，就成为散文化小说。上述几种情况，与当下新媒介冲击下散文的泛化还有所不同。一般的跨文体作品，比如废名的散文化小说、鲁迅的散文诗等，都是在文学范畴内进行"混搭"，其核心落脚点还是文学。但是无孔不入的网络媒介，以一种平权的姿态，破除了散文的文学色彩。

在网上，散文可以是任何"一段文字"，丝毫不讲究规范。比如，21世纪初流行的所谓"短信文学"，篇幅短小，文字优美，这种形式的文段也被归类成散文。然而当热潮过去，短信在微信的冲击下日益变成乏人问津的工具，"短信文学"也就迅速退场。这是一个典型的媒介性大于文体性的例子，文学之所以能够滋润一代代人，在于自身拥有独特的魅力，这种魅力有相对成熟的表达方式和被不断验证过的传统。它也许会随着媒介的发展变换形态,甚至"遇冷",但文学性是其立足之本。而文体性是文学性的重要组成,"一观位体,二观置辞,三观通变"。作者们可以用各种方式进行解构,冲击文体边界,但最后依然要回归"建设"。文学不是无关紧要的装饰品,在漫长的岁月中,它早已发展成为人类寄托心灵的方式,"心生而言立,言立而文明"。一味地迎合新变,无视文体规范,最后很可能失掉文学原初的魅力。

周华诚的散文,取得了文体性与媒介性的平衡,既没有拒斥新媒介,也没有一味放任,毫无节制。《春山慢》散文集有四幅马叙所作的文人画,分别是《有鱼图》《钱塘江记》《去兹城》《春山慢》。这本集子里有不少雅事,若使用摄影来表现,则失于"实",使用写意的文人画与散文形成互文,留白极多,恰到好处地增添了趣味,同时也不会消解掉文字的魅力。散文,利用文字构筑想象的空间,其所能扩大想象之限度,是画作和摄影难以企及的。《梵净山走神》里写:

> 二禾君,现今志人眼中山水,与一千年前人眼中山水,早已大不同。古之人看山水,初用眼看,继而用心看。春景则雾锁烟笼,长烟引素,水如蓝染,山色渐青;夏景则古木蔽天,绿水无波,穿云瀑布,近水幽亭;秋景则天色如水,簇簇幽林,雁洪秋水,芦岛沙汀;冬景则借地为雪,樵者负薪,渔舟倚岸,水浅沙平。这是王维看的山水。今之人看山水,初用眼看,继而用手机看。技术性的假眼睛,取代了凡胎肉眼的真欢喜。现代人喜欢这样:戴着口罩呼吸,对着屏幕谈情,透过摄像头观看一切。①

过于频繁地透过摄像头观看一切,确实如同戴上了"假眼",不仅人与景有了"隔",更框住了想象力。反观这段文字,整段引用了王维《山水论》中的文字,虽有四字成套之嫌,却将山水不同的气象在想象领域开拓至极致,未看山而有山,存留了文学性。这篇《梵净山走神》,也是较为经

---

① 周华诚:《春山慢》,浙江摄影出版社 2021 年版,第 85 页。

典的风物志散文样式。写自己到梵净山之感。初入被它的原始洪荒所迷；定下心后一观各色风物、烟云、气象、草木；继而写山中物事、山民文化；最后以中药单中所列的钟乳石比照梵净山的钟乳石，后知后觉梵净山是心灵的一味药，到此戛然而止，思维上做了留白。无论是山中事，还是博物知识，都是点到即止，浅留痕。

文中的诉说对象"二禾君"，出现在作者不少散文中。二禾君可以是具体的朋友，也可以是读者。"柚花开的时候啊，二禾君，如果有空，你可以来找我。""二禾君，九点十分，我去吃一碗牛肉面。"假托有客，沿用赋体主客问答的经典形式呈现风物与心境，可以更为自然地整合作者欲写的风土物事，不至于显得滞重不畅，同时也更显思辨性。《寒露信札》的第四节，专程做了一个托拟的问答。

> 你问：你们把整个收割过程，变成一次艺术行为。这个艺术作品，为什么将它命名为"时间"？
>
> 我答：之所以命名为"时间"，是因这件艺术作品就是"时间"本身——从众人下田、来到六百株水稻旁边的某时某刻某分某秒开始，到六百株水稻被收割完毕、田野回归寂静的某时某刻某分某秒结束。这样一个时间段落，就是一件艺术作品。这个作品只呈现一次，无法重复。它具有即时性、消逝性、唯一性。[1]

这里很好地传达了周华诚的写作观念：追求知识、经验与情感的综合。知识是基础，经验是独一无二的、即时、唯一的体验，而情感是散文不可或缺的本质。"散文肯定不是报告文学，更不是新闻通讯，不是摄影纪实。照相机的方式肯定不是散文的方式。散文的方式应当是感受——感受力在散文的创作中，从来都是非常重要的。"[2]

学者朱鸿将散文分成小品、随笔和纪事三种形式，他在《散文的本

---

① 周华诚：《寻花帖》，浙江摄影出版社 2021 年版，第 64 页。

② 周华诚：《陪花再坐一会儿》，江苏凤凰文艺出版社 2022 年版，第 274 页。

义、前散文与百年散文观之考辨》一文中详细分辨了哪些文体算散文："实用性文章,包括序跋、日记、致辞、讲话一类,皆不算散文……新闻性文章,包括特写、通讯、人物专访一类,也不算散文……知识性文章……不是散文;求索性文章,也未可知。一般的游记和杂文,若算散文,也就勉强。"①其实,散文的类别未必要规定得如此细致,散文与其他文体需泾渭分明,文体内部则可以适当"混搭"。杂文等时评性文章,确实可以作为单独的文体,但求索性文章与游记,恐怕很难被排除。目前,使散文丧失主体性的,并非其他文学门类,而是随媒介泛滥带来的非文学门类。散文的题材内容可以广泛,媒介可以多元,风格可以各异,但是它首先应该是文学的,其次应该有自己的基本体例,如篇幅、技法以及非虚构性。只有保持自我,才能与"他者"抗衡。

（二）保持散文的向美性

坚守文体,是为了更好地建设而非故步自封。如果不从本体的角度思考散文,使散文回到"散文",未来可能会被更为强势的媒介形式淹没。除了常规的文体讨论,散文区别于新兴媒介上"一段文字"的最重要的特点就是向美性。审美性可以说是文学的题中应有之义,但向美性却是散文比较突出的特点。向美,不是指文辞如何华丽、抒情如何清新、技术如何高妙,而是指散文的目标,应是无限趋向创造"美"的。而什么是美?如何向美? 正是考验散文家的关窍所在,也是散文变得多元化、丰富化的关键所在。如果有了标准的答案,有了统一的规则,无疑意味着僵化的开始。所以向美的核心理念就是在思想上、道德上、终极价值上认同美,使散文变成"有所思"的文体,而不是"看起来很美"或"看起来很有文化"的文体。

这并不意味着散文只能做"小摆设",为追求向美,就不能"揭丑"。揭露丑恶,做匕首与投枪,与向美并不冲突。批判性质的散文,如果终极目的是引人向美、向善、向真理,那么一样也是向美的;而文辞清丽,所谓

---

① 朱鸿:《散文的本义、前散文与百年散文观之考辨》,《写作》2022 年第 6 期。

发现"日常之美"的散文,如果最终为着消磨人的斗志,引人逃避责任,走向虚无,那么再"美"也不是向美的。更有假言虚词、奉命而作、毫无真情的"散文",尽管也宣称自己在传播真理,但与其说是散文,不如说是颂词或者广告词,已经失掉了散文的根本。

散文"战斗性"与"审美性"的矛盾,有"被制造"之嫌。批判现实,追求精神高度并不影响散文的向美性。以鲁迅为例,鲁迅有许多应时而战的杂文,这样的杂文确实可以另外分类,因为近于即时辩论稿。但同时,鲁迅另一些文章,在具有批判性的同时,也有着强烈的向美特征,完全可以将其归结为散文,如《春末闲谈》,甚至也有些地方风物志散文的特点。包括被鲁迅批评的提倡"闲适"的林语堂,也认为散文须有思想见解:"凡一种刊物,都应反映一时代人的思感。小品文意难闲适,却时时含有对时代与人生的批评。"这些揭露和批判,最终导向的结果,是更为向上的生命感以及更追求真理的人生态度,只要这一标准犹在,散文就是向美的。同理,挖掘日常生活之美的文章,如最后沦为劝人服从、苟安于世的工具,那么美也就变成了假,进而失去了向美性。尤其在"读图时代",太多片段、言辞、道德,以零碎的形式,缓慢绞杀人的思想,将整体性思路断成碎片,再让每一个细部"自洽",从而起到欺骗人、麻痹人的作用。图片、影像的"直出性",也部分干扰了人的思想习惯。让曲折、丰富的审美过程变得单调、自动化,大大降低了审美主动性,人们像人工智能算法一样,逐渐失掉了想象力,只剩经验的叠加。

地方风物志散文,意欲突围,就不得不注意:挖掘日常的美感,不等于向美性。完成散文本体构建的途径,是坚守住散文的向美性。题材可以微小,内容可以琐屑,但始终应该是向美的或说向思的。

周华诚的散文集《一日不作,一日不食》,讲的是下田种稻的故事,却没有"居高临下"地以城里人的姿态指点农民,把乡村生活作为一种消费景观或者消费装置,以供他人获得戏剧性体验。固然,农民确有可同情之处,然而表达同情需要格外慎重,知识分子尤好以俯视的态度表达所谓的"共情"与"共感",不自觉地带上优越感。像近些年盛行的"返乡手记",有些不乏独到之处,但也有些对农民的关怀与关注只是一些妆点,代言口吻浓厚,尽管他们也会宣称自己来自乡村,可眼光与视角终究是隔膜的。当然,也要警惕对乡村生活的虚假赞颂。一些视频博主、乡村生活综艺,不断地制造出桃源仙境般的乡村图景,其真实目的是缓解城市人群的焦虑感,将乡村作为精致的商品,按照全球化物质想象进行包装,美其名曰"向往的生活"。又或者去"钦佩"自己无所保障却依旧乐观的"二舅",将乡村以及乡村之人作为"他者"。这些表达很容易变成表演,一旦具有表演性,就具备了"伪"的气质,自然与"向美"相去甚远。

周华诚的温和之处在于通过将重点放在"地方风物"之上,避免轻易对个人或群体下判断。《田间的劳作》写父子观念不同,落脚点是种稻,通过体力劳动与脑力劳动的共性之处,写差异与包容。第二章"四季歌"完整讲述了自己从育种到收获全过程跟进后的所思所感,"当稻花开时,我们站在田间",用实地参与,代替"观察",从而尽可能避免产生对他人不自知的优越感。他笔下的乡村,自然也有流失劳动力之弊、留守老人之痛、因无法负担现代化农业机器带来的劳动之苦等等,这些都是时下乡村存在的共性且难以在一时之间解决的问题。但他的态度不是徒然叹息后转身走回城市,而是通过自己的力量帮助父亲找到新的生产方式和耕作增长点。他没有一味效仿古人隐居行止,因为知道"今天的人,大多向往隐居生活,羡慕陶渊明式'采菊东篱下,悠然见南山'的日常,却并没有几个人能真正拥有陶渊明那样的心境了"①。乡村不是城市的避风港,改变乡村需要更多人参与,这种呼吁,就是一种创造,其中蕴含了脚踏实地的生命力以及向美的意愿。正如托尔斯泰在《忏悔录》中所言:"创造生活的劳动人民的行动在我看来是唯一真正的事业。我明白了,这种生活所具有的意义是真理,所以我就接受了它。"

周华诚的城市风物志散文,也具备向美性特性。《春山慢》的卷三,正是城市寻踪。从凤凰山到浙江图书馆,从南山路96号魏源居所到113

---

① 周华诚:《一日不作,一日不食》,广西师范大学出版社2020年版,第80页。

号膺白楼,全球化可以批量复制工业景观,却无法消磨独属于一个城市的历史风物,而这些遗址,正构成了杭州的基因密码。他写雷峰塔的倒掉:"1924 年,老态龙钟的雷峰塔终于在岁月中倒掉。至此,雷峰塔已不仅仅是一座佛塔,它已然与杭州人的情感世界交融在一起,像投照在湖面上的塔影一样,它投照在当时人们的心中。"[1]但是雷峰塔的故事没有到此结束,作为杭州的象征物,西湖不可或缺的一景,它必须存在,所以新塔出现了。或许新的雷峰塔失去了古意,失去了曾经的质感,但是它背后的故事、承载的精神,不在塔的实物中,而在古往今来杭州西湖的故事里,这是属于杭州本土的传奇,是杭州生命经历的具现化。挖掘地方的独特性,找寻生活的乐趣,是周华诚散文的题中应有之义,"作为散文的文字,是生命状态的一种呈现"。

对理想生活有向往的人,才能以坚硬的意志,驾驶着生活之船,驶向精神之海,获得向美向善的力量。地方风物志散文必有如此向美性,才可避免成为沉溺赏物耽于玩乐的消遣读物。某种意义上来说,地方风物志散文也是"寻根"的遗脉,其最后的导向,必然是挖掘更为美善的精神力量。唯有如此,才能在这个媒介话语大于一切的"读图时代",凭借自身的美学表现与价值力量,实现突围。

附:周华诚创作年表

2009 年

《我把澳门认故乡》,《散文海外版》2009 年第 7 期。

《变脸》,《小小说选刊》2009 年第 8 期。

《你记得这城市的哪个角落》,《杂文选刊》2009 年第 9 月下转载。

2010 年

《都是良民》,《杂文选刊》2010 年 2 月下转载。

---

[1]　周华诚:《春山慢》,浙江摄影出版社 2021 年版,第 243 页。

2011 年

《中亚动乱救出 1300 同胞》,《家庭》2011 年 1 月。

《换个方式好好爱》,中国戏剧出版社 2011 年版。

《英国美猴王与日本虞姬》,《家庭》2011 年 5 月。

《无人时唱歌给梦想听》,安徽教育出版社 2011 年版。

2012 年

《神偷变身防盗专家》,《家庭》2012 年 5 月。

《一饭一世界》,广西师范大学出版社 2012 年版。

《13 岁入读世界顶级音乐学府》,《家庭》2012 年 11 月。

2013 年

《西湖时光:遇见 24 节气》,浙江摄影出版社 2013 年版。

《穷孩子放歌上海滩》,《家庭》2013 年 4 月。

《此岸,彼岸》,《江南》2013 年第 4 期。

《爱的照相馆温暖孤独心》,《家庭》2013 年 10 月。

《我有一座城》,浙江大学出版社 2013 年版。

《小世界》,中国摄影出版社 2013 年版。

2014 年

"诚语"专栏系列散文随笔 100 余篇,《羊城晚报》专栏 2014 年 1 月
至 2015 年 12 月。

《爱比技巧更重要》,中国摄影出版社 2014 年版。

《沿着那梦想的微光》,黑龙江教育出版社 2014 年版。

《三代人的水稻田》,新华每日电讯 2014-10-24。

《一万种活法》,《野草》2015 年第 2 期。

2015 年

《最美小城》,《人民日报》大地副刊 2015-3-30。

《没人知道你在寻找什么》,浙江文艺出版社 2015 年版。

《把秧安放进大地》,《人民日报》大地副刊 2015-8-3。

《当世界年纪还小的时候,我有几只狗狗》,黑龙江教育出版社 2015

年版。

《写给城市的田园诗》,《新周刊》2015 年第 10 期。

《松明照亮的夜晚》,《人民日报》大地副刊 2015-10-4。

《下田:写给城市的稻米书》,生活·读书·新知三联书店 2015 年版。

《气语纵横:画说中华煤气百年故事》,浙江大学出版社 2015 年版。

《下田》,《文学报》2015-12-31。

2016 年

《杭州小食记》,浙江摄影出版社 2016 年版。

《一场精神的饭局》,《人民日报》大地副刊 2016-2-6。

《下田》,《散文选刊》2016 年第 3 期。

《与一株水稻对视》,《人民日报》大地副刊 2016-4-6。

《南方杂记》,《芒种》2016 年第 5 期。

《紫云英》,《文学报》2016 年 5 月。

《东梓关没有乡愁》,《光明日报》2016-5-27。

《一本读不完的书》,《人民日报》大地副刊。

《南方杂记》,《散文选刊》2016 年 8 期转载。

《嵊州的腔调》,《人民日报》大地副刊 2016-11-16。

《开化二记》,《光明日报》作品版 2016-11-18。

《絮语二则》,《文学报》2016-12-8。

2017 年

《造物之美》,广西师范大学出版社 2017 年版。

《草木滋味》,广西师范大学出版社 2017 年版。

《村庄的黄昏》,《山西文学》2017 年 3 月刊,《散文选刊》第 6 期转载。

《清明之味》,《大公报·大公园版》2017-4-1。

《和草木在一起》,《人民日报》大地副刊 2017-4-3。

《春山慢》,《文学报》2017-4-27。

《乡下的茶和紫云英》,《福建文学》2017 年第 5 期,《散文选刊》第 8 期转载。

《没有遇见那座山》,《光明日报》笔会 2017-6-9。

《有一个人》《稻时光》,《广州文艺》2017 年第 8 期。

《笋书》,《文学报》2017-8-3。

《稻田里的等待》,《人民日报》大地副刊 2017-9-13。

《辣椒的天真》,《文学报》2017-11-2。

《逐水记》,《草原》2017 年第 1 期。

2018 年

《稻田来信》,《文学报》2018-1-18。

《山里有座榨油坊》,《人民日报》大地副刊 2018-3-21。

《一条柿子沟》,《人民日报》大地副刊 2018-4-30。

《甜》,《福建文学》2018 年第 5 期。

《岛上的寂静》,《光明日报》笔会 2018-5-11。

《萝卜》,《文学报》2018-5-31。

《草木光阴》,生活·读书·新知三联书店 2018 年版。

《劳作的意义》,《人民日报》大地副刊 2018-7-17。

《寻找海洋》,《啄木鸟》2018 年第 6 期。

《闲散记》,《文学报》2018-7-26。

《觅西施记》,《光明日报》笔会 2018-8-10。

《一饭一世界(修订版)》,广西师范大学出版社 2018 年版。

《获稻手札》,《文学报》2018-10-25。

2019 年

《稻田相见》系列散文随笔,《中国自然资源报》专栏 2019 年 1—10 月。

《天真的人,在夜里唱歌》,《山西文学》2019 年第 2 期,《散文海外版》2019 年第 4 期转载。

《春茶帖》,《文汇报》2019-4-4。

《草木禽鸟与文学》,《文艺报》2019-4-8。

《鱼鳞瓦》，《人民日报》大地副刊 2019-4-17。

《与山鸟作伴的老陈》，《人民日报》大地副刊 2019-5-20。

《流水的盛宴：诗意流淌钱塘江》，杭州出版社 2019 年版。

《寻纸记》，《人民日报》大地副刊 2019-6-8，《读者》8 月上转载。

《厨师的书法》，《人民日报》大地副刊 2019-8-14。

《鱼春吾小宴记》，《文学报》2019-6-13。

《立夏杂志》，《散文》2019 年第 7 期。

《山中怪谈》，《文学报》2019-7-25。

《指南》，《安徽文学》2019 年第 8 期。

《春酒·寻茶》，《广州文艺》2019 年第 11 期。

《观鱼》，《散文选刊》2019 年第 12 期。

2020 年

《菖蒲记》，《文学报》2020-1-23。

《庚子正月：插花记》，《文学报》2020-2-6。

《春酒·寻茶》，《散文海外版》2020 年第 3 期。

《简阳的简，简阳的羊》，《青年作家》2020 年第 3 期。

《稗草帖》，《青年作家》2020 年第 4 期。

《猛喝茶》，《福建文学》2020 年 5 月。

《我让萤火虫去接你》，《文汇报》2020-5-16。

《花香满径》，《散文选刊》2020 年第 7 期。

《树梢上的雨滴落下来》，《散文》2020 年第 7 期。

《一日不作，一日不食》，广西师范大学出版社 2020 年版。

《大水过境》，《文学报》2020-7-16。

《家在白云间》，《人民日报》2020-7-20。

《在林间出没》，《文学报》2020-8-27。

《素履以往》，广西师范大学出版社 2020 年版。

《对于美好，我们知之甚少》，《文学报》2020-9-10。

《野外的事情》，《文汇报》2020-9-12。

《林深时见鹿》,新华社每日电讯 2020-9-18。

《鹿西岛上,有位陈老师》,《人民日报》2020-9-23。

《喝茶记》,《江南》2020 年第 6 期。

《在唐诗的路上讨一碗茶喝》,《文学报》2020-11-26。

《喝茶丢掉形容词》,《安徽文学》2020 年第 12 期。

《五个快递》,《人民日报》2020-12-12。

《做戏》,《文汇报》2020-12-20。

2021 年

《寻花帖》,浙江摄影出版社 2021 年版。

《廿四声》,浙江摄影出版社 2021 年版。

《柿染:植物之色》,《文汇报》2021-1-4。

《飘香的胡柚林》,《人民日报》2021-1-13。

《喝茶丢掉形容词》,《散文选刊》2021 年第 2 期。

《喝茶记》,《散文海外版》2021 年第 2 期。

《寻茶》,《纸上花开:〈散文海外版〉2020 年精品集》,百花文艺出版社 2021 年版。

《树梢上的雨滴落下来》,《散文 2020 精选集》,百花文艺出版社 2021 年版。

《花香满径》,《2020 中国年度精短散文》,漓江出版社 2021 年版。

《山中月令》,《散文》2021 年第 4 期。

《高山之巅的风景》,《人民日报》2021-4-24。

《山中月令》,《文汇报》2021-4-27。

《喝不完绿茶》,《文学报》2021-5-20。

《会饮记》,《当代人》2021 年第 7 期。

《山中月令》,《散文选刊》2021 年第 7 期。

《六间房记》,《文学报》2021-7-15。

《廊桥之乡的祖孙桥事》,新华每日电讯 2021-8-20。

《桥头的茶馆》,《文汇报》2021-9-1。

《陪花再坐一会儿》，《草原》2021 年第 9 期。

《树荫的温柔》，《人民文学》2021 年第 10 期。

《纸上的故乡》，《雨花》2021 年第 10 期。

《在松阳喝茶》，《人民日报》2021-10-16。

《书里寻径》，《文学报》2021-10-28。

《花饮》，《儿童文学》2021 年第 11 期。

《廊桥边的旧日时光》，《光明日报》2021-12-3。

《世间缓慢的事》，《文学报》2021-12-9。

《旧月色，新稻香》，《文汇报》2021-12-18。

2022 年

《空山隐》，杭州出版社 2022 年版。

《陪花再坐一会儿》，江苏凤凰文艺出版社 2022 年版。

《陪花再坐一会儿》，载《散文海外版》2022 年第 1 期。

《山中月令》，载《2021 中国散文年选》，花城出版社 2022 年版。

《鱼鳞瓦下》，《中外书摘》2022 年第 1 期。

《山中月令》，载《散文 2021 精选集》，花城出版社 2022 年版。

《喝茶记》，载《扇上桃花：〈散文海外版〉2021 年精品集》，百花文艺出版社 2022 年版。

《喝茶丢掉形容词》，载《2021 中国年度精短散文》，漓江出版社 2022 年版。

《廊桥相见》，《雨花》2022 年第 2 期。

《厨师的书法》，《读者》2022 年 2 月上。

《保卫廊桥》，《中国作家》2022 年 3 月。

《人在山中》，《文汇报》2022-3-7。

《饮茶谈屑》，《安徽文学》2022 年第 4 期。

《分别心》，《光明日报》2022-6-3。

《胡柚》，《解放日报》2022-6-23。

《廊桥之神》，《散文》2022 年第 7 期。

《索面·须拼·扁食》,《文汇报》2022-7-8。

《多谢溪烟知我意》,《文学报》2022-7-21。

《青春在机床旁闪光》,《人民日报》2022-8-17。

《深山云起》,《光明日报》2022-8-26。

《在蕉荫下睡一个长长的午觉》,《光明日报》2022-9-23。

《廊桥上的人生》,《人民文学》2022年第10期。

《我让萤火虫去接你》,《读者》2022年第20期。

《流水之上》,《草原》2022年第11期。

《德寿宫八百年》,浙江人民出版社2022年版。

《那一瞥,便是千年》,《解放日报》2022-11-30。

《甜意充盈的夜晚》,《读者》2022年第24期。

《采柑曲》,《文汇报》2022-12-23。

《归乡记》,《光明日报》2022-12-30。

2023年

《流水辞:遇见古老廊桥的隐秘之美》,浙江文艺出版社2023年版。

《城门开》,《作家文摘》2023-1-3。

《蔬食记》,《散文》2023年第2期。

《宁静的力量》,《文汇报》2023-2-16。

《花落春仍在》,《文学报》2023-4-6。

《宋人花事》,《光明日报》2023-4-19。

《碗边也落几瓣桃花》,《文汇报》2023-4-17。

《沙海来信》,《文汇报》2023-5-4。

《晚霞拥有者》,《草原》2023年第5期。

《丝瓜地里的大侠》,澎湃新闻客户端,2023-5-19。

徐海蛟:当代散文的子学风貌

汪广松

浙江宁波万里学院

一

徐海蛟是一位"80后"浙江籍作家,多年来勤于笔耕,擅写散文,先后结集出版了《纸上的故园》《寒霜与玫瑰的道路》《此生有别》《故人在纸一方》《山河都记得》《不朽的落魄》等散文集,用写作"摆脱生命藩篱,回到无边心灵",成果斐然。他当前的散文创作历程大致上以2012年为界,可分为书斋期及后书斋期两个时期。2012年他33岁,大病一场,身心震动,对写作、对人生以及历史都有了深切的体验。康复后,徐海蛟说他真正地走出了书斋,走进了现实,"听到了一种逐渐吹进灵魂里的风声"①,散文创作进入一个多产期,佳作频出,并形成了独特的散文风格。

在《黑暗里的爱与光》一文中,徐海蛟回忆了他的文学启蒙。1992年夏,他的父亲因一场车祸意外离世,少年时代的全部黑暗随之降临,然而,一些救赎也凭着"书和文字"到来,成为一场漫长的疗愈。这个少年第一次走进城市大书店时,看见"书架与书架构成的阴影落到地上,书在半明半昧中散发出一种静寂而魅惑的气息"②,他随即被书构成的"静谧与庄重"捕获,去书店就成为少年时代的朝圣之旅。他规模最大的一次购书经历是在读中学后,那次的收获是一套四卷本列夫·托尔斯泰的

---

① 徐海蛟:《自序:从书斋走向广阔的人心》,载《此生有别》,浙江文艺出版社2015年版,第4页。
② 徐海蛟:《黑暗里的爱与光》,载《山河都记得》,广西师范大学出版社2019年版,第86页。

《战争与和平》，一本简装的《安娜·卡列尼娜》，一部《泰戈尔小说作品选集》等，都是平时想买却买不起的书，很厚重，有八九本，那是作为贵重礼物而获得的奢侈品。

后来，他遇到了他的文学启蒙老师——一位初中语文老师，这位老师不仅在语文课上开启了爱与文学之光，还将家中藏书一本本借给学生，让少年的世界不再只有哭泣和悲伤，而且"有了天空的瓦蓝，有了向日葵地的金黄，有了地平线上延展的新绿"①。很快，少年徐海蛟开始了抄书，他首先从摘抄开始，把大作家写的句子摘录下来，写进一个本子。据他自述，这些作家有普希金、拜伦、雪莱、阿赫玛托娃、戴望舒、朱湘、顾城等人，主要是中外文学殿堂里的现代作家。后来他就开始抄书了，最先抄下来的是泰戈尔的《飞鸟集》。不仅抄书，他还剪报，看到副刊中的好文章与诗句，他就剪下来，贴到笔记本上。这个少年"以冰凉的手指捡拾一颗颗汉字"，贪婪地咀嚼它们，每一种特质的文字都是疗愈，都是慰藉，都是爱与光亮。

除了书和文学，还有歌声，那是"有声的文字"。在他的抄书时代，徐海蛟通过他的小叔听到了来自遥远南方（甚至更远）的歌声，耳目为之一新。《抚慰》一文写他第一次听到英文歌曲《昨日重现》（"Yesterday Once More"）的感受，"像初恋时，第一次伸出右手，牵住女孩的左手；像第一次颤抖地拥抱一个异性的身体"②。这是一种物质性的、身体性的启蒙。作为这种启蒙的实践形式，他与一位"陌生女孩"通信，谈论文章、书，还有未来和梦想。这些通信最终都无结果，但仍然给他带来抚慰，像是"与另一个自己的拥抱"，也是一种文学写作实践。也大约在抄书时代，他的第一首小诗发表在《浙江初中生》上，这应是文学启蒙时期的一个原初标记。

还有薄暮，薄暮是徐海蛟散文的乡愁。他在《薄暮》一文中写道："那

---

① 徐海蛟：《山河都记得》，广西师范大学出版社 2019 年版，第 90 页。
② 徐海蛟：《山河都记得》，广西师范大学出版社 2019 年版，第 147 页。

四起的暮色有如晚祷的钟声，浸润着心灵，是我返回故乡的隐秘指引。"①少年的他喜欢将暮未暮时刻，喜欢在故乡的黄昏里游荡，"暮色铺天盖地，水晕一般拢过来，一股莫可名状的忧伤从心窝里爬出来"②。这个喜欢忧伤的少年敏感地意识到，故乡的薄暮有一种无边无际的命运的况味："这遍地夕阳下浮动的暮色，因何而起，因何而散？这似有还无、欲说还休的暮色，不就是我想解又解不开的命运之结吗？"③这种命运感来自薄暮，它浸润了少年心灵，滋养了他的文学初心，成为永不枯竭的创作源泉。

在《抚慰》一文的结尾，徐海蛟写道："除了书籍和文字，除了歌声，除了田野上的薄暮和清风，除了一轮从不食言的月亮，我还以书信的方式，遇到了一些陌生的同龄人。"④这几乎就是他文学启蒙时代的写照，文学从这里出发，带着 20 世纪 80 年代文学的热情与纯真，葆有最初的样貌和最初的感动，也预约了未来创作道路上的文学题材、品质与风格。

二

故乡往往是写作者的常用题材，徐海蛟也是。他在《跋：乡村及时间的简史》里写道："作为一个从乡村出发的写作者，乡村给了他第一行诗句。"⑤《纸上的故园》收录的文章都在 30 岁之前写成，属于书斋期作品，可以说是一本写给故乡的书，他把"对家园、坚忍、质朴、诗意的怀想都一点一滴地渗透到了字里行间，渗透到一棵树、一片野花还有一个古老的屋檐下面"⑥。《纸上的故园》不仅仅是一本怀旧之书，徐海蛟的出发点是"为乡村写点什么"，要用自己的笔"再造一个村庄"，要"留下乡村的音容

① 徐海蛟：《山河都记得》，广西师范大学出版社 2019 年版，第 73 页。
② 徐海蛟：《山河都记得》，广西师范大学出版社 2019 年版，第 66 页。
③ 徐海蛟：《山河都记得》，广西师范大学出版社 2019 年版，第 73 页。
④ 徐海蛟：《山河都记得》，广西师范大学出版社 2019 年版，第 152 页。
⑤ 徐海蛟：《跋：乡村及时间的简史》，载《纸上的故园》，宁波出版社 2009 年版，第 219 页。
⑥ 徐海蛟：《纸上的故园》，宁波出版社 2009 年版，第 219 页。

笑貌,留下乡村的生活哲学,留下乡村的呼吸和心跳"。①

书斋期的乡村书写是记录和诉说,也是反思和感悟。《瓢》写一只葫芦变成瓢,这个过程是自然的,也是人世的。原本柔软、脆薄的葫芦经过风吹雨打,拥有了木质般的坚硬,还有一身的轻盈,"悲欢离合,出入进退皆无情"。笕是乡村特有的物事,是用竹竿将溪水接入家中水缸,本也平常,从《笕》一文中可看出"乡村的诗意"。《纸上的故园》还写了篱笆、步丁、稻草垛、石头、松明、童年的玩具、布鞋等,关于这些乡村旧物的描写大都观察细致,结尾卒章显志,一种若隐若现的诗意像月色一样浸染其中。

至于乡村里的花草树木,不仅好看,而且有用,又往往与食物相关,譬如《映山红》写去掉花蕊之后的花瓣可以吃,男孩子吃"成串的花朵",他们的嘴巴"能够咬住春天"。紫云英缤纷绚烂,它的嫩茎可以炒年糕吃。(《野花》)中草药就更不必说了,食药本来一家,《草药》一文写苦楝树皮汤能治蛔虫病,白茅根熬成汤,可以生津止咳,白茅根还可以直接生吃,味道清甜。麦冬叶片如兰,块根较大,洗净后可吃,不仅甘甜可口,还"显露出一种精致乖巧的模样"来。《墙角的枇杷树》写枇杷好吃树难栽,可是母亲随手扔一颗种子就能成长,它的树叶可以入药,化痰止咳。《一棵树的感恩》就把这棵树叫作"母亲树",仿佛这感恩也有了双重意蕴。这些草木还有另一种滋味,比如那棵墙角的枇杷树,"像十四五岁的少年般默不作声",多么孤独!而且坚忍!少年懂得它的心意,明白树的"苦心孤诣"。《窗前的牵牛花》写得热闹蓬勃,却也有"窗前的寂寞"。《钓一窗浓荫》令人想起一句唐诗:"独坐黄昏谁是伴,紫薇花对紫微郎"。还有那棵桃树,"那一树被忽略的春意",它们都是乡村草木赋予少年人的无尽的滋味。

《纸上的故园》决定要"再造村庄",可是这种"再造"以"消失"为背景,许多乡村事物正在消失,或者说已经消失了。《消失的河流》极具隐

---

① 徐海蛟:《纸上的故园》,宁波出版社 2009 年版,第 219 页。

喻意义，文章写道："最初，每一条河流都是完整的，像一篇完整的文章、一个有始有终的故事，像一趟开始和结尾都设计好的旅行。"①这个最初的景象赋予河流某种意义，使它成为一种象征，成为日后精神回眸的起点："每一条河流都具有清澈的品质，像我们没有来得及沾染世俗的眼睛。"但是很多年后返乡者发现，"河流比人更快地被这个世界糟蹋了"，它的曲折、丰厚和纯净消失了，变得潦倒和污浊不堪。"很多的记忆，那些有关村庄、月光和纯净的田野的记忆也跟着河流一道失去"，而且，"在河流消失的地方，最初的田野和乡村也就必然跟着一条河流死亡"。也许是因为有了这些观察和体悟，才有了"再造村庄"的努力，而徐海蛟散文的乡村书写就像是用文字疏浚了河道，用记忆充盈了河床，他笔下的那些乡村物事、草木、乡亲以及四季更替、雾霭聚散，都将汇入一条"隐秘的大河"，进入他的灵魂。一条河流死去，另一条河流活过来。

　　《无法抵达》是徐海蛟散文创作中的名篇，是另一种乡村书写。这篇文章写了大舅小舅、童年玩伴、米琴姑姑和云林叔等人进城的故事，他们为了生存付出了巨大的代价，比如身体伤残、家庭破碎、遭受歧视、死亡、精神空虚等，但城市从未真正接受过他们，"最大的阻隔在于习俗和文化的体认"，所以始终存在着难以逾越的"最后一公里"。"我们一直进入，却从未抵达。"②作为这些悲伤故事的延续，祖父也因车祸死在从城里返乡的路上。在这里，人——才是村庄最重要的景观、最真实的灵魂。《无法抵达》不再寄托怀乡的温情和抚慰，而是挑开笼罩在乡村面目上的"诗意面纱"，揭露那些令人难堪的创伤，表达了乡村在城市化进程中的痛楚与迷茫、批判与反思。既然城市无法抵达，人们将作何选择？《无法抵达》在文章结束前记录了一个返乡仪式，似乎暗示了某种答案。文中写祖母临终前坚持回到故乡，回到老木屋里离世，但由于火葬，又不得不在去世后再次进城，然后返乡——时代的荒诞惊心动魄又无动于衷。长孙

①　徐海蛟：《纸上的故园》，宁波出版社 2009 年版，第 123 页。
②　徐海蛟：《无法抵达》，载《寒霜与玫瑰的道路》，宁波出版社 2014 年版，第 23 页。

抱着祖母的遗像走在队伍前头,要引导亡灵认清回家的路,他"羞于启齿"又"发自肺腑"。这是一种精神的还乡。

《无法抵达》写了乡亲们的进城故事,而作者本人也是从大山深处走向大海之滨,是城市化进程的亲历者。他的故事在于他遭受一场疾病的突然袭击,又坚韧地恢复。《归期不详》从逻辑和情感上延续了《无法抵达》,它直面了死亡问题。文中写道:"一场大病让我的精神世界里满是残垣断壁",他意识到,"有时候内心世界的重构比身体创伤的修复来得艰难得多,我用了很长的时间才给心腾出一片洁净的空间"。① 文章结尾又想起了祖父母,想起"祖母用了一辈子的那块浣衣石还搁浅在老家草木深深的园子里",想起"祖父手植的桃树和栗子树都还在,到了春天,一树的红焰如期点燃,多像是祖父早年在春天里的一场抒情"。这些思念乃是新的生命生长,是一种真正的血脉相连,它们暗暗地修复受创的身体与灵魂,给予生命原初的、深切的滋养,"每一个人站立在自己的谱系上,丰盈的往事不动声色地造就了我们内在的丰盈"②。在这个时点上,人们才能够就路还家,重建家园。

散文集《山河都记得》是一本写给父亲的书,徐海蛟借此完成了故乡的重建,这种重建是文学的,它充满了真诚与温情;它又是自然的,原初的村庄无须再造,"它就像先人们原先交付给我们的样子"。每一个故乡都正在消失,都需要重建,获得重建的故乡才是自己的,独一无二的,才有可能获得源头处的爱与光亮。《山河都记得》以最多的篇幅追述了父亲、祖父母、外祖父母,还有健在的母亲、从南方回来的小叔等,这份家谱的独特性就在于它的正常,在于它的爱与完整,在于流年似水劫火洞然却仍未丢失。他用三篇文章——《黑暗里的爱与光》《抚慰》和《朴素的光照》致敬老师,他的师缘特别好,老师是他的"上天梯"。《药》不仅仅写药,还有一个无私的母亲。《树》写一棵三百多岁的牡丹,村溪两旁三棵

---

① 徐海蛟:《寒霜与玫瑰的道路》,宁波出版社 2014 年版,第 46—47 页。

② 徐海蛟:《自序:必经之路》,载《山河都记得》,广西师范大学出版社 2019 年版,第 5 页。

古老的红豆杉，还有村口土地庙边上七棵不知年岁的古树，它们简直就是故乡的精神图腾。《无尽的滋味》《核桃酥》和《肉》都写童年的食物，比如 20 世纪 80 年代的土猪肉和猪肉渣，美味绝伦，还有饼干、月饼、核桃酥、年夜饭等，它们牵动思乡的胃，滋生念乡的情。而那些乡村暮霭滋养了他的孤独与灵敏，它们是文学的天然养分。一双鞋子记录了他的耻感与自尊，山川草木则赋予一种生存哲学：像草木一样坚韧地活着。凡此种种，点点滴滴，都构建了故乡的形象，重塑了自我，让人看见来处的路。

《山河都记得》还是一本感恩之书，感祖辈父母的恩，感老师的恩，感山川草木的恩，感食物的恩，感亲朋同学的恩，感万事万物的恩。在这种情怀里，天地与人相亲，万物与人相知，故乡得以重建，人在源头处得以重生，而徐海蛟散文的乡村书写也得以真正实现。

三

历史人物是徐海蛟散文创作的另一个重要题材，《故人在纸一方》和《不朽的落魄》都是历史人物散文集，结集出版时间都在后书斋时期。他在《我的〈故人在纸一方〉》里说："这本集子，可以看作一部个人化的心灵史，是一个年轻作者对时间的感知，以及对历史里面诸多悖论的独自思索。"①这几乎可以用来概括他所有的历史人物散文创作。

作为"个人化的心灵史"，这两本集子都有一份历史人物名单，显然是经过认真选择的，可以说就是明明白白的精神谱系，不妨列在这里。

《故人在纸一方》在"目录"中将历史人物分为古与今，其中古人有李斯、韩非、李陵、羊续、华佗、谢灵运、王勃、李白、崔护、杜牧、王安石、李时珍、金圣叹、张苍水；今人（近现代）有秋瑾、林觉民、梅贻琦、阿炳、郁达夫、瞿秋白、闻一多、沈从文、沙耆，共 24 人。

---

① 徐海蛟：《自序：我的〈故人在纸一方〉》，载《故人在纸一方》，广西师范大学出版社 2019 年版，第 3 页。

开篇人物是李斯,他是秦帝国的开国丞相,属于划时代人物(从先秦到秦),关于他的文章题目是《鼠样人生》,李斯一生的关键在于"鼠论":"人之贤不肖譬如鼠矣,在所自处耳。"他不肯做厕中鼠,要做也是要做仓中鼠。最后一人沙耆是位画家,因为精神失常生活在宁波沙村,一直活到2005年。关于沙耆的文章题目是《隐于低处》,这位"历史人物"并非声名卓著,但对徐海蛟而言几乎触手可及。沙耆怀才不遇,"隐于低处"其实就是生活在底层。从丞相李斯到沙村沙耆,这条路看起来容易,其实也很难走通,所以李斯才在受刑前对儿子慨叹:"现在想和你一起牵着大黄狗,到上蔡东门猎兔也不可能了。"反过来,逆袭开挂也几乎不可能。

《不朽的落魄》开列的历史人物名单是杜甫、李贺、温庭筠、姜夔、王冕、唐寅、吴承恩、徐渭、张岱、金圣叹、顾炎武、蒲松龄、吴敬梓,共13人。如果说上一份名单头绪较多,光谱复杂,那么这份名单则纯粹得多。书的副标题是《十三个科举落榜者和他们的时代》,或许可以称作徐海蛟版《失败之书》,但他们也有另外的特征:都属于中国传统的文人群体。从《故人在纸一方》到《不朽的落魄》,这部个人化的心灵史变得纯粹些了,更靠近中国古代文人传统了。

还有一份名单。《寒霜与玫瑰的道路》一书第二辑"大河奔流",有七篇散文记录了七位历史人物的故事,他们是列夫·托尔斯泰、帕斯捷尔纳克、沈明臣、张苍水、沈光文、董奉和屈原。七人中,沈明臣、张苍水、沈光文是宁波地方乡贤(徐海蛟生于台州,在宁波成长和工作),董奉是医生(徐海蛟的父亲是医生),所以乡贤和医生能进入徐海蛟的"封神榜",《故人在纸一方》依然保留了这种特色。《不朽的落魄》是纯粹的文人谱系,屈原可视为开端。需要着重指出的是列夫·托尔斯泰和帕斯捷尔纳克(还应加上泰戈尔、普希金、拜伦、雪莱、阿赫玛托娃等人),他们是个人化心灵史上不可或缺的重要环节和内容。

关于"对时间的感知",由来已久。《纸上的故园》一书写到童年老屋,"我在外面的世界里一天天长大,老屋墙上的笔迹却静如止水"。这笔迹是他七八岁时写上去的,"16年光阴荏苒,老屋亲切一如当年。只是照片里那靠在它身上的人已不复是曾经的小小男孩"①。物是人非，古今同慨，那个已经长大的男孩写出《桃花下，明媚的脸》一文，一如当年他在老墙上留下笔迹，只是这一次他读到了崔护的那首诗："去年今日此门中，人面桃花相映红。人面不知何处去，桃花依旧笑春风。"诗写得桃花明媚，却也宛如一张老照片。文章写道："崔护顺手把笔扔在了木门前，然后转身离去，黯然地踏上了归途。此后他再也没有往长安的那个郊外去过，他知道春去春又来，但春天背后那张明媚的脸不会再来了。"②与之同慨的是另一篇文章《过春风十里》，这一次，故事中的诗人主角换成了杜牧。杜牧在湖州邂逅一位13岁的小姑娘，一见倾心，就许下诺言"十年后来娶她"，可是13年后杜牧才回到湖州任刺史，当年的小姑娘因为10年期限已过，就嫁作人妇，已是两个孩子的母亲了。

这一幕情境与人面桃花、老屋记忆一脉相承：人们从原点出发，在时间的千回百折中又回到原点，发现早已物是人非。"昔人已乘黄鹤去，此地空余黄鹤楼。黄鹤一去不复返，白云千载空悠悠。"（崔颢诗）此情此景，最堪玩味，而此中滋味，乃是对时间的感知。徐海蛟写下那些历史人物的故事，"企图通过文字铺成的道路，让走失的人找到回归的方式"，"让时光里的人又重新活了一次"，企图"让继续活的人，相信肉身泯灭后，灵魂还将以另外的形式在纸上舞蹈"。③ 这种舞蹈也是回归，仿佛一切可以从头再来。

作为"对历史里面诸多悖论的独自思索"，这句话本身就是一种思索，那即是说：历史里面有诸多悖论。《故人在纸一方》有一个副标题《致故人的二十四封书简》，每篇文章前都有一封作者致历史人物的书简，《致李斯》结尾问道："如果时光重来，你会选择另一种活法，还是依然故我呢？"这个问题几乎一直都存在，但如果试图给出答案，很有可能就此陷入悖论。李斯辞别荀子西去，要在乱世建功立业，临死前却似有悔意。

---

① 徐海蛟：《纸上的故园》，宁波出版社2009年版，第90页。
② 徐海蛟：《故人在纸一方》，广西师范大学出版社2019年版，第117页。
③ 徐海蛟：《故人在纸一方》，广西师范大学出版社2019年版，第1—3页。

韩非应召入秦,怎会不知凶险,但他依然躬身入局,最终身死国灭。《大漠孤烟》对李陵的遭遇似有同情,《世间已无华佗》写满遗憾,《致张苍水》歌颂舍生取义,《致秋瑾》"秋风秋雨愁煞人",生存还是毁灭?这真是一个问题。《革命与爱情》致意林觉民,《与妻书》传唱百年,但"世上安得两全法,不负如来不负卿"。这些散文从历史角度切入人物,常用生死抉择考验人性,深切表达了"对天地间那些坚韧生命的敬畏",而且,"在他们的命运里我们依然能照见自己的样子"。①

也用不着生死抉择,一次科举失败就足以改变甚至摧毁人生。《不朽的落魄》写了 13 个科举落榜者,他们难道不知科举的荒诞?吴敬梓的《儒林外史》足够清醒,但也绝非"众人皆醉我独醒",可是身处其中的人依然锲而不舍,不撞南墙不回头,回头之后可能还要接着撞。历史的悖论也不仅仅在这里展开,最终他们会遭遇到"命运的戏法"。李商隐《有感》诗云:"中路因循我所长,古来才命两相妨。"13 位落榜者才华横溢,他们的作品流传至今,仍然在润泽中华文脉,但他们生前怀才不遇,命运多舛,人生像一部拙劣的电视剧。《不朽的落魄》开篇写杜甫,"他一生的远行始于船,终于船",算得上颠沛流离,食无所饱,居无所安。他在《天末怀李白》诗中写道:"文章憎命达,魑魅喜人过。应共冤魂语,投诗赠汨罗。"这简直就是某种文人命运的写照。

徐海蛟在《自序:一个命运的戏法》里追问道:"设若杜甫在仕途上一路通达,做到副宰相或者宰相之类的高官……他还能够写出那些痛彻肺腑振聋发聩的诗句吗?"这种追问并非要求得答案,它只是表明追问者来到了命运的门前,或轻叩,或疾呼,甚至砸门。当他还是小小男孩的时候,有一天,"回到家发现门关着,不知打哪里找来把锄头,在门上劈下了一道道的裂痕"②。这个童年细节在若干年后仿佛再现,只是大门无形,锄头换成了键盘,变成了文字,而裂痕印在人心里,劲道依然。

---

① 徐海蛟:《故人在纸一方》,广西师范大学出版社 2019 年版,第 3 页。
② 徐海蛟:《纸上的故园》,宁波出版社 2009 年版,第 213 页。

四

徐海蛟散文的显著特征在于"真"和"悲"。这种"真"首先是"真情"。他在《山河都记得》的"自序"里写道："一个作家全部的写作，都应尽量忠于内心，摈弃表演。"他反对"修饰过无数遍的虚情假意"，决心直面"心灵深处最难忘的战栗与不安、痛楚与温柔"，告诫自己要写下真话，"要敬重心里最真切的声音"。① 这是他写作的诚恳。他在写作《山河都记得》时，一次次将自己写哭，然后用冷水擦把脸，调匀呼吸，重新坐下来写，《山河都记得》是一本以泪写成的书，这是他的真性情。

在种种真情书写中，让人印象最深的是父子情，也是他着力描写的重点。这段感情深埋 26 年，在某一个命运性的时刻才喷薄而出。《山河都记得》的第一篇文章就是《父亲》，写得情深意切，悲欣交集，气息悠长，节奏松紧有度、收放自如，可以作为徐海蛟散文创作中的名篇。文章开篇借母亲之口说道："你也跟你爸说两句。"可是"爱要怎么说出口，我的心里好难受"（赵传的歌），千言万语都被深深隐藏，他甚至有些不记得父亲的模样。《父亲》是对父亲的追寻和认识，直到最后那个"父亲"才回来，仿佛重生，"他穿过秋叶飞落的傍晚，穿过厅堂，紧紧拥抱这个和他仿佛年纪的儿子"②。最后一篇《万物带来你的消息》是真正的诉说，就像要把 26 年里未说的话全部说完。文中称谓从"父亲"变成了"你"，万事万物都有"你"，无影无踪又无处不在，是完全的敞开心扉，掏心掏肺，是哭灵，是一个儿子对父亲的无尽思念、爱的长篇表白。

真情之外，还有真思。《病隙笔记：光荣生命路》记载了一场大病及其康复，"让人从芜杂的生活里挣脱出来，看清楚生命的脉络，也看到生命的局限和无涯"③。可以说，走出书斋相当于一次"挣脱"，现实人生有

① 徐海蛟：《山河都记得》，广西师范大学出版社 2019 年版，第 3 页。
② 徐海蛟：《山河都记得》，广西师范大学出版社 2019 年版，第 46 页。
③ 徐海蛟：《寒霜与玫瑰的道路》，宁波出版社 2014 年版，第 146 页。

了进一步深远的维度;《山河都记得》应是看清楚了生命的脉络;《故人在纸一方》与《不朽的落魄》通过讲述历史人物及其故事,照见生命的局限和无涯。在这背后,"生活中的一切都那么无常,命运开惯了人的玩笑"①。徐海蛟碰上了真问题,真问题开启了真思,甚至就是真思本身。他的散文关注正在消失的村庄,记录和反思城市化进程中的问题,并最终通过追溯来时的路,在一片废墟上"重建了故乡";在对历史和命运的回眸中,他的散文沟通古今,于种种悖论中梳理出一条清晰的中国文人传统脉络。

在真情与真思中流露出一种深沉的"悲",他的散文情调是悲伤的、悲天悯人的、悲壮的。"少年黄昏的暮色重又弥漫到文字里",那个喜欢忧伤的少年长大了,他的忧伤仿佛也一起长大。"那些哀伤,那些远逝的人,那些猝然而至的诀别"②,需要在纸上重新安顿。《大风吹不走的人》回忆了他的童年玩伴李小松,也叫胖花,胖花得了白血病死去,少年感受到了"死亡荡涤一切的冷酷"。父亲为了打开儿子内在的心结,把他带到一棵栗子树前,那是父亲的爷爷亲手种植的树,父亲讲起祖辈的故事,说看见栗子树,"心里的悲伤就像冰块遇到春天的阳光一般松动了"。父亲又指着一块石头给他看,那是父亲的奶奶用过的浣衣石。在父亲的开导下,在祖人的遗物前,少年的心似乎开朗起来、活泼起来。然而,父亲到一个新地方三年后也意外去世了,"我的童年,在父亲离开的那一天戛然而止了,心里的悲伤像永不止息的风彻夜吹刮着"③。令人感慨的是,胖花走了,有父亲的开导;父亲走了,谁能抚慰?《大风吹不走的人》对此沉默不语,仿佛一个幽深的、黑暗的伤口。

这些悲伤的故事也是爱和坚韧的故事,是善意和美的故事,它让悲伤并不自限,可以走向更开阔的人世,消融于天地。《此生有别》是一本奇崛的书,是大病初愈后产生的奇特力量。徐海蛟在这本书里有意写了

---

① 徐海蛟:《寒霜与玫瑰的道路》,宁波出版社 2014 年版,第 146 页。
② 徐海蛟:《山河都记得》,广西师范大学出版社 2019 年版,第 4 页。
③ 徐海蛟:《大风吹不走的人》,《十月少年文学》2023 年第 2 期。

一些非常人非常事，他们是僧尼、罪犯、流浪者、同性恋、绝症病人、武林高手、哑巴等，共 10 人。徐海蛟认为，他们的故事不管怎样，都是这个世界的"一抹别样色彩"，对他们寄予了"同情的理解"。因为，"从更宽泛些的角度来讲，他们就是我们"。①《哑巴》写山村里的一个哑巴，刻画细致，不肯潦草，并尝试进入他的内心世界。文中结尾写道："哑巴啊，谁又能说那些在他匆匆走过的路上不会有一朵野花盛开呢？哑巴会俯身下去，用他发不出声音的嘴亲吻一朵小花吗？……我们再请求上帝让他说一段话，他会说什么呢？"②对哑巴的一些典型的、奇特的行为特征，文章也没有嘲讽的意思，而是给予理解。理解就是尊重，虽然对别人的痛苦无能为力，但不会无动于衷，也能够感同身受，因为"劫难也无非是一种生活"③。不幸各有各的不同，而其质地则大都相似。

　　这种悲悯情怀在《不朽的落魄》中表现得尤为明显，书中描写了 13 位科举落榜者的苦难与失败、挫折与困顿，对他们的落魄寄予了深切的同情，但徐海蛟本意并不在此，他知道，"落魄仅仅只是一条铺满荆棘的路，只是一种持久的考验"。他写杜甫、写徐渭、写吴敬梓等人的故事，不是为了再次表彰他们在中国文学史或者文化史上的重要成就，而是集中笔墨描写他们如何面对日常生活的难，如何面对命运的一次次戏弄。比起那些光耀千古的诗文、绘画与小说，徐海蛟散文里那些落魄的人生显得格外悲壮。《船上的杜甫》一腔悲愤，《秋冷长安》（李贺）无处诉说，《梅花的骨气》（王冕）清贫自在，《桃花醒着》（唐寅）再无悬念。《寂灭的烟火》写张岱，人生的两个半场判若云泥，"素富贵行乎富贵，素贫贱行乎贫贱"，最终完成《石匮书》。《颠沛的良心》写顾炎武百折不挠，著书立说，具有"现代"观念，等等。在徐海蛟散文里，不朽的不仅仅是他们的作品，而且还有他们的"落魄"："也正是这些伟大的痛苦，才建构了伟大的人的

---

① 徐海蛟：《此生有别》，浙江文艺出版社 2015 年版，第 4 页。
② 徐海蛟：《此生有别》，浙江文艺出版社 2015 年版，第 142 页。
③ 徐海蛟：《寒霜与玫瑰的道路》，宁波出版社 2014 年版，第 156 页。

精神殿堂。"①审视他们的痛苦,人们的情操可以得到陶冶,精神可以得到升华,在这个意义上讲,他的散文具有一种悲剧式的悲壮美。

徐海蛟散文的审美境界可以用"寒霜与玫瑰"来概括。在《寒霜与玫瑰的道路》一书的"序言"里,徐海蛟说他很喜欢这个书名,认为它"寓意着生命里爱与痛的交织,也寓意踏着荆棘,脚下才能开出莲花来"。实际上,《寒霜与玫瑰的道路》还是一篇散文,写了帕斯捷尔纳克和他的情人伊文斯卡娜的故事,文章结尾写道:"帕斯捷尔纳克用他的苦难成就了一部巨著,伊文斯卡娜则用她的爱情成就了帕斯捷尔纳克。"这就是生命里"爱与痛的交织";荆棘就是苦难,足底莲花譬如成就,而且他们的爱情也是一部巨著,是成就本身,是爱的象征。于此而言,"落魄"是一种"寒霜","不朽"乃是"玫瑰"怒放,《不朽的落魄》分明就是"爱与痛的交织",就是"寒霜与玫瑰的道路"。《山河都记得》《此生有别》《故人在纸一方》又何尝不是? 甚至早期散文集《纸上的故园》也是"爱与痛"的浅吟低唱。可以说,对人世间"爱与痛"的表达和关切,是徐海蛟散文一直以来的基调。

寒霜是寒凉的,属水,内敛;玫瑰则热情似火,外向,水与火相互缠绵,互为表里。这种感觉可用徐海蛟自己的话来形容:"叶又要铺天盖地落了,天地肃杀,但因为文字,我的心里始终燃着一团温热的火。"②他散文的真与悲往往浓烈奔放,其背景却是一片秋寒,像一个悲观主义者的乐观言说。他心中最美的风景就"等在你身心疲惫千回百转的小径上,等在生命的困厄里面","是悬崖上的树,是漫长攀登后从云海里跳出来的新生的太阳,是整个城市入眠后,还独自醒着的那轮明月,是风雪夜亮在村口的一盏橘黄色油灯"。③ 概而言之:于寒霜之上,有玫瑰盛开。

---

① 徐海蛟:《不朽的落魄》,河南文艺出版社 2023 年版,第 5 页。
② 徐海蛟:《此生有别》,浙江文艺出版社 2015 年版,第 4 页。
③ 徐海蛟:《寒霜与玫瑰的道路》,宁波出版社 2014 年版,第 125 页。

五

徐海蛟的散文善于提炼意象,他通过观察、思考,能够抓住一个典型意象,据此谋篇布局,抒发情思。有了典型意象,文章也就有了"眼",譬如"画龙"之"点睛"。这种意象可以是物,具体或抽象,又往往是平常之物。《纸上的故园》写瓢、笕、篱笆、稻草垛、松明、布鞋、猪油渣等,都是村庄常见之物,但文章写出了它们的不平常之处:在城里罕见,在乡村的城市化进程中也逐渐退出生活。从平常中发现不平常,是提炼,这种提炼要求在纷繁复杂的事物中抓住甚至创造典型意象。《船上的杜甫》将杜甫置身于一艘船上,一个流离失所的诗人形象顿时跃然纸上。写王冕,少不了梅花;写唐寅,就给一枝桃花依傍。《寂灭的烟火》写张岱,意象精准,烟火升上天空灿烂之极,然而很快寂灭,像是张岱人生的上、下半场。《通天小路》写蒲松龄,这位老秀才从 21 岁考到 63 岁,考了 12 次,次次落榜,他的人生可不就是一条走不通的"通天小路"? 对吴敬梓则用了"无岸之舟"来概括,十分形象地刻画了他的一生。这些散文令人印象深刻,作为"文眼"的意象功不可没。

有时候这些意象也会成为一种独特的情景,蕴含丰富意义,推动情节发展。《野云孤飞》从一场火灾开始写起,这场大火给南宋词人姜夔带来毁灭性打击,他一生的积累尽数付之一炬,就连心爱的小女儿也未能逃脱劫难,姜夔不得不在年过半百之际从零开始,晚年贫病交加,死后无丧葬费,是一位朋友出钱办理了后事。《不朽的落魄》中的文章大抵如此,从一个内涵丰富的意象或情境(往往是苦难)开始,以悲剧收结,具有一种拉奥孔似的审美风格,即在被命运之蛇咬中以后——这是一个"富于包孕的片刻",着力表现人物的惊恐、痛苦与同情,从而达到净化与升华的艺术效果。这个"富于包孕的片刻"在徐海蛟那里表现为一个"敞开的路口":"我往往要找到一个具有暗示意义的事件和一个重要时刻,那样的地方仿佛有一个敞开的路口。"在这里,在"历史戛然而止的路上,文学乘着轻逸的骏马飞驰而来"。①

这种创作方法体现了当代散文的非虚构特征(广义):散文实现艺术门类互通,文学体裁互联乃至越界,通俗地说就是散文艺术化、戏剧化和小说化甚至非文学化。徐海蛟早期写的一些小品文虽是"少作",但描写细致有力,诚挚动人。《山河都记得》中的抒情叙事散文,怀人记事,情深意切,是古典与现代两种散文传统的继承和发展。他的非虚构写作则是另一种方式,"尝试用各样的手法来完成一本散文集的叙述……有小说的匠心,也掺杂着诗歌的轻灵;有回忆的戏说,也有假设和暗含心理的虚构"②。非虚构写作成为跨类写作、跨文体写作。譬如《武林高手》一文,写内家拳传承人夏宝峰学武的经历,尤其是找到祖父埋藏的"武林秘籍"一段,简直就是武侠小说的路数,如果再往前走一步,就是小说,但退后一步就可能成为新闻作品。《大道在野》《救命草》是"今古传奇"的写法,《出家的女人们》像速写,像一张张素描草图。其叙事方法则有倒叙、插叙、补叙等等,往往以人为线,情绪饱满。

他在书斋期写的一些书评、杂感,短小精悍,有闲话风。《闲来读董桥》写道:"重要的是有一种闲暇心境……和他一起品品古玩、文字,还有那些有趣的人物。"③他读韩少功《晴耕雨读》,"看到现代生活正在逐日丢失的感动",读到"亮堂堂的肺腑之言"。④ 读周国平和他的《岁月与性情》,心灵得到抚慰。余华的小说《许三观卖血记》"用极大的悲悯与和谐的节奏描绘了磨难的人生",是"一则温暖的生存寓言"。⑤ 这些随笔内容多样,对象不一,仿佛谁都可以谈一谈,流露出青春的喜悦和向往。

后书斋期的散文多了一份沉郁,文章的长度大大增加,写作的口气也发生了变化。《故人在纸一方》写了 24 封书简,这和徐海蛟少年时代

---

① 徐海蛟:《故人在纸一方》,广西师范大学出版社 2019 年版,第 2 页。
② 徐海蛟:《故人在纸一方》,广西师范大学出版社 2019 年版,第 2—3 页。
③ 徐海蛟:《纸上的故园》,宁波出版社 2009 年版,第 194 页。
④ 徐海蛟:《纸上的故园》,宁波出版社 2009 年版,第 189 页。
⑤ 徐海蛟:《纸上的故园》,宁波出版社 2009 年版,第 191 页。

与陌生女孩通信一脉相承。无穷的心事要说与谁听？24位古人是陌生的老朋友，是熟悉的陌生人，像知慕少艾时期的邻家女孩，是再恰当不过的言说对象。书信体写作可以直接获得叙述的口气，下笔有着力点，形散而神不会散，因为"她"一直就在那里倾听。《山河都记得》的对象变了，他向父亲诉说，向故乡、向天地万物诉说，对象既存在又不存在，所有言说都是独白。《不朽的落魄》面向历史和当下，更多的是用独白体进行叙事和表达情感，像灵魂的独语，甚至追问。

徐海蛟散文中还有一些写景、游记类文章，可以借用《寒霜与玫瑰的道路》一书的分类，统称为"自然书简"。这些文章一般都是写情、写景、写理相互交融，既是结果，也是方法。比如，"暮色沉沉，风已转凉，一阵猫头鹰的叫声从远处树洞里传出，我觉到了一股忧伤，它那么辽阔深远，从大地深处席卷过来"①（《薄暮》）。这里的暮色和忧伤几乎同步从"深处席卷过来"，情与景自然交融，甚至可以说本来交融。有时候也会突出情理交融，比如《遥远的玉龙雪山》就让人学会敬畏自然和生命。

这些自然书简往往采用正面描写的方法，直接描写自然山水与景物，有时也会结合侧面描写，写相关的故事、传说与诗歌等，又加以联想，但最终会回来，服务于正面描写。有些文章的写法是，围绕"妙处"一路逶迤而来，到了"妙处"时又忽然停止，宕开一笔到别处去，始终不揭露"妙处"的真面目。徐海蛟的散文会让读者看到"妙处"。他写玉龙雪山，开始只是道听途说，欲说还休，然后于一刹那间回头看见，"有一束金色的霞光刚刚落在一座山峰的顶端……雪山的顶峰以上是蔚蓝色的苍穹，那是深不见底的蓝，一刹那间就可以荡涤我们内心的尘埃……"接下来玉龙雪峰又隐匿不见，但毕竟有过"惊鸿一瞥"。《水成就的诗篇》写九寨的水，有大段大段关于水的描写，有正面有侧面，但总归是写九寨的水，其描写的长度和密度，能够让人在阅读时充分延展接受、想象的时间和空间，这不是单说几句水好，再加几个故事就能敷衍得过去的。

---

① 徐海蛟：《山河都记得》，广西师范大学出版社2019年版，第53页。

徐海蛟的散文语言是浓烈的、抒情的,善用比喻、比拟、联想,具有形象化特征。《核桃酥》写一个八岁的小女孩茶香,因为换了一根蓝头绳,"觉得自己的头发已不是头发了,而是一束有香气的花,每走一步,发上的蝴蝶想必也会轻轻跟着跳动一下"①。他写梨花飞白,"像一支委婉的歌",写栗子树则比作"沉默内向"的"男性",像大哥。这类形象化语言比较常见,鲜烈有之,凄美温婉亦有之。

从节奏来看,他的散文语言简洁、明快、流畅,遣词造句俗白相间,比如"看日头变长,云变白,天光一日日亮起"(《树》),又比如"父亲就是这样一句诗,不写在目光里,却适时而至,若火光于寂然冬夜闪烁"(《父亲》)。最常见的方法是对偶、排比,给文章造成一种奔放的气势。这种排比一般只是句子与句子的排比,《梅花的骨气》写佛殿,"深夜的佛殿,有幽暗的烛火摇曳着,佛们在夜色里显出令人惊悸的神情来。有的青面獠牙,有的满身肃杀,有的手执利剑作砍人状,有的手持大锤作挥舞状"②。这样写,恐怖的气氛就有了。有时候排比还用在段落之间。《父亲》一口气用六个段落写了七个错过:至少错过了一场远行、至少错过了一次还乡、至少错过了一场典礼、至少错过了一程风雨路、至少错过了一次乔迁新居、至少错过了一次黄昏的散步(含一次老来的搀扶)。六个段落排比,气韵足够丰厚,回味足够绵长。语言的排比容易形成充足的气场,好处在于气盛宜言,行文若风行水上,有力度,转折自然有韵致;缺点在于不易把握"度",有时未免有些用强,一些思想、情绪未必澄清。

六

当代散文乃至一切写作都身临这样一个情景:中国和世界都处于百年未有之大变局中。身处此局,赓续旧传统、再造新文明,是当代文学

---

① 徐海蛟:《山河都记得》,广西师范大学出版社 2019 年版,第 184 页。
② 徐海蛟:《不朽的落魄》,河南文艺出版社 2023 年版,第 58 页。

（包括散文）义不容辞的重要使命，也是正在发生的事实——当代文学越来越与中国文化传统血肉相连，并创造出新的精神资源。在散文创作领域，从方法、思想到风格，变化尤为深刻、剧烈，呈现出一种新时代的子学风貌。

这种子学面貌首先表现为广义上的非虚构特征：非虚构介于事实与虚构之间，是在事实的基础上进行虚构，在虚构的同时不偏离基本事实。徐海蛟在写作《故人在纸一方》时使用了一些小说、诗歌等手法，进行了一些虚构，但他不会也没有改动历史事实。他的散文集《此生有别》偏向事实，《故人纸一方》《不朽的落魄》等书则在事实的基础上加大了虚构，都可归类为非虚构写作。非虚构写作作为一种方法，同时也是一种现象，非经非史，也不是固有的文学类型，可以说是具有新时代风貌的子学。

《此生有别》中所写的系列人物都是当代现实中人，属非常人、非常态，算得上奇人，比如流浪汉老谢、内家拳传人夏宝峰等，但从文化历史角度来看也是普通人，似乎达不到"子"的程度。不过，这也恰恰说明了子学的"原生态"：诸子原初也只平常。普通人很难进入历史，但可以在子学里立身，这一方面取决于他们自己，另一方面取决于徐海蛟散文能走多远。

徐海蛟现有散文中有三份历史人物名单，是写作的重心之一，他们构成徐海蛟散文的子学面貌。《寒霜与玫瑰的道路》第二辑"大河奔流"写了七个人，徐海蛟没有从经典作品的角度去解读他们，而是以人生经历、情感、传奇故事为切口理解他们、亲近他们，这是子学特征，子学也是人学。这份名单突出和褒扬了知识分子的良知与伟岸品格，比如列夫·托尔斯泰念兹在兹的是"世上还有无数人在受难"，帕斯捷尔纳克与情人演绎了"痛苦和高贵的灵魂"，而沈明臣布衣之杰人品崖岸高致，张苍水苦撑危局舍生取义等，他们的传奇故事培植了子学风骨。

《故人在纸一方》的历史人物名单分为古和今，古人从秦代李斯开始至明清之际张苍水，今人从秋瑾到沙耆，古今共 24 人。这份古今诸子名单要点在今,在他们身上体现出西方现代文化精神,比如女性独立(秋瑾)、革命与现代爱情(林觉民、瞿秋白、沈从文)、现代大学(梅贻琦)与现代文艺(阿炳)、民主与自由(闻一多)、孤独与疯癫(沙耆)等。这里的古今之争是中西文化之争,古今融合是中西文化融合,当代子学至少是古今(中西)两种文化血脉的结合。在前述七人名单中就有西方文学巨子,更远一点,在徐海蛟少年时代,他还接受过泰戈尔等人的影响,所以他散文的子学血脉还应该有印度因素。

《不朽的落魄》一书中的历史人物有 13 人,分别从唐代诗圣杜甫到清代小说家吴敬梓。这份名单比较纯粹,都是文人,由于各种原因游离于"体制外";其中多为明清时人,有些甚至具有"现代"意识。文人也是读书人,他们算是子学的一种面目,而落魄、潦倒、失意等人生际遇不过是一件外衣。

三份历史人物名单从风骨、血脉和外貌三个方面塑造了徐海蛟散文的子学风貌,是当代散文的一个重要探索和收获。而且,徐海蛟散文本身也是子学的一种,他的散文集子先后列入"宁波青年作家创作文库(第1辑)""浙东作家文丛(第 7 辑)""浙江省青年作家'新荷文丛'"等系列,可以说是"百家争鸣"中的一家,这正是子学繁荣的时代。这一代作家("80 后")更多地接受了子学的滋养而不是经学的教诲,他们能否在时间的淘洗中留下来,在百年大变局中发挥作用,进而有可能升子为经,不仅仅取决于个人努力,而且还有待历史的考验。

徐海蛟早年写过一篇散文《东临大海,以观风暴》,"追逐台风的暴烈与壮美"[①],从题材到语言,在他的散文中都比较特别,似乎也暗藏风格变化与未来发展道路。文章分为四节,恰成"起承转合"。第一节,"刻入生命记忆的台风",是起,通过回忆写台风,发现台风无尽的力量和壮阔,是大自然最豪迈的诗篇。接下来一节写"风云、风雨、风浪的暴力美学",写得风云叱咤,突荡无前。然后转到"追风"的人们,"在风暴之中亲历震撼

---

① 徐海蛟:《寒霜与玫瑰的道路》,宁波出版社 2014 年版,第 228 页。

人心的壮美"。最后一节兜回来，合于己身，问"追风"之路有多远，想做一个"追风"的人。这个当年从大山深处走向滨海城市的少年，如今成长起来，正走向大海。他在文章结尾写道：

"天地壮阔，风雨大美。我们在初春里，约会过吹面不寒的杨柳风，在冬夜里，遭遇过凛冽的北风。有一天，我们也会逆风而行，去追踪台风狂暴的身影，那将是另一种风景。"

杨柳风、北风源自陆地，台风起于海，陆海交会、由陆而海会是一种怎样的风景？我们期待这另一种风景。

附：徐海蛟创作年表

2001—2009 年

漫长的报纸副刊写作阶段。

散文《手语》获中国地市报新闻奖二等奖，2009 年。

散文集《纸上的故园》，宁波出版社 2009 年版。

2010 年

专辑《徐海蛟创作的多样性》，《文学港》2010 年 3 月（其中长篇散文《秋白，1935》刊发后，《散文选刊》转载），同时入选《2010 中国随笔排行榜》《大地的语言》等选本。

2014 年

长篇儿童小说《别嫌我们长得慢》，宁波出版社 2014 年版。

长篇散文《归期不详》，《文学港》2014 年 4 月。

散文集《寒霜与玫瑰的道路》，宁波出版社 2014 年版。

2015 年

长篇儿童小说《别嫌我们长得慢》，获浙江省优秀文学作品奖（2012—2014 年度）。

非虚构作品《此生有别》，浙江文艺出版社 2015 年版。

长篇散文《无法抵达》，《人民文学》2015 年 11 月，同年《散文选刊》

转载。

2016 年

获 2015 年度"浙江省青年文学之星"优秀作品奖。

获第四届"人民文学新人奖"。

2017 年

长篇儿童小说《孩子的世界你不懂》，宁波出版社 2017 年版。

长篇散文《隐于低处》，《青年文学》2017 年 8 月。

短篇小说《过敏》，《山花》2017 年 8 月。

2018 年

短篇小说《一场秋寒》，《作家》2018 年 6 月。

长篇散文《黑暗里的爱与光》，《青年文学》2018 年 6 月。

历史散文集《故人在纸一方》，广西师范大学出版社 2018 年版。

2019 年

长篇散文《母亲与字》，《南方文学》2019 年 1 月，同年《散文选刊》2019 年转载，入选《2019 中国年度散文》。

长篇散文《去看飞机》，《青年文学》2019 年 4 月。

长篇散文《肉》，《西湖》2019 年 6 月。

长篇散文《薄暮与少年》，《十月》2019 年 9 月，同时《散文海外版》转载。

散文集《山河都记得》，广西师范大学出版社 2019 年版。（《文汇报》《光明日报》《文学报》《浙江日报》《广州日报》等多家报纸刊发书评，中央人民广播电台读书节目分两期专题推荐。）

浙江大学中国现当代文学与文化研究所召开《山河都记得》研讨会。

2020 年

散文集《山河都记得》，入选 2020 春风悦读榜年度新人奖提名。

2021 年

散文集《山河都记得》，获三毛散文奖。

儿童小说《开在纸上的窗》，《十月少年文学》2021 年 8 月，同时入选

《2020 年度浙江儿童文学精选》。

散文《红焰》,《青年文学》2021 年 11 月。

散文集《山河都记得》,获浙江省优秀文学作品奖(2018—2020)。

2022 年

散文《寻路剡中》,《读者·原创版》2022 年 1 月,并入选《2021 中国散文年选》。

长篇儿童小说《亲爱的笨蛋》,浙江文艺出版社 2022 年版,同时入选《中华读书报》5 月好书榜。

散文《穿越百年风雨的家书》,《读者》2022 年第 11 期。

散文《万物带来你的消息》,《读者》2022 年第 12 期,并入选江苏凤凰文艺出版社 2022 年版《人间有所寄》一书。

长篇散文《六个徐渭》,《雨花》2022 年 7 月。

散文《药》,《读者》2022 年第 18 期。

散文《太守与鱼》,《读者》2022 年第 20 期。

长篇散文《桃花醒着》,《文学港》2022 年 11 月。

2023 年

散文集《不朽的落魄:十三个科举落榜者和他们的时代》,河南文艺出版社 2023 年版。